U0115727

编 帆尧
主 丁 王

七

发

〔美国〕田晓菲 著

译林出版社

图书在版编目（CIP）数据

七发 /（美）田晓菲著. —南京：
译林出版社，2023.9
（大家读大家系列 / 丁帆，王尧主编）
ISBN 978-7-5447-9735-1

Ⅰ.①七…　Ⅱ.①田…　Ⅲ.①中国文学－古典文学研
究－文集　Ⅳ.①I206.2-53

中国国家版本馆 CIP 数据核字（2023）第 114481 号

本书受"南京大学人文社科资助项目"资助。

七发　[美国] 田晓菲 / 著

主　　编　丁　帆　王　尧
策　　划　江苏明哲文化发展有限公司
责任编辑　金　薇
装帧设计　周伟伟
校　　对　孙玉兰
责任印制　闻媛媛

出版发行　译林出版社
地　　址　南京市湖南路 1 号 A 楼
邮　　箱　yilin@yilin.com
网　　址　www.yilin.com
市场热线　025-86633278
排　　版　南京展望文化发展有限公司
印　　刷　南京新世纪联盟印务有限公司
开　　本　850 毫米 ×1168 毫米　1/32
印　　张　9.625
插　　页　4
版　　次　2023 年 9 月第 1 版
印　　次　2023 年 9 月第 1 次印刷
书　　号　ISBN 978-7-5447-9735-1
定　　价　66.00 元

序

丁 帆 王 尧

在 2017 年的文化生活中，"大家读大家"无疑是关键词之一。我们和明哲文化公司策划的"大家读大家"丛书第一辑出版，有效促进了文学领域的"全民阅读"。这一辑中最早出版的毕飞宇《小说课》一时风生水起，随后出版的李欧梵、张炜、马原、苏童、叶兆言、王家新等诸位大家的作品与之相呼应，成为 2017 年的一道风景线。在这非凡气象的背后，我们又紧锣密鼓地策划了现在读到的"大家读大家"丛书第二辑。

"大家读大家"丛书的策划包含着这样两层涵义：邀请当今的人文大家（包括著名作家、某个领域内的专家）深入浅出地解读中外大家的名作；让大家（指普通阅读者）来共同分享大家的阅读经验。前一个"大家"放下身段，为后一个"大家"做普及与解惑的工作，这种互动交流的目的，就是想让两个"大家"来合力推动当下的"全民阅读"，使其朝着一个既生动有趣，又轻松愉悦获得人文核心素养的轨道前行。

在我们儿时并不丰富的阅读记忆中，《十万个为什么》或许是最重要的一套书。我们在轻松、愉悦的阅读中获得了一些科普常识，萌生了探究世界的好奇心，潜移默化养成了我们看世界的视角。这是曾经的"大家"读"大家"的历史。我们常与一些作家、批评家同仁闲聊，谈起为普及科普知识，一些科学家绞尽脑汁地为非专业读者和中小学生写书但并不成功的例子，很是感慨。究其缘由，我们猜度，或许就是长期以来我们培养的科学家缺少人文素养的熏陶和写作技巧的训练，理性思维发达，感性思维欠缺，甚而缺少感性表达方式。没有自己的语言表达方式或者无法表达自己，是一种很大范围的文化危机。究其原因，多年来文学教育的缺失是其一，没有诗和远方，国民整体文学素养凝滞，全社会人文素质缺失。这是当下亟待克服的文化危机。

我们也在这样的危机中，又心怀拯救危机的理想抱负。百无一用是书生，但书生有书，读书，写书。倘若中国当下杰出的人文学者，首先一流作家和从事文学研究的专家学者，换一种思维方法和言说方式，重返文学作品的历史现场，用自身心灵的温度和对文学的独特理解来体贴经典、触摸经典、解读经典，或许会奏出不同凡响的音符；在解读经典的同时，呈现自己读书和创作中汲取古今中外文史哲大家写作营养的切身感受，为最广大的普通作者提供一种阅读的鲜活经验……如此这般，作者和读者岂不快哉！于是，我们试图由文学阅读开始，约请创作领域里的著名作家和艺术家以及文史哲艺学科门类术业有专攻的优秀学者，分别撰写他们对古今中外名家名著的独特解读，以期与广大的读者诸君携手徜徉文化圣殿，去浏览和探究中国和世界瑰丽的文化精神遗产。

已经与大家见面的丛书第一辑，是一批当代著名作家的读书笔记或讲稿的结集。无疑，文学是文化最重要的基石，一个国家和民族可以缺少面包，但是不能没有文学的滋养。文学作为人们日常精神生活不可或缺的人文营养补给，是人之生存和持续发展的精神食粮。作为专家的文学教授对古今中外名著的解读固然很重要，但是，在第一线创作的作家们对名著的解读似乎更接地气，更能形象生动地感染普通的读者与大中小学的学生——这是我们首先推出当代著名作家读大家的文稿的原因。

如今，许多大学的文学院或中文系都相继引进了一批知名作家进入教学科研领域，打破了"中文系不是培养作家的摇篮"的学科魔咒。在大学里的作家并非只是学校的"花瓶"，他们进入课堂的功能何在？他们会在什么层面上改变文学教育的现状？他们对于大学人文教育又有什么样的意义？这些都是绕不过去的问题。其实，这是中国现代大学的一个传统，我们熟悉的许多现代文学大家同时也是著名大学的教授。这一传统在新世纪得以赓续。十年前复旦大学中文系引进王安忆做创作专业教授的时候就开始尝试曾经行之有效的文学教育模式。近些年许多大学聘任驻校作家；北京师范大学成立了由诺贝尔文学奖得主莫言主持的国际写作中心；苏童调入北师大，阎连科、刘震云、王家新等也进入中国人民大学文学院。

在策划这套丛书的过程中,我们首先做了一个课堂实验,在南京大学请毕飞宇教授开设了一个读书系列讲座,他用自己独特的感受去解读中外名著,效果奇好。毕飞宇的课堂教学意趣盎然、生动入微,看似在娓娓叙述一个作家阅读文本时的独特感知,殊不知,其中却蕴涵了一种从形下到形上的哲思。他开讲的第一篇就是我们几代人都在初中课本里读过学过的名作《促织》,这个被许许多多中学、大学教师嚼烂了的课文,却在他口吐莲花的叙述中画出了一道独特的绚丽彩虹,讲稿甫一推出,就在腾讯网上广泛传播。仔细想来,这样的文本解读不就是替代了我们大中小学师生们都十分头疼的写作课的功能吗?不就是最好的文学鉴赏课吗?我们的很多专业教师之所以达不到这样的教学效果,最根本的原因就是他们只有生搬硬套的"文学原理",而没有实践性的创作经验,敏悟的感性不足,空洞的理性有余,这显然是不能打动和说服学生的。反观作为作家的毕飞宇教授的作品分析,更具有形下的感悟与顿悟的细节分析能力,在上升到形上的理论层面时,也不用生硬的理论术语概括,而是用具有毛茸茸质感的生动鲜活的生活语言解剖经典,在审美愉悦中达到人文素养的教化之目的。这就是我们希望在创作第一线的作家也来操刀"解牛"的缘由。

丛书第一辑的作者,都是文学领域的大家。马原执教于同济大学,他在课堂上解读外国作家经典,讲稿出版后深受广大读者的欢迎。还有王安忆和阎连科也是如此。这两位作家的书稿原本也在第一辑出版，因为体例和内容原因，王安忆老师的书稿由人民文学出版社另行出版了。阎连科在当代作家中是个"异数"，他的小说和散文，都以独特的方式创造了另一个"中国"。如果读者听过阎连科的演讲，就知道他是在用生命拥抱经典之作。他对世界文学经典的解读另辟蹊径，尊重而不迷信，常有可圈可点之处。我们期待有机会出版阎连科的文稿。哈佛荣休教授李欧梵先生，因学术的盛名，而使读者忽视了他的小说家、散文家的身份。李欧梵教授在文学之外，对电影、音乐艺术均有极高的造诣，其文字表达兼具知性与感性。收录在丛书中的这本书，谈文学与电影，别开生面。张炜从九十年代开始就出版了多种谈中国古典、现代文学，谈外国文学，尤其是俄罗斯文学的读书笔记，他融通古今，像融入野地一样融入经典之中，学识与才情兼备。才华横溢的苏童，不仅是小说高手，他对中外小说的解读细致入微，以文学的方式解读文学，读书笔记如同他的小说散文一样充满了诗性。叶兆言在文坛崭露头角之时，就是公认的学者型作家，即便置于专业人士之中，叶兆言也是饱学之士。叶兆言在解读作家作品时的学养、识见以及始终弥漫着的书卷气令人钦佩。王家新既是著名诗人，亦是研究国外诗歌的著名学者，他用论文和诗歌两种形式解读国外诗人，将学识、情怀与诗性融为一体。我们这些简单的评点，赢得了读者的认同。我们将陆续推出当今著名作家解读中外大作家的系列之作，以弥补文学阅读中理性分析有余而感性分析不足的遗憾，让更多的普通读者也能从删繁就简的阅读引导中走进文学的殿堂。

我们现在读到的"大家读大家"丛书第二辑，收录了夏志清、王德威、白先勇、宇文所安、孙康宜、胡晓真、田晓菲、张小虹几位大家的书稿。他们无论身份是作家、学者，还是学者兼作家，几乎都是文章高手。用英文写作的宇文所安，是海外研究中国文学的大家，在他即将从哈佛大学荣休之际，出版他的大作，也是向他致敬的一种方式。值得注意的是，白先勇先生、胡晓真女士、张小虹女士，他们或有祖国宝岛台湾的生活经历，或长期在台湾的研究机构和大学从事教学研究，一样的母语写作，但有不完全一样的表达。彼岸学者、作家的阅读经验和修辞方式，自然而然丰富了我们汉语的表达。夏志清、王德威、孙康宜（她的部分文章是英文撰写）、田晓菲兼具中国文化和西方文化的背景，他们的阅读和写作，为我们提供了多元文化背景的参照。无疑，不少从事文学研究的学者也擅长生动的语言表达，他们对中外著名作家作品的解读在文学史的定位上更有学术的权威性，这类大家读大家同样是重要的。但我们和广大读者一样，希望看到的是他们脱下学术的外衣，放下学理的身段，用文学的语言来生动地讲解中外文学史上的名人名篇。

即将出版的"大家读大家"丛书第三辑，内容集中在外国文学。在解读世界文学名人名篇之时，我们不但约请学有专攻的外国文学的专家学者执牛耳，还将倚重一批著名的翻译大家担当评价和解读名家名作的工作，把他们请进了这个大舞台，无疑是给这套丛书增添了一道亮丽的风景线。新文学百年来翻译的外国作家作品可谓是汗牛充栋，但是，我们的普通阅读者由于对许多历史背景知识的欠缺，很难读懂那些皇皇的世界名著所表达的人文思想内涵，在茫茫译海中，人们究竟从中汲取到了多少人文主义的营养呢？抱着传播世界精神文化遗产之目的，我们在"大家读大家"丛书里将这一模块作为一个重头戏来打造，有一批重量级的学者和翻译大家做后盾，我们对此充满信心。

近几十年来，许多史学专家撰写出了像黄仁宇《万历十五年》那样引起了广大普通读者热切关注的历史著作，用生动的散文笔法来写历史事件，此种文章或著作蔚然成风，博得了读者的喝彩，许多作家也参与到这个行列中来，前有余秋雨的文化大散文《文化苦旅》，后有夏坚勇的历史大散文《湮没的辉煌》和《绍兴十二年》。我们试图在这套丛书中倡导既不失史实的揭示与现实的借镜功能，又有笔墨生动和匠心独运的文风，让史学知识普及在趣味阅读中完成全民阅读的使命。这同样有赖于史家和作家们将春秋笔法融入现代性思维，为我们广大的普通读者开启一扇窥探深邃而富有趣味的中外历史的窗口，从中返观历史真相、洞察人性沉浮，在历史长河中汲取人文核心素养。

哲学虽然是一个枯燥的学科，但它又是一个民族人文修养的金字塔，怎么样让这个可望而不可即的灰色理论变成绿叶，成长在每个读者的心头呢？这的确是一个难题，像六七十年前艾思奇那样的普及读本显然已经不能吊起当代读者的胃口了。我们试图约请一些像周国平那样的专家来为这套丛书解读哲学名家名作，找到一条更加有趣味的解读深奥哲学的快乐途径，用平实而易懂的解读方法将广大读者引入中国哲学和西方哲学名人名著的长河中，让国人更加理解哲学与人类文化休戚相关的作用，从而对为什么要汲取人文素养有一个形而上的认知，这恐怕才是核心素养提升的核心内容所在。

艺术本身就是有直观和直觉效果的学科门类，同时也是拥有广大读者群的领域，我们有信心约请一些著名的专家与创作大家共同来完成这一项任务，我们的信心就在于许多作者都是两栖人物——他们既是理论家，又是艺术家，在美术、书法、音乐、舞蹈、戏剧、电影、电视等艺术门类里都有深厚的人文学养和丰富的创作经验。

"大家读大家"丛书的策划、写作和出版，是一个长期而艰巨的工程，我们将用毕生的精力去打造它。我们希望这套丛书成为我们民族人文核心素养提升的一个大平台，为普及人文精神开辟一条新的航道。

非常感谢译林出版社和明哲文化公司为"大家读大家"第二辑所付出的心血，使得本丛书顺利出版，以飨读者。

向写作的大家致敬！

向阅读的大家致敬！

目 录

谈陶渊明与写本文化

生尘的几案

你把我的爱情梦幻

转化为反感和憎厌；

就好比抄写者常常出错，

使一部手抄本全然改观。

十一世纪初期，在摩尔人统治下的西班牙，一位阿拉伯贵族学者伊本·哈赞（Ibn Hazm）写了一本书，题为《鸽子的颈环》。在这部著作里，伊本·哈赞探索了爱情的各个方面：它的起源，它的征象，恋爱中的人遭受的种种不幸。上面所引的诗句来自书中的一个章节，在这一章节里，伊本·哈赞声称一个人可以仅仅通过聆听他人的描述而坠入爱河，根本用不着看到被爱者本人。但是，他警告读者，这样的爱情一般来说有两种结果：如果他在某一天亲眼看到了所爱者，"他的爱或是得到加强，或是完全消失"。伊本·哈赞随即讲述了一个在双方见面之后爱情化为憎厌的故事，并引用了他自己写的诗。

有意思的是，伊本·哈赞运用了一个手抄本的比喻，而且，这一比喻充满模糊性。如果我们采取常见的观点，也就是说，抄本总是劣于原本，我们可以把抄本视为相爱的双方在其中相遇的现实：这一现实比起原本（也就是说，他人对被爱者的描述）显得如此低劣，以至于双方一旦见面，爱情就化为厌恶。但是，我们同样也可以把抄本理解为他人对被爱者的夸张描述，这样一来，被爱者就被比作了原本。在这种情况下，抄本实际上美化了原本，以至于看到抄本的人对一个虚幻的影子——一个并不存在的"完美的原本"——产生了爱情。在这第二种解读中，抄写者的"讹误"反而改善了原本的质量。

手抄一本书，对绝大多数现代人来说，大概是相当陌生的体验了，但是，在手抄本文化时代，这是最重要的，也几乎是唯一的传播知识和信息的途径。一本印刷书籍，和上千册同版印刷的书籍一模一样；手抄本则不然。每一部手抄本，都是独一无二的。用西班牙古典文学学者约翰·达格奈斯（John Dagenais）的话来说，一部手抄本"具有口头表演的品质"。换句话说，口头表演虽然可以重复使用相同的材料，但是因为时间、地点、观众、演员身心状态的不同，每次表演都和其他表演截然不同。同理，每一部手抄本都具有独特性，而且，抄写一部书也总是在一个特殊场合之下发生的。口头流传的诗歌，我们往往不知道它的作者、它产生的具体时间和地点；一部手抄本也许有作者，但是我们常常不再拥有作者本人手写的原本。这种情形，在中国手抄本文化中尤其普遍，因为我们的手抄本使用的媒介是纸，比起欧洲中世纪手抄本使用的羊皮或者小牛皮来说，纸非常脆弱，容易销毁。当我们不再拥有作者原本的时候，留给我们的只是无数抄本和一个不复存在的、虚幻的原本。被爱者是缺席的：我们拥有的无非是对他或她的描述，而这些描述不能为我们充分地传达被爱者的全貌。

这样一种思考手抄本文化的方式，似乎很符合基督教的宗教模型：我们在堕落世界里看到的，无非是神明不完美的显现。不过，虽然中国本土文化传统并不存在这样一种宗教模型，人们对唯一的"原本"所抱有的巨大热情却丝毫不减，这种热情促使学者们对恢复"被爱者的原貌"进行不懈的寻访和探求。但是，我们必须认清一个基本的事实：既然原本已经不复存在，任何寻访"原本"或"真本"的努力，不仅徒劳无益，而且从根本上来说，是没有意义的。最终，我们会发现，被爱者只是一种想象，只存在于他人的描述之中。

伊本·哈赞和中国诗人苏轼是同时代人。在苏轼生活的北宋王朝，印刷术日益普及，逐渐代替了抄写，成为知识传播的主要渠道——虽然在古代中国，无论印刷文化多么发达，手抄本文化一直与印刷文化同时并存，从未销声匿迹。我们可以肯定伊本·哈赞和苏轼从来没有听说过彼此的名字，但是，苏轼的确曾在手抄本里寻找他的所爱：一位前辈诗人的作品，经由很多不同的手抄本保存下来，传到苏轼手中。苏轼以为自己找到了心爱的诗人真正的原本，他为这一发现激动不已。他痛责那些粗心、浅薄、庸俗的抄写者，认为他们五百年来一直都在扭曲和破坏被爱者的形象，直到今天，他，苏轼，重新恢复了被爱者的"本来面目"。

苏轼相信自己知道这位心爱的诗人是"何等样人"，而且，他以为这种知识赋予他一种特别的权威，使他能够准确地诠释这位诗人的作品，并指出那些粗心大意的抄写者所犯的"错误"。这里，只存在一个问题：苏轼对前辈诗人究竟为何等样人的理解只能来自那些讹误重重的抄本；而要想达到前辈诗人没有遭到破坏的"本来面目"，苏轼必须本着他从这些不完美的抄本中得到的理解，反过来对抄本进行修正。细思之，这里存在着某种反讽。就好像葡萄牙作家萨拉马戈在《里斯本围城史》中所说的："要是还没有达到真理，你就不能开始修订；然而，要是你不修订，你就无法达到真理。"

熟悉中国文学史的人都知道，苏轼心爱的前辈诗人陶渊明是中国最伟大的诗人之一，也是受到误解最多的诗人之一。如果陶渊明被误解，那是因为后人把他视为一个永久不变的存在，而没有注意陶渊明的作品经过了手抄本文化的强大力量以及后代编者的塑造。陶渊明的形象，就存留于这些被中介过的文本中。

陶渊明生活在东晋末年。他的曾祖父陶侃是东晋初期最有权力的政治和军事人物之一。陶渊明出生时，家族已经日趋没落，不过在朝廷里仍然保持着一定的政治地位，也显然被时人视为南方本土的"洪族"。陶渊明一生数次从宦，但是从未担任过显职。他最后一次做官，是由于族人的提携，在离家乡寻阳（今属江西九江）不远的彭泽担任县令，不久即弃职归里，隐居田园。他所交往的人，有其他隐士，也有地方及朝廷的官吏，包括公元五世纪前期最著名的文人之一——颜延之。陶渊明去世之后，颜延之为他作了一篇诔文。

陶渊明的诗文在他生前即已流传，至少在他的朋友圈子之内。在陶渊明去世之后的一百多年间，有几种陶集抄本行于世，包括一种六卷本，两种八卷本。我们所知道的陶集最早的编定者是梁朝的昭明太子萧统。萧统和他的弟弟梁简文帝萧纲都是陶渊明诗文的爱好者。在唐代，陶渊明以"饮／隐者"闻名，虽然有一些诗人如王绩、王维、韦应物等显然受到陶渊明的影响，但陶渊明仅仅是六朝众多的著名诗人之一；他作为"唯一"伟大的六朝诗人的地位，是苏轼及其追随者们在陶渊明逝世五个多世纪之后建立起来的。

《尘几录》起源于一个简单的观察。二〇〇〇年春天，我在康奈尔大学东亚系任教。在为一个研究生班备课的过程中，我重读了陶渊明的诗。当时我使用的现代版本之一是著名的山东学者逯钦立编辑校注的《陶渊明集》。这个版本的好处，在于收录了大量异文。一般来说，这些异文没有受到古往今来的学者们太多的重视（唯一的例外就是"悠然见南山"的"见"字，它是陶集中曝光最多的异文，被苏轼及其追随者们视为浅陋的抄写者使一部抄本"全然改观"的最佳例证）。很多现代版本往往并不收录异文，大概觉得这些异文无关大体；或者只是选择性地收录部分异文而已。逯本参校了一系列富于校勘价值的陶集版本，而且把陶渊明作品的异文用小字一一开列在原文之下，令读者一目了然。在阅读的时候，我偶然注意到，在不止一次的情况下，采取异文而不是采取普遍接受的正文，不仅会改变整行诗句的意义，甚至可以使整首诗篇截然改观。随着这一发现，许多问题接踵而来：既然作者亲自校订的原本已不可复得，那么，是什么促使一位编者选择某一异文而拒绝另一异文？这样的决定，基于什么样的知识背景，对东晋文学与文化什么样的了解，什么样的编辑方针，什么样的意识形态基础？对那些时代较后的异文，我们当然可以不予考虑，但是陶集的现存异文大多来自宋版陶集，它们是现代陶集版本的基础。从晋到宋的五六百年之间，多少异文由于抄写者和编者无心的忽略与有意的排除而失落？而开始提出和思考这些问题，究竟意味着什么？

至少有一点十分清楚：在文本平滑稳定的表面之下，律动着一个混乱的、变动不居的世界。这就是手抄本文化的世界。这个世界，一般读者无缘知晓，因为它只在少数残存的早期异文中留下些许痕迹，而就连这些痕迹，也常常遭到编者无情地删除。

杜诗与韦氏姝：手抄本文化中读者与文本的关系

如前所述，因为传播媒介——纸张——的脆弱易毁，中国的早期手抄本大多已经绝迹了。唐与五代保留在敦煌的抄本，因为干燥的沙漠气候和地理位置的偏远而得以幸存，是十分特殊的例子（此外，还有少数存于日本、韩国的唐写本）。但是，我们还是可以从同时代的文字记载里，一瞥手抄本发生变化的过程，从而认识到手抄本文化的流动性本质。在这里，我们举两个例子，一个例子是作者本人发现他的作品被抄写流传之后变得几乎无法辨认，另一个例子则讲述一个女子如何补订她负责抄写的文本。

先让我们看看第一个例子。唐代诗僧贯休为他的一组《山居诗》写下这样的序言：

> 愚咸通四五年中，于钟陵作山居诗二十四章。放笔，稿被人将去。厥后或有散书于屋壁，或吟咏于人口，一首两首，时或闻之，皆多字句舛错。洎乾符辛丑岁，避寇于山寺，偶全获其本：风调野俗，格力低浊，岂可闻于大雅君子？一日抽毫改之，或留之，除之，修之，补之，却成二十四首，亦斐然也。

贯休的序言使我们看到，这些诗篇好像诗人的后裔，刚一出生就被带走，直到长成之后才回到父母身边，而父母几乎认不出来这就是他们的儿女。诗人对自己的产品完全失控：当他看到和听到自己的诗句时，他发现它们充满了"舛错"；只有依靠偶然的机会，原作者才得以"全获其本"。

贯休遇到的情况在手抄本文化中是常见的现象。据《北史》记载，公元六世纪中叶，阳俊之曾经"多作六言歌辞，淫荡而拙，世俗流传，名为《阳五伴侣》，写而卖之，在市不绝。俊之尝过市，取而改之，言其字误。卖书者曰：'阳五，古之贤人，作此《伴侣》，君何所知，轻敢议论！'俊之大喜"。这位阳俊之是北朝著名文人阳休之的弟弟；阳休之不是别人，正是陶渊明文集最早的编辑者之一。在这则故事里，我们再次看到作者对自己的作品失去控制。只不过阳俊之因为被书贩子当成了"古之贤人"而感到万分高兴，所以，他很可能终于没有修改写本中的谬误。

即使我们退一步说，抄手总是可以准确无误地抄写文本（这实际上是不可能的），也还是不能保证流传到后世的文本的权威性。在南北朝时期，文本流传的速度可以非常快。陶渊明同时代的诗人谢灵运享有盛名，"每有一诗至都邑，贵贱莫不竞写，宿昔之间，士庶皆遍"。陶渊明死后一百余年，梁朝诗人刘孝绰的诗文为当世取则，据《梁书》记载："孝绰每作一篇，朝成暮遍，好事者咸讽诵传写，流闻绝域。"在这种情况下，如果作者后来对自己的诗文加以修订，则自然成为异文产生的又一契机。在公元前一世纪的罗马，西塞罗曾把《论道德目的》的初稿借给朋友阅读，当得知文稿被朋友抄写了一份之后，西塞罗十分担心"抄本会广为流传，取代最后的定本"。可知在手抄本文化中，这是一种常常发生的情形，举世皆然。

我们从贯休的序言里得知，文本在离开作者之后会经历意想不到的变化，那么随之而来的问题就是：这些变化是如何发生的呢？九世纪作家高彦休讲述过这样一个故事：有一位出身世家、进士及第的韦公子，"尝纳妓于洛"。她年仅十六，"颜色明华，尤善音律"，但最让韦公子心动的地方，是她的"慧心巧思"："韦曾令写杜工部诗，得本甚舛缺。妓随笔铅正，文理晓然，以是韦颇惑之。"能够随笔铅正杜诗抄本中的"舛缺"，的确需要慧心巧思，不过，令现代读者惊异的，恐怕不仅仅是少女的聪明，还是她随笔铅正杜诗文本的自信，更是韦公子和故事的叙述者对此所持的态度：他们似乎都觉得修补和改正一部舛缺的文本是非常自然的事情，而一部如是订正过的杜诗抄本也显然并不减少它的价值。这第二个例子清楚地向我们显示：一个中世纪的读者，在对待他或她阅读的文本时，和一个现代读者是多么不同。

对现代读者来说，理解这种差异不是一件容易的事情，因为我们习惯了印刷书籍的稳定不变，习惯于权威性的版本、版权以及"知识产权"的概念。在现代社会，我们仍然可以被我们阅读的书籍所改变，但是我们已经无法改变我们阅读的书籍。在抄本时代，一个抄写者作为一个特别的读者，可以积极主动、充满自信地参与文本的再创造——哪怕这作品属于杜甫，中国最伟大的诗人之一。而且，这个抄写者可以是任何性别、年龄和社会背景的人：职业抄手，显赫的文人，世家子弟，读书识字然而学问不算渊博的一般平民，或者多才多艺的妓女。抄写的目的也是多种多样的：他或她抄写一部文本，可以是为了谋生，为了对诗歌的兴趣，或者为了爱情。这些人以其抄写、编辑、改动、修饰、补缺等种种活动，参与了手抄本的创造。他们的参与极为主动、活跃，因此我们不能再把这种参与描述为读者对某一固定文本的被动接受，而必须视之为读者对一个从根本上来说变动不居的文本积极主动的创造。在这样一种模式里，"作者"仍然十分重要，但是在其作品里"作者"已经不再占据稳定、权威的中心地位，不再是一个全能的、控制和掌握了一切的存在。

在一篇题为《宋代中国书籍文化和文本传播》的长文中，美国学者苏珊·切尔尼亚克（Susan Cherniack）探讨了宋代文本随着印刷文化的崛起而产生的流动性。她认为，印刷文本中的错误对读者产生的影响较手抄本更为广泛，因为"任何一个抄本中的错误都会限制在相对比较小的读者圈子里"。这一见解无疑是正确的，但是，我们也应该注意到：由于同一版的印刷书籍全都一模一样，印刷可以限制异文数量的产生；与此相比，每一份抄本都是独一无二的，都可能产生新的异文，这样一来，比起印刷文本，手抄本就会大大增加异文的总数。

我们从韦氏妓的故事里得知，异文并不都是抄写者无心的错误，而完全可能是有意的改动，是对文本自觉地进行编辑整理的结果。在很大程度上，这正是北宋编辑们在准备印刷一部书籍时所做的事情。他们面对的，往往不只是一份抄本，而是同一文集的许多份不同的抄本。他们必须从众多异文中进行选择。有时，他们还得处理纸本和金石文献的不同。欧阳修校正的《韩愈文集》被公认为善本，但是，当他后来把集中的韩文和碑刻进行比较时，还是发现了很多差异。欧阳修不由感叹道："乃知文字之传，久而转失其真者多矣。"

北宋的学者、编者、校勘者，继承了唐代手抄本文化巨大、分散、混乱的遗产。也许，正因为印刷扮演的角色日益重要，人们有史以来第一次对手抄本之间的差异产生了强烈的关注。这告诉我们，物质文化和技术的发展会反过来影响人们感受认知世界的方式。叶梦得的《避暑录话》记载了这样一个故事：某中书酷爱杜诗，"每令书史取其诗稿示客，有不解意以录本至者，必瞋目怒叱曰：'何不将我真本来！'"在这个故事里，我们不知道"真本"到底如何不同于"录本"：虽然号称"真本"，它不太可能是杜甫的手稿，那么，它是不是一份从唐代流传下来的手抄本，而"录本"只是这个中书自己抄录或请人抄录的副本呢？无论如何，这一故事反映出人们对所谓"真本"的强烈意识和追求，而这样的态度在宋代以前则是很少见的。校勘，这一历来十分重要的活动，现在变得格外充满紧迫感。在极端的情况下，校对精良的善本书甚至可以影响房地产的价钱。朱弁在《曲洧旧闻》里记载过这样一则轶事：宋敏求家的藏书往往校过四五遍以上，爱好读书的士大夫为了借书方便，纷纷迁居到宋家所在的春明坊，春明坊地带的房价由此大增。

前面说过，当陶渊明还在世时，他的诗歌已经在朋友圈子里流传。陶集中有很多诗篇，或为赠答，或为同赋。陶渊明在《饮酒》诗序中说，他写的诗，曾经"聊命故人书之，以为欢笑"。在手抄本时代，文本的保存完全建立在抄写的基础上，因此，抄写的意义，实在远远超出了"以为欢笑"的范围：文本只有被人抄写才能流传，流传越广泛，得以存留到后世的机会也就越大。

北宋初年，存在着大量陶集抄本。据宋庠"私记"："今官私所行本凡数种，与二志[1]不同。"宋庠又说："余前后所得本仅数十家，卒不知何者为是。"一个"仅"字，向我们显示了陶集抄本行世之众多；"卒不知何者为是"，则表明这些抄本各各不同。蔡居厚也说：《渊明集》世本既多，校之不胜其异，有一字而数十字不同者，不可概举。"

选择"正确"的异文，是一项使北宋学者非常头痛的任务。他们花了大量时间和精力，处理手抄本文化留下的庞大而令人困惑的遗产。柳开是一位大刀阔斧型的编辑，他在校订《韩愈文集》时，改动了五千七百多字。陶渊明的作品，就像所有的宋前文学作品一样，是经过了北宋文学价值观念的中介而流传下来的。理

---

1 "二志"指七世纪前半叶编辑的《隋书·经籍志》和十世纪前半叶编辑的《旧唐书·经籍志》。前者记载了两种陶集：九卷本和六卷本；后者记载了一种五卷本陶集。

解宋人的"编辑方针",对于我们理解陶诗至关重要,因为陶诗具有欺骗性的"单纯",在很大程度上正是北宋编校者的施为。

对于后代编校者来说,宋人的编辑措施常常显得过于主观。据苏轼说,杜诗"白鸥没浩荡"的"没"字被宋敏求改为"波"字,因为宋敏求认为白鸥不会"没"于波浪。又据十二世纪初期的《道山清话》记载,杜诗"天阙象纬逼"被王安石直改为"天阅象纬逼",而黄庭坚"对众极言其是"。蔡居厚曾经比较王洙和王安石对杜诗的不同编辑策略:"今世所传子美集本,王翰林原叔所校定,辞有两出者,多并存于注,不敢彻去。至王荆公为《百家诗选》,始参考择其善者定归一辞。"在举例说明之后,蔡居厚告诉我们:"若此之类,不可概举。其采择之当,亦固可见矣。"

我们要知道,这些大胆的编辑,诸如柳开、宋敏求、王安石,对手抄本进行的改动,并非孤立的例子,而是非常具有代表性的。他们的所作所为和韦氏妓并无本质区别。至于他们的"铅正"究竟基于什么样的编辑方针,这样的编辑方针意味着什么,这是我们下一步需要探讨的问题。

"求真"的误区

面对手抄本文化留下的庞大而混乱的遗产,初步进入印刷文化时代的北宋编校者相信,他们必须在"一字而数十字不同"的情况下,做出"正确的"选择。但他们往往不止于对现有的异文进行选择，而是更进一步，径直对文本做出改动，从而以更活跃主动的方式，参与宋前文学的再创造。

蔡居厚说，王安石在编辑杜诗时，但凡遇到他认为"于理若不通"或"与下句语不类"的文字，即"直改"之，"以为本误耳"。在这里，我们可以看出：常见的编辑方针是选择在上下文中意义最通顺的异文。但是，"通顺易解"是一个问题重重的标准，因为"意义"是具有历史性的：某一时代的读者一目了然的文本，在另一个时代里可以轻易地失去它的透明度。在陶集异文的选择中，表面上最"通顺"的异文往往排挤掉了那些乍看起来似乎不能和上下文轻易串讲的异文，然而，那些被后代编者排除的解读，对陶渊明的同时代读者来说，却很有可能是熟悉的指称。换句话说，在衡量异文的时候，我们必须考虑到时代的因素。文学并非高高在上、自给自足的存在，超越了历史、社会和文化。然而，对于古往今来的很多读者来说，"尚友古人""直接与古人沟通"的信念，却往往淹没了古今之间的时间距离。古代作者很容易被视为一个永远"在场"的人物，超越了时间和变化，也不受时代风气习俗的制约。这种令人遗憾的倾向，在解读陶渊明时尤甚。阳休之曾说，陶集中"往往有奇绝异语"；但是，这些"奇绝异语"经过无数代辗转抄写，再经过宋代编者的删削去取，已经差不多消失殆尽，只有在从来不被人注意和重视的异文中，经过我们对晋代文学语境的重建，对文字来源与意义的详细考索，才能窥见端倪。宋人从自己的审美眼光出发，极口称陶渊明"平淡"，而陶渊明的诗文风格也似乎确实符合宋人所谓的"平淡"；但是在很大程度上，这份"平淡"正是宋人自己通过控制陶集文本异文而创造出来的。

陶渊明被视为隐士诗人之宗。在现代中国，他更是被视为代表了某种"中国本质"的诗人。换句话说，陶渊明不仅脱离了他的历史背景，而且被限制于一个固定的形象。虽然学者和评论者们试图把这一形象复杂化，指出陶渊明"也有"不满足的一面、豪放的一面，也曾对弃官归隐的决定感到矛盾，但是，陶渊明作为一个人和一个诗人的基本形象已经定型了：他是高尚的隐士；他"自然""任真"（人们对那些不够"自然任真"的轶事往往避而不谈），对饮酒情有独钟，不为社会习俗所拘束（虽然当我们通读《世说新语》或《宋书》《晋书》中的《隐逸传》，我们会意识到：陶渊明的"任诞"行为在其时代语境中其实相当传统）；他忠于东晋王朝，或者至少对东晋王朝的颠覆感到痛心；他最终决定远离政治世界，追求个人价值观的实现，在闲适的隐居生活中找到乐趣；他不为物质生活的清苦放弃原则，并写作了很多自然清新的田园诗赞美这种生活方式；等等。关于陶渊明忠于晋室的说法有着悠久的历史，但直到南宋才被深受道学精神影响的评论者极力彰扬——他们想必在陶渊明的时代背景中，看到了南宋王朝的影子。虽然陶渊明本人在其诗文中从未明白地流露过任何忠晋情绪，从赵宋直到现代，"忠于王室"已经成为陶渊明的人格特征之一，也是对他的作品进行阐释的一个指导思想，有时会导致非常牵强的解释，比如从南宋以降对其《述酒》诗所做的解读。在现代社会，陶渊明"忠于晋室"的一面已经不再引起读者最强烈的兴趣，但陶渊明传统形象的其他方面仍然延续下来。在二十世纪民族主义思想的影响下，很多读者认为陶渊明的作品与人格体现了"中国文化的本质"。但是，人们往往忽略了陶渊明及其作品的历史性与时代性，而"中国文化的本质"乃是现代意识形态的产物，是想象的建构。

既然作者的"原本"已不存在，在很多情况下，我们不可能知道哪一异文是"正确"的，但是，我们至少可以检视选择某一异文和排除另一异文的历史动机，也检视被这样的选择所压抑和隐藏的"另一个陶渊明"。上述种种对陶渊明的普遍看法，还有对于维持诗人固有形象的愿望，都对异文的选择产生了深刻的影响。哪些异文被当作正文，哪些异文以"一作"和"又作"的形式出现在校记或脚注里，成为在社会意识形态方面意义重大的编辑决定。最著名的例子，就是苏轼发起的"望／见"之争（悠然望／见南山），但除此之外，我们在陶集中尽可以看到为数众多的异文，这些异文往往可以全然改变我们对一首诗的解读。

人们总是自觉或不自觉地渴望稳定：文本的稳定，知识结构的稳定，历史的稳定。对异文带来的问题，我们最常看到或听到的排斥就是：就算字句"略有改变"，至少一篇作品的"核心"是稳定不变的，所以，我们可以安心地在旧日的路上走下去。对稳定的渴望是人类共有的，但是，"稳定"只是一种幻觉。字句的改变不是无关大局的小节，它可以使一首诗全然改观；变化逐渐积累，就可以改变一个诗人的面貌，进而改变一部文学史的面貌。我们最终会发现：陶渊明既是时代的产物，也比他的传统形象更加新异，更富有游戏感。在他的诗作里，陶渊明常常体现出一种强烈的自觉，而且，虽然人们总是谈到陶渊明对田园的热爱，但实际上，诗人对于大自然的黑暗力量——它的无情，它的毁灭性——感到焦虑不安。

　　在为数不多的百余篇陶渊明诗文中，异文所占的比例相当大。据袁行霈在《宋元以来陶集校注本之考察》一文中的统计，可以上溯到南宋的汲古阁本有七百四十余处异文，这包括字、词甚至整句的异文，"又作"等不算在内；有一一四〇年跋的苏写本（也称绍兴本），包括大约两百多处异文，其内容不超过汲古阁本范围；十三世纪中叶的汤汉本以诗为主，有一百四十三处异文；到了年代更晚的李公焕本，则不过只有六处异文而已。我们现有的陶集版本不过是宋元流传版本的一小部分而已，但假如我们看看这些统计数字，还是会注意到异文数目有逐渐减少的趋势。这种趋势是和陶渊明形象逐渐固定相平行的。

　　袁行霈在文中讨论了三种影响到文本意义的异文：关系到"修辞"的异文；关系到"正误"的异文；关系到陶渊明"生平事迹的考证"的异文。在这三种异文中，第三种影响到陶渊明年谱的修订，在本文中不构成讨论重点。第二种异文，既包括与上下文语义不合者，也包括编校者发现陶渊明引用古代文本有"误"

时加以"改正"者。也就是说，如果编校者注意到诗人的引文和现存文献有异，他就会根据现存文献，把"错误"移植到脚注之中（或者索性从文本中排除，而我们将无从得知）。这在传统上被视为对一个版本的"改进"，但是我们也应该考虑这样的可能：陶渊明所见文本和后代编校者所见很可能是不同的，或者根本另有所据。

袁行霈谈到的第一类异文对于我们的探讨特别重要，我们可以对之进行更细致的分类。有的选择基于较为纯粹的审美取向，比如袁行霈所举的例子："日月掷／扫人去。"二者意义差近，编者一般选择"掷"而不选择"扫"，想必觉得前者是一个更有力量的动词，音声也较为铿锵。但是，也有一些选择表面看来是出于审美的考虑，其实掩藏着强烈的意识形态差异。即以著名的"悠然见／望南山"而论，已经远远超出了艺术修辞范畴。"见"被视为更自然、更具有偶然性；"望"被认为太自觉、太用力，因此不够"自然"。既然陶渊明被视为"自然任真之人"，那么只有"见"才能代表"真正的"陶渊明；而对"见"的选择，反过来更"证明"了陶渊明是一个"自然任真"的人。这样一种阐释怪圈（用心目中的陶渊明形象为基础来选择异文，然后再反过来用选定的异文"证实"心目中的陶渊明形象），值得我们对这一取舍过程进行严肃的反思。换句话说，如果我们不断追问到底应该作"见"还是作"望"，或者试图为"望"翻案，那么，就是没有能够理解问题的关键所在。

生尘的几案

"任真"的陶渊明，才是"真正"的陶渊明："真"的双重意义在明清两代被赋予特别的重要性。在这一时期，发现"真正的陶渊明"和获得一部罕见的宋版陶集，这两种欲望纠结在一起，变得难解难分。这和印刷的普及（特别是十六世纪后期出版业蓬勃迅速的发展）、日益扩大的书籍市场、对藏书的热情，还有宋元善本书不断增长的价值，是同时发生的现象。明清著名藏书家的总数远远超过了前此任何一个历史时期。对这些藏书家来说，宋版书是最宝贵的收藏品，因为它们是最早的刻本（因此最好地代表了"原本"），因为它们脍炙人口的印刷质量和优美的字体，也因为它们的罕见。藏书家们几乎是狂热地描绘这些宋刻本的外观、气味、纸与墨的质地，我们简直可以说这些书之所以被人重视，更多的是由于它们的物质特性，而不是由于它们的内容。的确，一部古书决不仅仅是供人阅读的；它作为美丽、贵重、被人渴望的物品受到珍视。有很多故事讲述书商如何伪造宋版书以求牟利，也有很多故事讲述藏书家如何费尽心机获得一部善本书——不惜使用经济的报酬、政治的压力、美色的诱惑，乃至欺骗和诡计。陶集的宋元版本，特别是一部据说由苏轼手写付印的刻本，就是这样一种欲望对象，被人追求和争夺。

很多明清藏书家本人也是著名的学者，校勘学家，版本学家。善本书不断增长的商业价值和对古代作者"真正本质"的追求，具有对等关系。到清朝，版本学和校勘学已成为独立、自觉的学科。黄丕烈，有清一代最著名的藏书家和校勘家之一，是一位具有代表性的人物。他生活在乾隆、嘉庆年间，可谓重视版本、校勘和文本考证的乾嘉学派之一员。黄丕烈相信"求古"和"求真"，这两个目标在他心目中常常合而为一。他曾说："古人一事一物必有精神，命脉所系，故历久不衰。然世运年湮，不无显晦之异，又有待于后人之网罗散失，参考旧闻，此古之所以贵乎求也。"具体体现在他的收藏与校勘活动中，"求古"和"求真"意味着早期刻本（也就是说宋代版本）或者早期抄本总是比后来的更好，因为在黄丕烈看来，它们能够更好地反映一部书籍的"原始面貌"，从而显示古代作者的"精神"。黄丕烈校勘原则的优点在于他校对时非常谨慎，总是记录下来所有的异文，但是，这种思想的缺点也很明显，因为拒绝承认手抄本文化中文本的流动性和不稳定性，加强了这样的幻觉：尽管在文本流传过程中存在着重大的问题，我们还是可以完美地恢复古人的面貌与精神。

这里需要指出的是，文本流动性的问题并不限于手抄本文化的时代，并不截止于印刷文化日益发达的宋代。一方面，直到明清两代，人们仍然大规模地抄写书籍：在近年出版的《中国古籍稿钞校本图录》的序言中，陈先行指出，《中国古籍善本书目》著录的五万六千七百八十七部古籍中，一半以上是抄本。另一方面，中国的雕版印刷术要求抄写全书，而抄写者和刻版者都可能有意无意地改动文本。但时至今日，手抄本文化的性质及其问题尚未得到学者足够的注意。虽然有关出版历史或者印刷文化的著作常常涉及抄本文化，但往往较为简略，而且论述重点总是集中在所谓"正本""真本"和"原本"上。

如前所述，对"真"的追寻，在阅读陶渊明时获得了一种特别的意义。某些异文被排斥或者被批评，因为它们不代表"真正的"陶渊明，因此，它们也就不可能是"真本"：它们被视为抄写者粗心大意造成的错误，或是不理解陶渊明"本意"的"浅人、俗人、妄人所改"。这些主观的认知，往往并非来自对陶渊明的历史、文化、社会、文学等背景的详细考察，也常常缺乏历史材料的佐证，却很容易被不假思索地接受下来。具有讽刺性的是，用剔除了异文之后的"净化"文本加以证明的陶渊明人格，又被反过来当作后代编者进行异文选择的标准或凭证。

在一定的意识形态的指导下被过滤的文本，证实了陶渊明之"真"：这里的"真"，既指诗人的"真本"，也指他的所谓"任真"的品质，这种品质被视为陶渊明的人格特征。对稳定文本的渴望和把诗人塑造为单纯个体的渴望，就这样完美地结合在一起，而诗人单一纯粹的形象，也就成为稳定文本的坚实基础。陶渊明和他的诗被编织成一个巨大的文化神话，在二十世纪以来建筑现代民族国家文化的工程中起到作用。在这一文化神话中，陶渊明其人其作奇迹般地处于一种"原始自然"状态，陶渊明被视为完全透明，完全不拥有任何自觉，因为在很多人眼里，一个人的"自觉"会损害他的"真"，甚至竟被视为"虚伪"的同义词。这不是说，陶渊明不可以有自我怀疑：自我怀疑最终更显示了他选择"从心所欲"的高尚；所谓缺乏自觉，是说很多人相信陶渊明"无意为诗"，他只是在"生活"，然后碰巧写出一些诗，而这些诗又碰巧被完好地保存下来，如此而已。这样的看法，使得陶渊明就和他的诗一样显得异常简单和透明，俨然是一座单一、纯粹而坚固的雕像，不受时代与环境的影响。任何对这种形象的不同意见都受到强烈的抵制，其坚决性在中国古代诗人研究里是罕见的。

本文的主要目的，是勾勒出手抄本文化中的陶渊明被逐渐构筑与塑造的轨迹。和传统的读者接受批评不同的是，本文旨在探讨读者如何积极主动地参与对"陶渊明"的生产和创造。读者接受理论的前提，是文本的稳定性和作者对作品的权威性控制；而本文则探讨手抄本文化对一位诗人的作品产生的巨大影响，并试图揭示：对作品与作者之间关系的传统看法，在手抄本文化的情况中不仅不再适用，而且是一种幻象。读者并不只是被动地阐释作品，而是亲自对作品进行塑造，并用自己参与创造的文本"证明"他们的诠释。本文希望把陶渊明放在他的历史、社会、文化和文学语境中进行探讨。只有当我们看到陶渊明是多么深刻地植根于文学和文化传统，我们才能更好地理解和欣赏他对传统的革新。本文的目的不是简单地颠覆对陶渊明的种种固有看法，而是希望给这些看法增加厚度和深度，使我们最终认识到手抄本文化的世界是如何变动不居，而这种流动本质在我们的古典文学研究领域尚未得到正确的理解或重视。我们将会发现，陶渊明的诗歌文本，即使在诗人逝世之后，仍被后人不断地生产和创造。传统意义上那个"真正的陶渊明"，只是陶渊明众多可能的形象之一，是社会意识形态的产物；它太片面，太缺乏时代性，因此，也就很难发生效力。

本文将围绕有关陶诗之"得"的概念开始展开：对获得诗人"真意"的渴望如何导致后人依靠选择"正确"的异文来控制陶诗文本面貌，这一渴望又如何与北宋的文化风气紧密相关。到明清两代，获得诗人"真意"与占有宋版陶集合为一体，宋版陶集遂成为具有文化和商业双重价值的欲望对象。

也许，因为陶渊明的诗常被指为朴素直白，也因为他的诗被具有意识形态偏见的编校者处理为相当透明的文本，现代陶渊明研究往往致力于"陶渊明的思想到底属于儒家还是道家"的讨论。有时，他被指为受儒家影响更深；有时，他被指为受道家影响更深；也有很多人认为，这些哲学倾向都对诗人产生过一定的影响。可惜的是，当我们把精力投入到这些讨论中的时候，陶诗中的"诗歌"因素难免受到了忽视。我们甚至会忘记，陶渊明首先是一位诗人——无论我们多么颂扬他的"人格"，如果没有他的诗，陶渊明不过是《宋书》《晋书》和《南史》所记载下来的众多隐士中的一员。陶渊明不仅是一位诗人，更是一位伟大的诗人。诗歌可以容纳哲学思想，但是优秀的诗歌总是超越了哲学思想，是那一点"多出来的东西",使之成其为诗歌。和哲学论文不同,诗歌不那么系统化,而具有更大的偶然性、时机性,诗是"瞬间"的产物,而这些"瞬间"的历史语境和背景,常常非我们所知。尽管后代学者试图重新构筑诗人的生平,以便恢复那些"瞬间"的面貌,但是,我们知道,这样的构筑永远都是不完美的。我们真正拥有的,只是那些诗篇:它们当然可能反映出时代的思想,但是那些思想都已被转化为诗歌语言,我们不能像对待哲学论文一样,从陶渊明留下的诗篇里,提取出一套严谨、精密、系统化的思想来。本文还将探讨诗人关心的问题如何在诗歌意象和主题中得到具体表现,试图勾勒出陶渊明与其时代的复杂关系:一方面,诗人喜爱的主题无不来源于文学传统,也和当时的文化氛围紧密相关;另一方面,诗人表现这些主题的方式,是相当独特和不寻常的。

宋敏求的父亲宋绶,是一位勤于校勘的藏书家。他曾经说过这样的话:"校书如拂尘,旋拂旋生。""尘几"不仅是对校勘与编辑的完美比喻,也象征了我们对嘈杂无序的手抄本世界所做的云游。对此,陶渊明想必会理解,因为他比任何人都更清楚地了解自然的混乱,它无时无刻不在威胁着人类文明强加给它的脆弱秩序。

得失之间

本章所要论述的是一个人如何与一座山建立起某种关系：见山，望山，试图用图画或者文字传山之"神"，买山，或者窃山。

让我们以陶渊明最著名的一首诗开始。无论在萧统编辑的《文选》中，还是在初唐类书《艺文类聚》里，这首诗都被称为《杂诗》，但是，自宋代以来，它是作为《饮酒》组诗中的第五首出现的：

> 结庐在人境，而无车马喧。
>
> 问君何能尔，心远地自偏。
>
> 采菊东篱下，悠然望南山。
>
> 山气日夕佳，飞鸟相与还。
>
> 此中有真意，欲辨已忘言。

车马的喧声不是普通的噪声，它隐指公卿贵族的来访。在《读山海经》其一中，诗人曾委婉地表示朋友们少来过访是因为他住的巷子太狭窄；但在这首诗里，他只是简单地说："心远地自偏。"这是纯粹的庄子：居住之地是否"人境"没有关系，重要的是心境。

在采菊之际，诗人抬头凝视远处的南山。这一姿态不仅已经成为陶渊明的标志，而且后代读者往往把篱畔的菊花看成诗人高尚节操的象征。其实，正是因为和陶渊明联系在一起，菊花才获得了这样的象征意义。由于陶渊明而生发的联想，常常就这样作为与历史脱节的语境，回到我们对陶渊明的解读中。在陶渊明本人生活的时代，菊花让人想到延年益寿，不是隐士的高风亮节。诗的第三、第四联巧妙地交织了永久广大与纤弱短暂的意象：一方面是巍然的南山，一方面是篱畔的菊花和天际的飞鸟——在即将降临的黑暗中，这些联翩归山的飞鸟"相与"而还，更显得渺小无助，转瞬即逝。

最后一联用了庄子的典故：

> 筌者所以在鱼，得鱼而忘筌；蹄者所以在兔，得兔而忘蹄；言者所以在意，得意而忘言。吾安得夫忘言之人而与之言哉！

陶诗最后一联暗示诗人已经"得意"，所以才会"忘言"。我们当然不会忽略这其中的讽刺意味：诗人毕竟还是要用"言"来传达"忘言"的信息。但是，诗人所得之"意"究竟为何，却是一个谜。诗人只是用了一个庄子的典故，对他的所得做出含蓄的表达。

我们可以确知一点：庄子所渴望的，不仅仅是某种"真意"而已，他还渴望一个得意忘言的人与他交言。哲人的孤独隐含在这种自相矛盾的渴望里；诗人的孤独则表现在他就是那个"忘言之人"，可是哲人却已不在了：

> 少时壮且厉，抚剑独行游。
> 谁言行游近，张掖至幽州。
> 饥食首阳薇，渴饮易水流。
> 不见相知人，惟见古时丘。
> 路边两高坟，伯牙与庄周。
> 此士难再得，吾行欲何求。

（《拟古》其八）

在这首诗里，诗人自述青年时代四处远游，寻觅知音。伯牙和庄子并列，似乎有些奇怪，但在两部西汉作品《淮南子》和《说苑》里，伯牙与庄子都是失去了知音的人："钟子期死，而伯牙绝弦破琴，世莫赏也；惠施死，而庄子寝说言，见世莫可为语者也。"在陶诗中，不仅诗人找不到知音，就连那些曾经感叹知音已逝、可以给予诗人一些同情的人也已作古。在诗的最后一联里，诗人明确使用了"得"字：别说钟子期和惠施，就连像伯牙和庄子的人也"难再得"了。

"得"的概念在南山诗中的出现是隐形的，但它其实是一个中心概念，帮我们更好地理解全诗。庄子"得意忘言"的一段话，在陶渊明生活的时代具有极大影响。汤用彤甚至以为"言""意"之间的关系为整个魏晋玄学提供了基础。我们不可能在此对言意问题做详细论述，但是一点简单的介绍也许会有所帮助。王弼在《周易》注疏中的一段话被普遍视为言意之辨的源泉：

> 言者所以明象，得象而忘言；象者所以存意，得意而忘象……是故存言者非得象者也，存象者非得意者也。

王弼相信："尽意莫若象，尽象莫若言。"这代表了他和庄子"书籍文字无过是古人渣滓"思想的分道扬镳。但是对王弼来说，言和象都仅仅是一种媒介，就好像用来捕鱼的筌。这里我们需要注意的，不是"忘言"，而是"得意"，或者，更准确地说，是"得"的概念。作为一个动词，"得"可以用于一系列事物，从田产、家业，直到一行精彩的诗句。它意味着建立所有权。

公元五世纪初期编写的《世说新语》这样记述郗超对隐士的慷慨资助：

> 郗超每闻欲高尚隐退者，辄为办百万资，并为造立居宇。

在剡为戴公（即戴逵）起宅，甚精整。戴始往居，如入官舍。郗为傅约亦办百万资，傅隐事差互，故不果遗。

隐居本身是一种文化资本，它也需要一定的经济资本才能付诸实践。隐居是有代价的，而且常常发生于一个特定的地理环境。从《世说新语》"栖逸"篇中，我们得知康僧渊在公元三四〇年左右来到江西豫章，"立精舍，旁连岭，带长川，芳林列于轩庭，清流激于堂宇"。好奇的朝士纷纷前来参观这位胡僧如何"运用吐纳"，康僧渊开始时"处之怡然，亦有以自得，声名乃兴"。但是终于"不堪，遂出"。

在文字简略的《世说新语》里，对康僧渊精舍的描述显得颇为铺张。正是在这样一种环境里，康僧渊才能够"有以自得"——"自得"的表面意思，就是"获得自我"。隐居必须发生于一个明确界定的空间，这在另一则《世说》轶事中表现得更为明显。在这则故事里，隐士仅仅居住在山岭旁边已经不够了，还必须以更加具体的方式拥有一座山：

支道林因人就深公买印山。深公答曰："未闻巢由买山而隐。"

巢由，即巢父、许由，上古的高尚隐士。据四世纪竺法济《高逸沙门传》："遁得深公之言，惭恶而已。"支道林未得印山，先得法深排调之言。不过，支道林终于还是定居印山了。

我们应该在这样的时代背景下解读陶渊明的南山诗。诗人强调结庐在"人境"，可以视为对当时"铺张隐居"风气的抵制。和康僧渊不同，诗人门无车马之喧，没有受到朝士来访的干扰，这表示他真正做到了"隐身"。他的成功不是由于"地偏"，而是因为"心远"，而这正是时人所谓"大隐""小隐"的分别。

陶渊明不仅在人境结庐，而且十分小心地和传统的隐居环境——山林——保持距离。一道篱笆不仅隔开了人境，也隔开了南山。在精神上，他和联翩归山的飞鸟和谐一致。在《杂诗》其七中，诗人把人生比作行旅："去去欲何之？南山有旧宅。"南山不仅是飞鸟的家园，也是诗人的归宿。虽然没有支道林的买山之举，陶渊明终于"获得"了南山，只不过他得山的手段是和南山保持距离、对之遥遥瞩目而已。

在这种意义上，陶渊明的南山诗成为宗炳《画山水序》的先声。宗炳在《画山水序》里告诉我们，因为年老体衰，他不能再像青年时代那样四处游历，于是他选择用笔墨来再现山水，通过观画，故地重游：

　　余眷恋庐衡，契阔荆巫，不知老之将至。愧不能凝气怡身，伤跕石门之流。于是画象布色，构兹云岭。夫理绝于中古之上者，可意求于千载之下；旨微于言象之外者，可心取于书策之内；况乎身所盘桓，目所绸缪，以形写形，以色貌色也。

在这里，宗炳极力强调"再现"的忠实性。他说，如果我们可以通过文字把握千年以前的道理，那么更何况"以形写形，以色貌色"的图画呢？借助想象力，我们可以通过言和象来求取言象之外的东西。这样的想法，显然来自魏晋玄学对言、意、象三者关系的论述。宗炳把这些玄学范畴应用在绘画上，典型地体现了当时强调以形传神的美学理论。有时，对神的重视和对形的忽略可以达到极端的程度。东晋著名政治家谢安曾把支道林描述为一个九方皋式的人物：九方皋相马，甚至弄不清楚马的性别和毛色，他注重的只是马的"神理"而已。同样，如果我们能够获得山的神理，我们就可以获得一座山：

> 且夫昆仑之大，瞳子之小，迫目以寸，则其形莫睹；迥以数里，则可围于寸眸。诚由去之稍阔，则其见弥小；今张绢素以远映，则昆阆之形，可围于方寸之内。竖划三寸，当千仞之高；横墨数尺，体百里之迥。如是，嵩华之秀，玄牝之灵，皆可得之于一图矣。

和南山不同，昆仑阆风本是神话传说中神仙所居之地，但即便如此，也还是可以借助一幅画轻易地得到它。对宗炳来说，买山而居根本没有必要；绘画即是完美的媒介，观者可以尽"得"

山之灵秀于其中。艺术的再现，几乎可以完全代替真实的经历，甚至超过真实的经历：

> 夫以应目会心为理者，类之成巧，则目亦同应，心亦俱会。应会感神，神超理得。虽夫虚求幽岩，何以加焉？

画家凝望山水，可以揣得其神，而高超的技艺又可以使得画家把山水之神传达给观者，观者"目亦同应，心亦俱会。应会感神，神超理得"。宗炳在此所关心的，并非山水画是否可以传画家之神，而是山水画是否能够完美地再现山水，把蕴含于山水之中的神理表达出来。

宗炳无疑是相信"言尽意"的：

> 又神本亡端，栖形感类。理入影迹，诚能妙写，亦诚尽矣。

随后，他描述了自己从画家一变而为观者的体验：

> 于是闲居理气，拂觞鸣琴，披图幽对，坐究四荒。

在这里，我们似乎看见了诗人陶渊明的影子：就和宗炳一样，陶渊明也是通过观看获得了山的神理——南山诗结尾处神秘的

"真意"。

然而，五百年之后，对醉心于获得奇花异石以及珍贵艺术品和文物的北宋文人来说，"得"山已经不再是那么容易的事。在北宋，陶渊明脱颖而出，被塑造为最伟大的六朝诗人，并且最终演变为一个如南山一般巍然屹立的文化偶像。这种脱胎换骨的变化在很大程度上正是围绕着南山诗发生的，或者，更准确地说，是围绕着诗中的一个异文发生的。归根结底，重要的不仅是得山，更是诗人得山的方式。

见山与望山

陶渊明的南山诗有很多异文，这里要谈的是第六行的第三个字：望，一作见。蔡居厚告诉我们："渊明集世既多本，校之不胜其异，有一字而数十字不同者，不可概举。"他随即引此句为例："悠然见南山，此其闲远自得之态，直若超然邈出宇宙之外。俗本多以见字为望字，若尔，便有褰裳濡足之态矣。"蔡居厚感叹说，这样不智的选择，"并其全篇佳意败之"。

蔡居厚的意见，想必来自当代文学巨擘苏轼，最早提出"见"的异文并为之激烈辩护的人：

> 因采菊而见山，境与意会，此句最有妙处。近岁俗本皆作望南山，则此一篇神气都索然矣。古人用意深微，而俗士

率然妄以意改，此最可疾！

对苏轼来说，"见"出于无心，具有随意性；"望"则暗示了渴望和努力，这对一位北宋文人来说，未免显得过于迫切，过于热情。

苏轼在其他地方也曾举"望／见"为例，来表达他对擅改古人文本的不满："近世人轻以意率改，鄙浅之人，好恶多同，故从而和之者众，遂使古书日就讹舛，深可愤疾。"实际上，就连北宋诗人的作品在流传过程当中也常常出现讹误，或者被刻印者以"于理不通"为由进行修改，从而产生异文。在宋代笔记资料中，我们不止一次看到，苏轼本人就常常无法控制自己的文本，这也许可以帮助我们更好地理解他对"鄙浅之人"以意轻改文本感到的愤怒。

苏轼称"近岁俗本皆作望南山"，这告诉我们，当时关于陶渊明的南山诗存在着一种得到普遍承认的标准解读，这种解读采取的是"望"，不是"见"。苏轼尽可以嘲笑"鄙浅之人好恶多同"，但是富有讽刺意味的是，苏轼对"见"的偏好很快就被广泛接受。"见"代替"望"成为正文，以至于后代评论家对"望"的存在感到尴尬。"见"优于"望"，因此一定是陶渊明原文的观点，得到苏轼文学集团成员的强烈支持，不断被人在诗话中重复。彭乘是"苏门四学士"之一黄庭坚的好友。在他的笔记里，苏轼的意见被系在黄庭坚名下。"鲁直曰：如渊明诗曰'采菊东篱下，悠然见南山'。其浑成风味，句法如生成，而俗人易曰望南山，一字之差，遂失古人情状，学者不可不知。"惠洪的《冷斋夜话》也有同样的记载。

在卷帙浩繁的宋诗话、笔记中，对同一个观点无休无止的重复形成了一股强大而顽固的文化力量。就连政见未必和苏轼一致的沈括，在"望／见"问题上也完全同意苏轼。他在《梦溪笔谈·续笔谈》中写道："陶渊明《杂诗》'采菊东篱下，悠然见南山'，往时校定《文选》，改作'悠然望南山'，似未允当。若作望南山，则上下句意全不相属，遂非佳作。"沈括谈到"往时校定《文选》，改作悠然望南山"，似乎是说曾经存在着一个"正确的"《文选》版本作"见南山"，被改为"望南山"。但问题是现存最早的《文选》抄本和初唐类书《艺文类聚》皆作"望"，不作"见"。而且，种种迹象似乎表明，在苏轼提出"见"乃原文之前，没有哪一种陶集版本是作"见南山"的。苏轼宣称少时所见的"蜀本大字书皆善本"，并暗示某蜀本陶集作"见"不作"望"，但是，如果我们猜测苏轼自己发明了"见"的异文，并把这一"发明"归结为少年朦胧的记忆，也许不能算是完全没有根据的信口开河。叶梦得在《石林诗话》中提到，他曾从赵德麟处借到陶渊明集，"本盖苏子瞻所阅者，时有改定字"。这些改定字是苏轼另有所据呢，还是苏轼"以意率改"呢？（陶集显然属于赵德麟，在朋友的书上改定文字也是颇为率意的举止——除非赵藏陶集原属苏轼所有。）

"见"字之重要，在于它是一种意识形态的选择。在所有关于"望／见"的早期讨论中，晁补之的发挥具有关键意义。晁补之是苏门四学士之一，他在一篇陶诗跋语中，提出了以下的观点：

> 诗以一字论工拙，如"身轻一鸟过"，"身轻一鸟下"，"过"与"下"与"疾"与"落"，每变而每不及，易较也。如鲁直之言，犹碔砆之于美玉而已。然此犹在工拙精粗之间，其致思未白也。记在广陵日，见东坡云：陶渊明意不在诗，诗以寄其意耳。"采菊东篱下，悠然望南山"，则既采菊，又望山，意尽于此，无余蕴矣，非渊明意也。"采菊东篱下，悠然见南山"，则本自采菊，无意望山，适举首见之，故悠然忘情，趣闲而心远。此未可于文字精粗间求之。以比碔砆美玉，不类。崇宁三年十月晦日晁补之题。

"身轻一鸟过"是杜甫的诗句。在《六一诗话》里，欧阳修谈到陈从易曾得到杜集旧本，文多脱落，"'身轻一鸟'，其下脱一字，陈公因与数客各用一字补之，或云'疾'，或云'落'，或云'起'，或云'下'，莫能定。其后得一善本，乃是'身轻一鸟过'。陈公叹服，以为'虽一字，诸公亦不能到也'"。

晁补之在陶诗和杜诗的异文之间划出了一条十分微妙的界限：杜诗用字之精，表现了诗艺的高超，从其性质上来看，是一个"工拙"的问题，人人都可以一眼就看出原文的精彩；至于陶诗，看出哪个字更高妙就没有那么容易，因为这里涉及的已经不再是诗歌的语言艺术，而是诗人的思想境界。晁补之对手抄本文化带来的问题既无意识也不关心，他的讨论甚至远远离开了诗歌的审美范畴。在这里，望、见之别完全是从意识形态的角度来考虑的。突然之间，望与见的差异被赋予了一种非凡的意义，它远远超越了对古代大诗人的钦佩，超越了对文本讹误感到的焦虑，甚至也超越了对找到一个完美的字眼以"补之"的强烈渴望。我们看到的，是一个所谓"意不在诗"的诗人；而如果一个诗人"意不在诗"，那么，其诗作的魅力，也就不在于诗作本身，而在于这个诗人所达到的思想境界；换句话说，在于一个被宋人，特别是被苏轼及其文学集团成员所凭空创造出来的理想化人格。

在《后山诗话》中，陈师道如是说："渊明不为诗，写其胸中之妙尔。学诗不成，不失为工；无韩愈之才与陶之妙而学其诗，终为乐天尔。""才"与"妙"之间的区别，再次构成重要的判断标准。前者指一个诗人的文学创作能力，后者则指向诗人的人格。

从这一时期开始，陶诗"自然天成"的观点占据了统治地位。黄庭坚称谢灵运、庾信"有意于俗人赞毁于工拙"，因此陶渊明之墙数仞，为二子所未能窥。他在《题意可诗后》重申这一见解："至于渊明，则所谓'不烦绳削而自合'。虽然，巧于斧斤者多疑其拙，窘于检括者辄病其放……渊明之拙与放，岂可为不知者道哉！"杨时称陶诗"所不可及者，冲澹深粹出于自然，非著力之所能成"。十二世纪初黄徹的论断结合了黄庭坚、杨时的说法："渊明所以不可及者，盖无心于非誉巧拙之间也。"陶渊明的文字世界，从此被视为一个缺乏自觉的世界，以漫不经心的"见"而不是充满追求意愿的"望"作为标志。诗人之得山，是一种偶然和意外，至少从表面看来是无意得之而不是热情求得的。

直到南宋初年，人们依然在寻求实在的文本证据来支持苏轼的说法。吴曾在《能改斋漫录》里写道：

> 东坡以渊明"采菊东篱下，悠然见南山"，无识者以见为望，不啻碔砆之与美玉。然余观乐天效渊明诗有云："时倾一尊酒，坐望东南山。"然则流俗之失久矣。惟韦苏州《答长安丞裴说》诗有云："采菊露未晞，举头见秋山。"乃知真得渊明诗意，而东坡之说为可信。

在一个松散的文学集团里，观点经常改换主人：黄庭坚"碔砆美玉"的比喻，曾被晁补之认为"不类"，现在又被系于苏轼名下。但更值得我们注意的是吴曾为苏轼的说法在历史上寻求根据的努力。白居易的诗句引自《效陶渊明体十六首》其九。如果白居易在写下这两行诗句时确曾想到陶渊明的南山诗，那么，他看到的陶集版本恐怕不仅作"望南山"，而且作"时时望南山"。顺便提到，对"望"大加鞭挞的笺注家们对"时时望南山"的异文多半保持缄默，大概是觉得不屑一驳。

韦应物的引文比较成问题，因为韦应物没有像白居易那样清楚地标示出这是一首"效陶体"的诗。韦诗一共十八行，是一篇客气的应酬之作，感谢裴丞于百忙之中抽空探望他，除了吴曾引用的两行之外，和陶渊明并没有更多的联系。吴曾引用的两句其实来自如下两联："临流意已凄，采菊露未晞。举头见秋山，万事都若遗。"另一位南宋文人葛立方曾因此批评韦应物没有达到陶渊明的境界："应物乃因意凄而采菊，因见秋山而遗万事，其与陶所得异矣。"此处我们再次看到这个字，"得"。在葛立方看来，韦应物显然没有能够像陶渊明那样得到远山所蕴含的真意。

其实，在唐朝读者眼里，"见"和"望"也许根本就没有什么深刻的区别。韦应物的另一首诗，《同韩郎中闲庭南望秋景》，无论在内容上，还是在词句上，都比吴曾引用的《答长安丞》一诗更体现出陶渊明南山诗的影响。在这首诗里，"望"和"见"是并存的：

> 朝下抱余素，地高心本闲。
> 如何趋府客，罢秩见秋山。
> 疏树共寒意，游禽同暮还。
> 因君悟清景，西望一开颜。

有人夜半持山去

现在让我们暂时把注意力转向另一座山——一座微型的山。

在一〇九四年，苏轼在湖口人李正臣那里看到一块九峰奇石。他打算以一百金的价格把它买下来，但因为得到贬谪海南的处分，没有来得及买下石头就仓促动身了。他写了一首诗，纪念这一经历，并把石头命名为"壶中九华"。七年之后，苏轼遇赦回来，在湖口打听"壶中九华"的下落，发现它已经被人以八十千钱的价格买走了。苏轼又写了一首诗，追和前诗之韵，借以安慰自己。在这首诗里，他把自己比作归来的陶渊明。但是苏轼的情况和陶渊明并不一样：陶渊明是主动辞官的，苏轼的归来却是遇赦的结果；陶渊明喜悦地发现故园"松菊犹存"，苏轼却永远失去了他的奇石。

又是晁补之，在一篇为李正臣的诗所作的题跋里，补充说明了"壶中九华"的下落：

> 湖口李正臣，世收怪石至数十百。初，正臣蓄一石，高五尺，而状异甚。东坡先生谪惠州，过而题之云壶中九华，谓其一山九峰也。元符己卯（一〇九九年）九月，贬上饶，叙舟钟山寺下，寺僧言壶中九华奇怪，而正臣不来，余不暇往。庚辰（一一〇〇年）七月，遇赦北归，至寺下首问之，则为当涂郭祥正以八十千取去累月矣。然东坡先生将复过此，李氏室中，嵬崒森耸、殊形诡观者尚多。公一题之，皆重于九华矣。

晁补之坚信，苏轼的品题会给李氏的收藏增加价值。自然之物，无论它们本身看起来多么奇特，总是缺少一个名字，一个身份，一个声音。它们必须得到一个人——一个卓越诗人的赏识，然后才能变得出类拔萃，与众不同，就好像陶渊明必须有苏轼的鉴赏才能够从众多六朝诗人当中脱颖而出一样。而且，对晁补之来说，"价值"不仅意味着审美价值，也意味着商业价值，可以用价钱来衡量。苏轼和晁补之都很仔细地记下石头的价钱，无论是估价，还是实价。在晁补之跋语的最后一句话里，"九华"一语双关，既指"壶中九华"，也指实际的九华山；"重"不仅表示分量和意义的沉重，也隐隐指向石头的"贵重"：文学的与商业的价值，都和苏轼的大师身份遥遥相称。但是苏门的忠实弟子晁补之唯一没有意识到的是，一块石头一旦由于大师的品题而得到一个名字，它也就获得了独特的身份与个性，就像被爱者那样变得独一无二，不可代替。就在晁补之写下这篇跋语的第二年，苏轼果然从流放地回到了湖口，但是他没有再为李正臣的其他藏石命名。他只是写了一首诗，充满眷恋地追忆他失去的那块石头——壶中九华。

研究宋代文学的美国学者艾朗诺（Ronald Egan）曾说，苏轼诗文中常常出现的一个主题就是"超脱"，也就是说，"不让自己太执着于物、对物的占有欲太强"。但问题在于这种对"超脱"的执着总是会走向自己的反面。苏轼其实非常留意于"得"。他在《仆所藏仇池石，希代之宝也，王晋卿以小诗借观，意在于夺，仆不敢不借，以此诗先之》一诗中，敦促王晋卿尽快把仇石还给他。具有讽刺意味的是，王晋卿曾建成一座宝绘堂，贮藏平生收集的书画，苏轼特为之作《宝绘堂记》，劝王晋卿"寓意于物，而不可以留意于物",并说自己年轻时迷恋于物,现在已经醒悟,"见可喜者,虽时复蓄之,然为人取去,亦不复惜也"。苏轼对仇石的眷恋似乎和他对自己的描述恰好背道而驰。

只有了解苏轼对物的执着,我们才能更好地理解他对陶渊明的推崇:在苏轼心目中,陶渊明是一位见山而不求山的诗人,不像苏轼自己,如此恋恋于一座壶中九华。陶渊明不用依靠买山来"得山",而且,陶渊明之"得"表面上看来至为轻松自在,漫不经意,使苏轼羡慕不已。其实,陶渊明的这种轻松自在,一部分乃是苏轼本人的发明创造:他坚持"见"与"望"、无心与有意之间的分别,为后代读者对陶渊明的理解一锤定音。苏轼把自己的文化理想投射到了一位五百年前东晋诗人的身上。

本来这不过是读者接受理论的又一个典型范例,但是对异文的选择改变了整个问题的性质。换句话说,对陶诗进行诠释是一回事,依靠主动地控制和改变陶诗文本来塑造陶诗的解读则是另一回事。支配了异文选择的陶渊明形象本是后人的创造,陶渊明的早期传记作者已经开始了这一创造过程,苏轼及其文学集团更是对完成这一创造过程起到了决定性作用。这个形象与其说反映了历史上的陶渊明本人,毋宁说反映了北宋文人所关心的一系列文化问题,包括伴随着收藏鉴赏文化的潮流而产生的对于"得"的焦虑。我们在此面临一个怪圈:陶渊明的人格形象决定了异文的选择,之后,被选中的异文又反过来被用于证明陶渊明的人格形象。一代又一代的陶诗读者被这一怪圈所困,鲜有能脱离者。

通过揭示"见"与"望"的重要区别，苏轼俨然成为得到了陶渊明"真意"的读者。在陶渊明之后，苏轼再次"得到"了南山的精神，从而"获得"了南山。

我们且来看一下陶渊明的另一首诗：《乙巳岁三月为建威参军使都经钱溪》。和南山诗一样，这是一首关于"得"的诗，而且全诗的关键也在于一个异文。在这个异文里，藏着一座被偷走的山。

> 我不践斯境，岁月好已积。
>
> 晨夕看山川，事事悉如昔。
>
> 微雨洗高林，清飙矫云翮。
>
> 眷彼品物存，义风 / 在义都未隔。
>
> 伊余何为者，勉励从兹役。
>
> 一形似有制，素襟不可易。
>
> 园田日梦想，安得久离析。
>
> 终怀在归 / 壑舟，谅哉负 / 宜霜柏。

从表面上看来，这首诗抒发了弃官归隐的愿望，但是，如果我们留意察看，就会发现这首诗实际上表现了诗人对于变动与恒久、流失和存留的关心。尽管时代变迁，战争频繁，山川、风雨这些自然事物却是永远存在的；就连飞鸟，虽然是脆弱短暂的个体生命，也因为被指称为"云翮"而保持了抽象的永恒。在这个长存不变的自然世界，微雨洗高林，风吹干了鸟儿淋湿的翅膀，送它高入青云：一切事物都和其他事物发生微妙复杂的关系。第四联"眷彼品物存，在义都未隔"十分引人注目，因为诗人在自然万物的和谐与人事的复杂纷扰之间做出了鲜明的对比。人世存在着各种各样的间阻，比如诗人远离家乡，或者，他的"不践斯境"。现在虽然故地重游，目睹事事如昔的旧日山川，诗人还是感到新的阻隔——在万物和谐相安的自然世界里，他自觉是一个不合时宜的侵入者：

> 伊余何为者，勉励从兹役。

虽然他对周围的自然景物感到眷恋，但他自己的存在却与之格格不入，他只是一个转瞬即逝的过客而已。"一形"不仅显得孤独，也受到外界的制约，因为诗人的旅程是违背自己心意的。当然也不是完全缺乏安慰：诗人的"素襟"没有受到影响，它的"不可易"呼应自然界的恒久，和人世风云变幻的政治环境形成反差。

在诗的最后一联中，我们看到两处异文。"终怀在归舟"，"归"一作"壑"；"谅哉负霜柏"，一作"谅哉宜霜柏"。素霜覆盖的松柏，无疑用了《论语》的典故——"岁寒，然后知松柏之后凋也"，同时也象征了诗人不可改易的"素襟"。至于前一句诗，如果我们采取"归舟"，当然很容易理解：它表达了诗人对回归田园的决心。果不其然，大多数陶集版本都采取"归舟"作为正文。"归舟"把诗的结尾变得十分透明，但也未免使之索然寡味。

假如我们选择"壑舟"，则陶渊明的同时代人一定会想到《庄子》中的这一段话，它来自陶渊明特别喜爱的《大宗师》篇：

> 夫藏舟于壑，藏山于泽，谓之固矣。然而夜半有力者负之而走，昧者不知也。藏小大有宜，犹有所遁。若夫藏天下于天下而不得所遁，是恒物之大情也。特犯人之形而犹喜之。若人之形者，万化而未始有极也，其为乐可胜计邪！故圣人将游于物之所不得遁而皆存。

在这段至为闳肆优美的文字里，庄子探讨了人生的易变。他宣称，只有把自己交付给无休无止的变化，才能真正获得永恒。夜深人静时，从大壑深泽中负舟而走的"有力者"是一个强劲的意象，代表了死亡不可抗拒的力量。在陶诗的语境里，这一意象照亮了整个诗篇：岁月尽可以逐渐堆积，但万事万物皆长"存"于不息的变化之中。大自然循环往复的自新和个人"一形"的易朽形成了强烈的对照。也许是因为正在乘舟航行，诗人想到了"壑舟"的意象：在浓黑的夜色里，它被一个神秘的有力者负之而趋。这使诗人意识到，在他自己的生命之舟被负载到一个黑暗的港湾之前，他必须尽快把"素襟"付诸实施。生命短暂，只有选择自己真正喜爱的生活，才能对抗"大化"瞬息万变的飓风。变与恒之间的张力，就这样一直维持到诗的最后一行。

在《杂诗》其五中，陶渊明曾用"壑舟"的意象来描述生命的激流：

> 壑舟无须臾，引我不得住。
>
> 前途当几许，未知止泊处。

负舟而走的有力者，是死亡与变化的象征。在《过钱溪》一诗里，这个象喻本身就遭到了变化的播弄，因为在这里变化是以文本异文的形式出现的。

窃舟者还窃走了一样更巨大的东西：藏在深泽中的一座山峦。当苏轼从流放地归来，发现"壶中九华"已被一个有力者夺走，他用一首诗表达叹惋。一年之后，苏轼去世了。又一年之后，苏轼的好友黄庭坚写下《追和东坡壶中九华》。诗的开端蕴含着深深的伤痛：

> 有人夜半持山去——

对黄庭坚来说，损失是双重的：他不仅失去了奇石，也失去了好友苏轼。二者都是被狂妄的夜贼窃走的大山。

得与失

"壶中九华"的故事，可以作为陶诗的寓言。一块石头，虽然形状奇特优美，不过是大自然千万块奇石中的一块而已，只是因为苏轼的赏识，一变而为壶中仙山，从此身价倍增，甚至得到御前。与此相应，陶诗自从得到苏轼及其文学集团的推崇，也获得了前所未有的价值；而且，就和壶中九华一样，这种价值不仅是美学的，也是商业的。

苏轼自己曾经多次谈到手写陶诗。作为一个书法大家，苏轼的字是很多人追求和收藏的对象。既然如此，有一个版本在宋版陶集中特别吸引了收藏家的注意，也就不是偶然。这个本子是一种苏体大字本，因为附有写于宋高宗绍兴十年（一一四〇年）的无名氏题跋，所以常常被称为"绍兴本"，又称"苏写本"。

所谓苏轼手写陶集付刊一事，近乎神话，苏轼本人也从未提到过这样一个版本。退一步说，即使这样一个版本的确曾经存在过，它是否存留下来也很值得怀疑。一一二二年，出现了一种所谓"字画乃学东坡书、亦臻其妙"的信阳大字本，更使苏轼手写本的说法变得扑朔迷离。刘声木曾就绍兴本或苏写本发表过如下看法，可供我们参考：

苏文忠公轼字体书《陶渊明集》十卷，俗传苏文忠公书，实则字体酷似苏，非文忠公笔也，据集后绍兴十年十一月□日跋谓："仆近得先生集，乃群贤所校定者，因镂于木，以传不朽"云云。亦未明记所书之人。据其字迹，跋语与全书如出一手，殆即镂木是书者所书无疑。

但是，在十七世纪著名藏书家毛扆心目中，苏轼手写陶集付刊的说法不但是真实的，而且和毛扆自己的家族历史还有一段充满隐痛的纠葛。毛扆在"苏写本"抄本的重刊跋语中，记述了又一个关于鉴赏、识别、得失的故事：

> 先君尝谓扆曰："汝外祖有北宋本陶集，系苏文忠公手书以入墨板者，为吾乡有力者致之，其后卒烬于火。"盖文忠景仰陶公，不独和其诗，又手书其集以寿梓，其郑重若此。此等秘册，如随珠和璧，岂可多得哉。扆谨佩不敢忘。

毛扆的先君也就是毛晋，明末的大藏书家和出版家，汲古阁的建立者。一部南宋陶集因为曾经属于汲古阁而被称为"汲古阁本"，现藏于中国国家图书馆，这大概就是毛扆晚年卖给潘耒的本子。但是毛扆在这里谈到的陶集版本是另外一种，当年曾被一个"有力者"从他外祖那里夺去。虽然毛扆没有指名道姓，但是他的同时代人，或者熟悉历史掌故的读者，应该已经猜测到他说的大概就是晚明的著名文人钱谦益。钱谦益是江苏常熟人，和毛扆是同乡。一六四三年，他曾为一部"坡书陶渊明集"写过这样的题跋："书法雄秀，绝似司马温公墓碑，其出坡手无疑。镂板精好，精华苍老之气，凛然于行墨之间，真希世之宝也。"这很可能就是他从毛扆外祖家获取的宋板陶集。同年，钱谦益盖了一座绛云楼，用以"贮存"他的善本书和姬人柳如是。钱谦益在绛云楼落成时写下的八首诗描写了他的双重乐趣，其中有道是："百尺楼中同卧起，三重阁上理琴书。"但是，没有什么比他选择的楼名更不吉利的了：所谓"世间好物不坚牢，彩云易散琉璃脆"。一六五〇年的一场大火烧毁了绛云楼，也烧掉了很多珍本藏书。这也许就是毛扆在其跋语中提到"卒烬于火"的来由。

毛扆的跋语并未到此结束。他在下面叙述自己如何担当起蔺相如的角色，在一场隐秘的家族之争中，为自己的外家遭受的损失实行了一场小小的报复：

> 一日晤钱遵王，出此本示余，开卷细玩，是东坡笔法。但思悦跋后有绍兴十年跋，缺其姓名，知非北宋本矣。而笔法宛是苏体，意从苏本翻雕者。初，太仓顾伊人湄贵此书求售，以示遵王。遵王曰："此元版也，不足重。"伊人曰："何谓？"遵王曰："中有宋本作某，非元版而何？"伊人语塞，遂折阅以售。余闻而笑曰："所谓宋本者，宋丞相本也。遵王此言，不知而发，是不智也；知而言之，是不信也。余则久奉先君之训，知其为善本也。"伊人知之，遂持原价赎之，颜其室曰陶庐，而乞当代巨手为之记。

钱遵王即钱曾，钱谦益的侄孙。据说绛云楼烬于火后，所余藏书尽归此人。我们不知道钱曾告顾湄以"元版"云云，是有心欺骗还是出于无知或疏忽，因为一般来说，看到"宋本"字样自然会视为"宋代版本"的简称，但"宋本"和陶集联系在一起，常常是指"宋庠本"而不是"宋代版本"。既然钱曾轻易地答应顾湄以原价赎回，似乎说明钱曾并不晓得这一版本的珍贵。毛扆帮顾伊人从钱氏家族赎回不小心贱价出售的宋本陶集，无形之中为自己的外祖出了一口恶气。但是毛扆从中得到的好处还远不止此。他对顾伊人提出一个请求：

> 余谓之曰："微余言，则明珠暗投久矣，焉得所谓陶庐者乎？今借余抄之可乎？"业师梅仙钱先生，书法甚工，因求手摹一本，匝岁而卒业。笔墨璀璨，典刑俨然。后之得吾书者，勿易视之也。先外祖讳旆字德馨，自号约斋，严文靖公之孙，中翰洞庭公第四子也。甲戌（一六九四年）四月下澣汲古后人毛扆书谨识。

在跋语末尾，毛扆笔势一转，回到自己的外祖父，明明揭示了他有心为外祖扬眉吐气的用心。前文没有提到姓名的"吾乡有力者"，至此完全被毛扆外祖父的名、字、别号及其显赫的家世掩盖了。作为严氏后人，毛扆的胜利不仅在于帮助顾湄夺回宋本陶集，而且，还在于托业师钱梅仙花了一年时间，精心摹写了一个本子。我们要知道，这不是一般的抄本。在没有复印机的时代，这种历时一年的"手摹"，旨在创造完美的"影印"效果。毛扆的父亲毛晋，如果不能得到某宋元刻本及旧钞本，便会"延请名手选上等纸精抄一部"，号称"影宋抄"，可以达到"与刊本无异"的程度。毛扆的《汲古阁珍藏秘本书目》存有购书价和抄书值，"我们从中看到，毛钞所耗资财，几乎与宋元本同，甚至有轶其价者"（章宏伟《出版文化史论》）。

毛扆的故事，不仅关系到得与失，而且关系到商业交换和商品价值。就像一部善本书那样，知识与信息在经济交换系统里也可以获得价值：毛扆对宋本陶集的识别使他终于获得影写此书的权利。即使到了今天，手工制作品仍然比机器产品更为昂贵。这也正是毛扆特别仔细交代钱梅仙花了多少时间抄写全本的原因。

归根结底，毛扆的故事关系到权力的运作：一册图书（书的作者本是对权力最不感兴趣的人）成为权力争夺的集中点。"吾乡有力者"虽然从严澍手中夺走了珍本，但是终究不能抗拒大自然的可怕力量，在一场火灾中失去了它；他的晚辈，则因为无知和晦气，失去了另一册珍本；相比之下，严澍的后人则以一部新的抄本和一篇传之于后世的跋语，弥补了家族的损失。

在明清两代，一部善本书就和一幅画、一座花园或者一件三代的青铜器一样，不仅是人人艳羡的商品，也是经济、政治和文化权力的运作场。在一部汤汉编注的宋版陶集后面，顾自修写于一七八七年的跋语记叙了他的朋友周春获得这一珍本的前后过程。

一七八一年，鲍廷博和吴骞过访周春。当天晚上在聊天的时候，鲍廷博提到一部前有汤汉序言的陶集，并说已经把书付给了海盐张燕昌。吴骞对汤汉的来历一无所知，周春则立刻拍案大叫"好书"，并为之具言汤汉的始末。这时，鲍廷博才意识到他和一部南宋珍本失之交臂，不由"爽然若失"。五月初五日，周春向张燕昌借观此书。随后发生的事件，被顾自修婉言描述为张燕昌不断催还而周春提出用书画玩器交换，其实显然是周春在放刁耍赖，巧取豪夺。整个谈判过程持续了两年之久，也许张燕昌终于意识到周春是不打算交还此书的了，终于答应以价值白金若干的古墨交换。一七八三年，"此书乃为先生所有，盖其得之之难如此！"到了一七八六年，鲍廷博得到一部此书的抄本，张燕昌则敦促拜经楼主人吴骞把书"重行开雕，共忏悔觌面失宋刻公案"。在题跋结尾处，顾自修赞美周春，认为没有周春高人一等的识别力，则此本不可能流通于世。他也称鲍、张、吴三人之"好事"乃"流俗中所罕觏云"。换句话说，顾自修试图向读者传达这样一个信息：负责刊印此书的人，就和他们所付刊的书一样，都是不可多得的。

以上是顾自修对周春如何获取汤汉本陶集的描述。周春自己则只是说"偶从友人处得之，不胜狂喜"，手自补缀，重加装订。周春的记述写于一七八一年夏，当时这本书还没有真正属他所有，是刚刚从张燕昌那里借来的。尤为好笑的是，周春重新装订此书时在书前加页，书页另一面盖有一方优美的印文："自谓是羲皇上人。"这句话来自陶渊明《与子俨等疏》。在信中，陶渊明自称五六月间，高卧北窗之下，凉风吹来，自谓是羲皇上人。"五六月"正是周春获得汤汉本陶集的季节。

周春旋即把自己的书斋命名为"礼陶斋"。"礼"，是指他所拥有的一部"宋刻礼书"，但同时也可理解为一语双关的"礼拜陶集之斋"。顾湄也曾把自己的书斋命名为"陶庐"，纪念他失而复得的宋版陶集。以书名斋是炫耀收藏品的绝妙方式，这样的公开炫耀，同时显示了主人对所有物的珍重隐藏。据说周春得到此书后不仅"秘不示人"，而且甚至准备以之殉葬。周春大概十分清楚以书示人可能带来的危险后果，但他大概也知道，"秘不示人"只会激发起他人更强烈的欲望。"佞宋主人"黄丕烈即在此书跋语中自承："余素闻其说于吴兴贾人，久悬于心中矣！"

一八〇八年夏秋之际，黄丕烈听说某书商得到此书，欲求售于吴门，但是此后久久没有音信。最后从一位嘉禾友人处得到消息，这位朋友说，他许以四十金易之，未果，已为某峡石人家得去。一年之后，黄丕烈从友人吴修处得知，峡石人家"可商交易"，遂终以百金得之。我们注意到书价已经从原先的"四十金"翻了一倍还多。黄丕烈的题跋写于一八〇九年中秋。在这一跋语之上，书页的空白处，还有后来加上的数行小字，称周春自从卖掉他的宋刻礼书后，改书斋名为"宝陶斋"；而在卖掉陶集后，又改颜之为"梦陶斋"了。至于黄丕烈自己，则因为这是他收藏的第二部宋版陶集，遂名其书斋为"陶陶室"——陶陶者固为"二陶"之谓，然亦双关"其乐陶陶"也。

这许多的书斋名虽然皆有"陶"字，此"陶"却既不代表诗人陶渊明，也不代表陶渊明的诗文，而仅仅代表了陶集的一个版本而已。把陶渊明和一部宋版书等同起来，使我们得以通过一本书而获得和拥有诗人陶渊明。陶渊明的诗文在此已经不是重心所在：对拥有珍奇之物的欲望占了上风。当然，一部善本书是相当特别的珍奇之物：对书的热情追求本身即是一个人的文化资本，带有一个特殊社会阶层的诱人光圈。

历代收藏者在汤汉本上留下的大小印章超过四十枚，这令人想到一部珍本书和中国的许多山峦具有的共同之处：那些山峦常常刻有历代题铭，有时在一面石壁上几乎找不到一点空白。二者的目的，都是在欲望对象上面留下自我的痕迹，从而建立实际的或者象征性的所有权。陶渊明的作品，就这样变得越来越好像是一面刻满字迹的石壁，成为逐渐石化的物体，与其说是因为它的内容，还不如说是因为它的外表而受到赞誉。获得一部宋版陶集就好比获得一块奇异的山石：如果不能得到山峦本身，那么，得到山峦的一小部分，一块形状似山的石头，也是好的。同样，人们以为可以通过获得一部珍贵的宋版书，来捕获一位变幻不定的诗人：他的流动性如此之强的文本曾经在众多抄本中以不同的面貌出现，以致"有一字而数十字不同者""卒不知何者为是"。

在《与子俨等疏》里，陶渊明曾如是描写他生活中的乐趣：

开卷有得，便欣然忘食。

这是阅读的乐趣，却又不仅仅是阅读的乐趣：它向我们展示了"有得"之乐——仅仅阅读是不够的，还应该从书中"得到"一些什么。陶渊明的话和他在《五柳先生传》中的话相互映照生发："好读书，不求甚解，每有会意，便欣然忘食。"在这两处文字中，我们都听到"得意忘言"的回声。在中国文化史上，对"得"的迷恋很早就已经开始了。

乱　曰

生活在公元八世纪的唐代诗人皎然曾写过一首诗，题为《九月十日》。在诗的最后一联，他提到"南望"：

> 爱杀柴桑隐，名溪近讼庭。
> 扫沙开野步，摇舸出闲汀。
> 宿简邀诗伴，余花在酒瓶。
> 悠然南望意，自有岘山情。

一般人写诗，都会选择"九月九日"作为题目，皎然却偏偏选择了九月九日的余波。剩余的菊花，插在空空的酒瓶里。它们是昨日之"余"，是赘物，它们的在场暗示了时间的流逝、贫乏和缺席。

柴桑是陶渊明的故乡。陶渊明诗集中有三首赠给柴桑令的诗，一首写给丁柴桑，两首写给刘柴桑。丁柴桑未知何人，刘柴桑据考证是刘遗民，隐士，虔诚的佛教徒。皎然诗的最后一句，用了西晋名臣羊祜的典故：羊祜镇守襄阳时，常常前往岘山饮酒赋诗，流连终日。有一次，他在宴席上叹息道："自有宇宙，便有此山。由来贤达胜士，登此远望，如我与卿者多矣，皆湮灭无闻，使人悲伤。如百岁后有知，魂魄犹应登此也。"羊祜死后，襄阳百姓为了纪念他，在山上竖立起一块石碑，看到石碑者往往泪下，因此，羊祜的继任者杜预称之为"堕泪碑"。杜预自己也非常关怀后世名，曾经"刻石为二碑，纪其勋绩，一沉万山之下，一立岘山之上，曰：安知此后不为陵谷乎？"

我们不知道皎然写这首诗时人在何处，"南望"的又是哪座山。但是有一件事很清楚：诗人并没有像羊祜那样登上岘山向他处远望，相反，岘山成了诗人眺望的目标（哪怕只是在想象之中）。皎然的诗，处处令我们联想到陶渊明（而且我们可以推测，皎然所读到的南山诗想必作"望南山"而不作"见南山"）：溪水靠近讼庭，呼应了陶诗"心远地自偏"的意境；菊、酒与南望，也都是极为熟悉的意象。和陶渊明的南山诗一样，皎然的诗表达了对永恒的渴慕。庞然的岘山和插在酒瓶里的余花遥遥相对，既是宇宙长存的象征，也暗示了人类生命的短暂：在重九采菊，祈求长生，归根结底是多么徒劳无益的行动，因为就连"举俗爱其名"的重阳佳节都已成了明日黄花。

从羊祜、陶渊明到皎然，已经几百年过去了，但是，人们对永恒的渴望依然如故；除此之外，人境中的所有其他东西都是转瞬即逝的。不过，自称谢灵运十世孙的皎然，在描写他和山的关系时，没有用"得"，而用了"有"，而且，还是"自有"：一种自然的、毫无牵强之感的拥有，不像后人那样，充满对得失的牵挂与焦虑。皎然并且宣称，他拥有的不是山，而是"岘山情"：那是一种对永恒的渴望，它曾使羊祜叹息，使杜预堕泪，使陶潜忘言。这是另一种"得山"的方式，只是"得"的性质却从来没有改变。

饮食，死亡与叙事

死亡与叙事之间，存在着一种黑暗的亲密关系。在薄伽丘的《十日谈》里，生动鲜明的故事，却偏偏被放置在大瘟疫的背景下，黑死病的阴影笼罩着花园里讲故事的青年男女们。在中国传统里，"立言"和"立德""立功"同属于"三不朽"。话语，在其最广泛的意义上，成为抗拒死亡的方式。在他的诗歌话语中，陶渊明不断回到他所关心的主题：饮食／酒食与文字。

陶渊明处于一个既具有连续性又在不断变化的文学传统当中，他首先是一个诗人，不是哲学家或思想家。因此，在询问陶渊明究竟是儒家思想还是老庄思想的信徒抑或二者的结合之前，我们有必要看一看陶渊明到底是如何利用诗歌传统的。陶诗用老庄、《论语》的典故极多[1]，但是这些典故或者作为诗歌意象出现，

1　据朱自清统计，古直笺注陶集中，陶用《庄子》典故四十九处，《列子》二十一处，《论语》三十七处。

或者为诗人提供了现成的词语，它们不构成系统的哲学思想，一首诗也毕竟不是一篇哲学论文。陶渊明的诗文必须放在文学传统里、也放在当代文化背景下进行检视。诗人的天才给他的作品带来一种特别的风味，但是，我们还是可以在其中看到早期诗歌的主题因素，也体认到同代思潮对诗人的影响。

一般来说，划分诗歌流派，是为了我们勾勒文学史版图的方便，但不能很好地描述文学史现实中的任何特定时刻，因为文学史从来就不是清楚整齐、秩序井然的。前人和同时代人的影响，往往以间接的、隐晦的方式甚至奇异的变形出现。和他的同时代人一样，陶渊明对超自然的力量感到好奇，但是，他对文学历史特别是建安、西晋诗歌的兴趣在同时代人里面显得相当特殊。因此，陶渊明写出一种别具一格的"游仙诗"，在他的"游仙诗"里，诗人不是通过访名山、觅仙药、服食炼气来达到游仙的目的，而是通过阅读，思考和发挥文学想象。这样的经历和陶诗中的另一基本因素"酒食"紧密相关。

得　仙

我们可以一起来看看《连雨独饮》或者《连雨人绝独饮》这首诗。诗题很有意思："连雨"应该是时人熟悉的题目，因为与此相关的题材，"苦雨"，在陶渊明的时代已经是老生常谈了。阮瑀、傅玄和陆机都有《苦雨》诗；张协的《苦雨》特别得到六世纪初批评家钟嵘的称赞，认为是五言诗中之佼佼者。钟嵘的赞美可能是受到了江淹的影响，因江淹《杂体诗三十首》就挑选了这首诗作为张协的代表作。陶渊明有四言诗《停云》，主题与《连雨独饮》相类似，在诗中他感叹阴雨连绵、平陆成江，使他和远方的朋友阻隔（"静寄东轩，春醪独抚"）。但是，《停云》中的雨毕竟是"时雨"，也就是春雨，它滋润万物，使草木复苏（"东园之树，枝条再荣"）。尽管诗人感到孤寂，全诗仍然带有一种闲静的情调，特别是到了诗的后半，雨已稍停，鸟儿在枝头"好声相和"。《连雨独饮》的口气则截然不同。在这首诗里，诗人没有谈到对朋友的相思。在雨中独饮及怀人的主题，后来在鲍照的《苦雨》诗中再次出现。

在为数极少的现存晋诗里，我们注意到没有其他人以独酌作为诗题。一方面，诗歌传统的力量十分强大，到陶渊明的时代，已经形成了一套固定的诗歌题材、语汇、意象；另一方面，饮酒是社会性活动，无论是公宴、朋友相聚、庆祝丰收的仪式，或者出游，饮酒加强了社区成员之间的情感联系，在宴会中扮演了重要角色，而宴会往往是巩固或者展示政治权力的有效手段。沈约曾在《七贤论》中说："酒之为用，非可独酌，宜须朋侣，然后成欢。"

《连雨独饮》包含了诗歌传统因素：在建安诗歌中，饮宴主题常常和死亡、人生短暂与求仙相联系。但是这首诗的特别之处，在于它成功地勾勒出了一幅诗人在雨中自斟自酌、醺醺欲醉的肖像画，而且把《庄子》巧妙地融合进诗中。层层的诗歌传统没有能够淹没这幅素描的个性，可以说此中有人、呼之欲出。诗的另一奇特之处在于没有一字提到"雨"。考虑到作诗贴题的重要性，陶渊明在《连雨独饮》诗中只字不提雨值得我们注意。

> 运生会归尽，终古谓之然。
> 世间有松乔，于今定何闻 [1]。

诗人开门见山，指出仙人的虚妄。这非常符合饮宴诗的传统：在饮宴诗里，及时行乐往往被视为求仙不成的自然结果。不过，诗人虽然对仙人之有无表示怀疑，他随即得知饮酒本身就是得仙的方式之一：

> 故老赠余酒，乃言饮得仙。

第二句的"乃"字，表达了诗人的惊讶。饮酒得仙，的确违背时人的常识。在《养生论》中，嵇康宣扬饮酒不利养生；在《代秋胡歌诗》中，声称"酒色令人枯"。嵇康的诗以"思与王乔，乘云游八极，凌厉五岳，忽行万亿"结束，在很多同时代的求仙诗中具有代表性。陶渊明对饮酒的描述显然吸取了游仙诗的语汇，只不过反其道而行之，把饮酒当成求仙的手段：

---

1 "闻"一作"间"。"闻""间"字形相似，在中古汉语中属同一韵部。这里选择"闻"是避免和前一句中的"世间"重复，虽然早期中古诗歌往往不避重复。

　　　　　　试酌百情远，重觞忽忘天。

　　王叔岷在此纠正丁福保的笺注，认为"百情远"不同于百感交集，并引王蕴"酒正使人人自远"之语来解释"百情远"，这是十分正确的。在《世说新语》同一章里，王蕴的同时代人王荟还说，"酒正自引人着胜地"，也是对陶诗的绝佳注脚。

　　"忘天"出自《庄子·天地》篇："忘乎物，忘乎天，其名为忘己。忘己之人，是之谓入于天。"换句话说，一个人如果能够忘物、忘天、忘己，就可以"冥会自然"，与天道相通。在《连雨独饮》诗里，诗人不仅在象征意义上，而且在字面意义上，真的做到了"入于天"，因为在微醺状态中，他似乎骑在一只云鹤的背上，倏忽之间游遍八方（这正是嵇康在《代秋胡歌行》中表达的愿望）。"故老"告诉诗人"饮得仙"是实话，只不过"天"不在外界而在内部。《连雨独饮》仿佛一篇微型的游仙赋，直接承继了《远游》与《大人赋》的传统：

　　　　天岂去此哉／天际去此几，任真无所先。
　　　　云鹤／鸿¹有奇翼，八表须臾还。

"天际去此几"不如"天岂去此哉"听起来那么自信，似乎提出了

1　"鹤""鸿""鹄"在早期文本中经常互相混淆。在此处"鹤"是通行的选择，大概因为鹤是仙禽的缘故。

一个真正的问题，而不是仅仅为了加强修辞效果的反诘。后者以"哉"结束，句法比较散文化，语气上也较为自然。

王叔岷以为诗人在前面既然已经排除了仙人存在的可能，这里的云鹤自然不可能和游仙有关，"云鹤"句不过象征了诗人卷舒自如的心境而已。这样的解读似乎把诗人对"松乔"的否定看得太过认真。声称仙人难遇是饮宴诗的传统，和诗人的真实态度没有太大关系。云鹤当然象征了诗人的神游状态，但排除云鹤和仙人的联系，也就错过了诗人自称靠饮酒得仙的幽默。

萧统在陶渊明传里用过"任真"一词，它意味着"顺从自然本能"。郭象的《庄子》注里用到"任真"，到唐朝成玄英疏解《庄子》时，"任真"已经成为常见词了。"真"是《庄子》中的一个重要概念（在《论语》中却一次也没有出现过），在《庄子·大宗师》一章里，我们看到庄子对"真人"的详细阐释。"真人"的一个关键特点，就是"忘"的能力。同一章里孔子与颜回的对话也展示了"忘"的重要性。这段对话，乃至"大宗师"的整个章节，构成了陶渊明《连雨独饮》诗一诗的潜台词：

> 颜回曰："回益矣。"仲尼曰："何谓也？"曰："回忘仁义矣。"曰："可矣，犹未也。"他日复见，曰："回益矣。"曰："何谓也？"曰："回忘礼乐矣。"曰："可矣，犹未也。"他日复见，曰："回益矣。"曰："何谓也？"曰："回坐忘矣。"仲尼蹴然曰："何谓坐忘？"颜回曰："堕肢体，黜聪

明，离形去知，同于大通。此谓坐忘。"仲尼曰："同则无好也，化则无常也。而果其贤乎！丘也请从而后也。"

颜回向孔子报告他的修习进度，最后一次他只是简单地说，"回坐忘矣"，没有像前两次那样告诉孔子他忘记了什么。这的确是一种进步。在孔子的追问下，颜回解释说坐忘包括祛除肢体（身体的欲望）与聪明（认知的能力）。"大通"即"道"，如果一个人"同于大通"，就不会再枉自分别好恶，而是遇物无间，参与自然的无穷变化。我们现在可以更好地理解陶诗的结尾了：

自 / 顾我抱兹独，
僶俛四十年。
形骸久已化 / 形体凭化迁 / 形神久已死，
心在 / 在心复何言。

诗人终于把我们带回到诗题的另外一个部分：连雨"独"饮。前面的诗句，描写了诗人如何逐渐进入微醺状态，现在，翱翔八表的云鹤已经飞回，诗人开始清醒地反思他的处境。"八表"与"四十年"使时间与空间的层面交叉在一起，浓缩为诗人此时此地所在的一个点。令我们感到有些吃惊的是"僶俛四十年"的告白。诗题明确告诉我们，诗人的独酌是由于阴雨连绵、没有朋友来访，但是，四十年而"抱兹独"则想必是有意识的选择，而不是暂时被动忍受的现实。"抱"字凸显了诗人的决心。在另外一首题为《戊申岁六月遇火》的诗里，我们看到类似的诗句："总发抱孤介，奄出四十年。"两首诗虽然一写火而一写水，表达的情绪却十分相似："形迹凭化往，灵府长独闲"——即使形体改变，心灵或精神却长存不变。在《连雨独饮》诗的结尾，诗人得出同样的结论："形骸久已化，心在复何言。"

这令我们想到《庄子》："古之人，外化而内不化，今之人，内化而外不化。与物化者，一不化者也。"换句话说，古人形体改变而内心保持宁静，今人心神摇荡，而在外却固执死板，不肯变通。既然万物都在不断变化之中，只有与物同化，才能保持内心的平衡，与自然合拍，与天地达到和谐。《淮南子》响应了《庄子》的思想："得道之士，外化而内不化。"因为正如《庄子》所言："其形化，其心与之然，可不谓大哀乎？"

独饮使诗人自己进行反省，他想到四十年来的孤独，四十年来容貌形体发生的改变——他毕竟不是"松乔"，四十年在凡人的生命里是很长的时间。我们再次回到《庄子·大宗师》篇——陶渊明似乎对《庄子》的这一富有诗意的章节情有独钟，他不断从中吸收意象、语汇和灵感：

　　子祀、子舆、子犁、子来四人相与语曰："孰能以无为首，以生为脊，以死为尻，孰知生死存亡之一体者，吾与之友矣。"四人相视而笑，莫逆于心，遂相与为友。俄而子舆有病，子祀往问之。曰："伟哉！夫造物者，将以予为此拘拘也！"曲偻发背，上有五管，颐隐于齐，肩高于顶，句赘指天。阴阳之气有沴，其心闲而无事，跰𨇤而鉴于井，曰："嗟乎！夫造物者，又将以予为此拘拘也！"

我们在形体衰颓、"其心闲而无事"的子舆身上，看到了诗人的影子。在遇火之后，诗人安慰自己说，哪怕身体所赖以安居的屋宇烧毁了（或者，在引申的意义层面上，作为屋宇的身体被时间摧毁了），灵魂的屋宇仍将"长独闲"，保持它一贯的平静安宁。在《连雨独饮》中，诗人表达了同样的观念。就这样，面对生命的短暂，除了及时行乐和游仙之外，《连雨独饮》给我们看到了另外一种可能。

在《大宗师》里，上引孔子和颜回的对话下接这样一段文字：

子舆与子桑友，而霖雨十日。子舆曰："子桑殆病矣。"裹饭而往食之。至子桑之门，则若歌若哭，鼓琴曰："父邪？母邪？天乎？人乎？"有不任其声，而趋举其诗焉。子舆入，曰："子之歌诗何故若是？"曰："吾思乎使我至此极者而弗得也。父母岂欲吾贫哉？天无私覆，地无私载，天地岂私贫我哉？求其为之者而不得也。然而至此极者，命也夫！"

就和我们的诗人一样，子桑因为连绵阴雨不得出门，而且家中显然没有储粮。他鼓琴而歌，把自己的贫穷归结于宿命。可是即使在窘境之中，还是有朋友惦记着他，带着食物来看望他。从这一点看来，我们的诗人"连雨人绝"的处境越发难堪。

在中国诗歌传统里，从《诗经》中的《山有枢》开始，我们常常听到诗人嘲笑那些积蓄财产而不舍得花用的人，敦促人们趁着还来得及尽情享受人生。《连雨独饮》诗一开始即宣称"运生会归尽"，随后对什么已经消耗殆尽、什么还存在，进行了一番精心的盘点（四十年的光阴相对于过剩的孤独，形体相对于精神），最后以"复何言"——言语的穷尽——结束全诗。求仙者必须学会节省和积蓄他们的精气，而我们的诗人同样善于精打细算，知道他应该花费什么、获得什么。送酒的故老说饮酒得仙，但是，以这种不寻常方式求得的长生，本身也是不寻常的——所谓得仙，不过是得到一种精神自由，得到一瞬间的解悟，诗人意识到虽然他损耗了很多，他最宝贵的财富还是绰绰有余的。

诗的最后两句有几处引人注意的异文：

> 形骸久已化 / 形体凭化迁 / 形神久已死，
> 心在 / 在心复何言。

形骸与形体基本是同义词，但是"形神久已死"的含义和前两句截然不同。如果我们选择这一异文，我们对它的理解应该按照《庄子·齐物论》中说的那样："形固可使如槁木，而心固可使如死灰乎？""形"在这里指外在容貌。《齐物论》中的话描述的是南郭子綦"丧我"之后的情景；换句话说，他已经达到了忘我的境界，因此，他的外形好像枯木一样完全静止。这一异文会使最后一句诗"心在复何言"有些难解，因此，最后一句一作"在心复何言"：一切都在心中，或者，一切都要看"心"所起的作用。不过，这种解读向来没有受到过笺注家的重视。当人们看到"形神"，一般来说都会把"形"理解为"身体"而不仅仅是"容貌"，这样一来，形神已死就难以解释得通；而且，对后人来说，"形神"二字引起的《庄子》的联想，未免显得"不够自然"——虽然在陶渊明的时代，这样的联想应该是非常直接的。

何有于名？

陶渊明是一个有心的读者，《连雨独饮》是一首建立于文本之上的诗，充满了《庄子》的回声。《游斜川》同样反映了诗人对文本传统的熟悉，对文字的迷恋。

《游斜川》序言称此诗作于辛丑年也即四〇一年，辛丑一作辛酉（四二一年）。很多陶诗都有小序，解释写作缘由。这在陶渊明的时代，已是相当普遍的做法。公元四〇〇年，在陶渊明写下《游斜川》一诗的前一年（如果我们选择"辛丑"的话），约三十位庐山僧侣曾在释法师（极有可能是名僧慧远）的带领下游庐山之北的石门山，写作了著名的《游石门诗并序》。其他两次著名的文学集会分别是石崇的金谷之会和王羲之的兰亭之会。金谷、兰亭都有诗、序存留（虽然人们对兰亭序的真伪有所怀疑），把与会者的姓名、年龄、官职记录下来作为纪念的做法始于石崇。《兰亭集》显然是以《金谷集》为典范的，但是对比石序与王序，我们也发现很多不同点，这些不同点既可以说是石崇和王羲之的个人差异，也在某种程度上代表了西晋文化与东晋文化的差异。石崇的序——缕述田庄的种种所有——从猪羊鸡鸭鹅，到果木药草，到水碓、鱼池、土窟（供储藏之用）——俨然是一个大农庄的盘点簿子，是对个人财富的展示与夸耀；同时，提到在集会上，"琴瑟笙筑合载车中，道路并作，及住，令与鼓吹递奏"，鼓吹也显示了主人与众宾客的显赫身份。相比之下，王序强调的是"仰观宇宙之大、俯察品类之盛"的哲思与诗意，并特别提出："虽无丝竹管弦之盛，一觞一咏，亦足以畅叙幽情。"石与王都描写了集会的自然环境，也交代了集会的原因：前者是为了送征西大将军王诩还长安，后者是庆祝三月三日的修禊日。到陶渊明的《游斜川》，则既不是送别朋友，也不是庆祝节日——实际上，"正月五日"是个极为普通的日子，而它的特殊性正在于它的任意性：

> 辛丑 / 酉正月五日，天气澄和，风物闲美。与二三邻曲，
> 同游斜川，临长流，望曾城。鲂鲤跃鳞于将夕，水鸥乘和以
> 翻飞。彼南阜者，名实旧矣，不复乃为嗟叹。若夫曾城，傍
> 无依接，独秀中皋。遥想灵山，有爱嘉名。欣对不足，率尔 /
> 共赋诗。悲日月之遂往，悼吾年之不留。各疏年纪乡里，以
> 记其时日。

这里的"灵山"指昆仑山。曾城传说是昆仑山最高峰，常用来代
指昆仑，如《石门诗》有云："褰裳思云驾，望崖想曾城。"这里，
曾城似乎是斜川中流的一座小山，它的名字激发了诗人的想象。
这是整篇序言中最值得注意的一点：诗人喜爱一个地方，不是或
不仅仅是为了风景的优美，而是因为它有一个好名字。这个名字
引发了诗人对昆仑山的联想，在《山海经》《穆天子传》之类诗人
喜好的"异书"里，昆仑山乃是列仙所居的灵山。

> 开岁倏五十 / 日，吾生行归休。
> 念之动中怀，及辰 / 晨为兹游。

出游的原因写得很清楚，是因为想到了"此生行归休"。提起
"游"，很容易让人想到文学传统中种种超凡绝俗的仙游，比如嵇
康在诗中写到的，"俗人不可亲，松乔是可邻。何为秽浊间，动摇
增垢尘？慷慨之远游，整驾俟良辰。轻举翔区外，濯翼扶桑津"。

但是陶诗中的"游",既非周游宇宙,也不是遨游名山大川,而是相当平凡的郊游:

> 气和天惟/候澄,班坐依远流。
>
> 弱湍驰文鲂,闲谷矫鸣鸥。
>
> 迥泽散游目,缅然睇曾丘。
>
> 虽微九重秀,顾瞻无匹俦。

在这首诗里,我们看到两种不同的诗歌传统被结合在一起。一方面是宴饮诗的传统,即如石崇、王羲之的集会诗,也承继了这一传统,并发生于被人为修治或者靠近人居的自然环境;另一方面,是《远游》的传统,诗人或者跋山涉水,或者周览八方,总之是要游历奇异、险峻的山水,远离人世的所在,或者根本就是非人间的仙境,如孙绰的想象之旅《游天台山赋》、庐山诸道人的《游石门》即是。陶渊明诗里有宴饮,也有游历,但他的"登山"完全限于视觉:是他的眼睛,而不是身体,在遨游("散游目")[1];而且,他满足于远眺,并不打算亲身登临。虽然他知道他眼中所见不是真正的昆仑山,但是至少在他的视野之内"顾瞻无匹俦",这就已经足够了。

另一方面,"文鲂"激起的是完全不同的联想:《九歌》中跟

---

1 以"散"描写视线比较少见,唯东晋庾阐有《三月三日》诗:"心结湘川渚,目散冲霄外。"

从河伯车驾的文鱼，或者曹植的《洛神赋》里女神的前导。一瞥之间，我们看到仙境色彩斑斓的碎片。

> 提壶接宾侣，引满更献酬。
>
> 未知从今去，当复如此不。
>
> 中觞纵遥情，忘彼千载忧。
>
> 且极今朝乐，明日非所求。

"未知"云云是劝饮之语，也是饮宴诗的常见主题："生年不满百，常怀千岁忧……为乐当及时，何能待来兹。"(《古诗十九首》其十五)"中觞"一作"中肠"，但这里以"觞"为是，因为诗人在描写饮酒的渐进阶段，要待到饮酒至半，酒酣耳热之际，才会"忘彼千载忧"。王羲之《兰亭诗》有"三觞解天刑"之句。如黄文焕所说："初觞之情矜持，未能纵也。席至半而为中觞之候，酒渐以多，情渐已纵矣。一切近俗之情，杳然丧矣，近者丧则遥者出矣。"

随着诗人"中觞纵遥情"，我们看到一种和《连雨独饮》相类似的、内化的"游仙诗"。《游斜川》以诗人对一个名字的爱好开始：河中流的一个小山丘，因为有一个和昆仑仙山最高峰一样的名字，引起了诗人的浮想联翩，乘着酒兴，"游目骋怀"，逐渐进入了"神游"状态。普通而熟悉的地理景象，变得和楚辞中的神境一样美丽奇特；只不过这里没有上天入地的追寻，一切都源自想象——肉眼与心眼的遨游。

有时饮宴发生的地点相当出人意料，比如《诸人共游周家墓柏下》：

> 今日天气佳，清吹与鸣弹。
>
> 感彼柏下人，安得不为欢。
>
> 清歌散/发新声，绿/时酒开芳颜。
>
> 未知明日事，余襟良以殚。

海陶玮认为："到底周家墓地是否属于陶侃的亲家周访的后人，既找不到任何文本证据，对此诗的解读也不重要。"诚然。这是一首平常的宴饮诗，讲述了一个平凡的道理：如果今天不及时行乐，明天恐怕就来不及了。不过，我们读诗，不是为了读其中的道理，而是为了文字带来的快乐。

诗以"今日"开始，以"明日"结束，最后一个字碰巧是"殚"，也就是所谓的"尽欢而散"。表面看来，似乎诗到尽头，话也说到了尽头，缺乏余味；但是，今天虽然已经兴尽，还有未知的明日，这首小诗微妙地平衡于两种状态之间：细小、亲密、实在、属于今天的乐趣和广大陌生的未来。王夫之评论说："笔端有留势。"可谓知言。

既然诗题明言"共游周家墓柏下"，那么这些游人也是"柏下人"了。芳颜，即尚在青春的面孔。可谓花红面也红，柏绿酒也绿。彼柏下人极安静，此柏下人极喧闹。但这是可以宽恕的喧闹，因为到得"明日"，他们也要变成安静的柏下人了。诗中游人发出的清歌，是这首小诗的象征：一点点的声音，被包围在广大而响亮的寂静里。

阅读到天黑

陶渊明的组诗《读山海经十三首》，在中国古典文学传统中很不寻常。首先，它们是中国文学史上第一组以阅读为题的诗。虽然在陶渊明之前，已出现了很多咏史诗，但这些诗并不像《读山海经》那样，给我们呈现出镶嵌着阅读经验的叙事框架。换句话说，《读山海经》不仅描述了诗人阅读的内容，而且还描述了诗人阅读的时间、地点和周围的环境。他不仅告诉我们他的读书感想，还仔细地描绘了物质性的阅读经验本身。

再者，诗人阅读的不是经史，而是一本"异书"——颜延之在诔文里说陶渊明"心好异书"，恐怕指的就是这样的书。虽然诗题只提到《山海经》，实际上，组诗的第一首还谈到《穆天子传》。《穆天子传》是晋武帝太康二年（二八一年）被盗墓者发掘出来的河南汲县魏襄王冢古书之一，从初见天日到陶渊明写此诗，不过一个多世纪而已。今本《穆天子传》共六卷，记述周穆王西行所见，包括在昆仑山和西王母会面之事。《山海经》则是一部至少可以追溯到西汉的神话地理著作，描写了环绕华夏的四海以及海外大荒。这些遥远的地域充满了幻想的山水，奇特的人民，怪异的鸟兽，还有各种各样不同寻常的木石。郭璞有《山海经图赞》，至今尚存。有的学者因"流观山海图"一句诗，以为陶渊明看到的就是郭璞的图赞本，但是陶渊明只提到"山海图"，未必包括图赞在内。除郭璞外，张骏也曾作《图赞》，除了《初学记》保存片断之外，已经散佚。

这组诗的另一奇特之处，在于它们呈现了一条清楚的叙事脉络。不是说这些诗忠实地再现了《山海经》的内部结构——事实上，诗人在选择《山海经》里面的细节时似乎相当任意，既不按照当时《山海经》现行版本的组织顺序，也不顾及这些细节是否相互联系——而是说它们构成了一部有关求仙和远游的微型史诗。从一片光明皎洁的仙境，到半人半神的英雄创下的光辉业绩，到怪兽狰狞、黑影幢幢，充满了背叛、谋杀和饥饿的凡间世界，我们的诗人把他的阅读经历编织成了一部中国版本的《失乐园》。这组诗以强调乐趣开始，以发现悲哀和恐惧结束。

最后需要指出的是，这组诗不断回到饮食的主题。凡人必须每天为求食奔波，仙人却没有这样的忧虑。因此，仙凡之隔，归根结底在于饮食。

其 一

孟夏草木长，绕屋树扶疏。

众鸟欣有托，吾亦爱吾庐。

既耕亦已种，且[1]还读我书。

《读山海经》的第一首诗，为我们介绍了诗人读书的时间与地点。时间是初夏，按照阳历来算，正是五月天气。地点是诗人的家。诗人曾在《咏贫士》组诗其六中写道："仲蔚爱穷居，绕宅生蒿蓬。"张仲蔚是东汉隐士，陶渊明对他的诗歌才能极为赞赏，称之为"翳然绝交游，赋诗颇能工"。但是相比之下，扶疏的树木比绕宅的"蒿蓬"美好得多，而且炎热将至，树木成荫，不但众鸟有托，诗人也可以享受凉爽。比较《咏贫士·其一》的"万族各有托，孤云独无依"（孤云喻贫士），此处则连"我"也有了依托。

就和在《归园田居·其一》里一样，我们看到一个隔离的空间，不但在空间上远离喧杂，在时间上也受到保护：既耕已种，实际生活问题得到照料，然后才回头读书，读书因此是"闲业"，是乐趣所在。

> 穷巷隔深辙，颇回故人车。
>
> 欢言酌春酒，摘我园中蔬。
>
> 微雨从东来，好风与之俱。

穷巷，即仲蔚之穷居，偏僻的小街。唯大车才能留下深辙，而大

---

1 "且"字在宋版陶集中作"时"。王叔岷训"时"为"即"，虽然这能够配合上下文语意，但是比较勉强，不如从《文选》《艺文类聚》作"且"。

车乃是显贵所乘。诗人不说老朋友势利，反而说他们本来是要来的，只不过穷巷太偏僻窄小了，难以寻访，难以进入。说他是讽刺也可，是温柔敦厚也可，或者，只是一个"不在乎"：耕种之后，有暇读书，正不希望人来打扰呢，朋友的势利，反而变成了读书的条件之一。这里我们也许注意到诗人不断使用"我"字：我庐、我书、我园中蔬。诗人强调的是一种自得其乐的自足感。自然万物都有俦侣——众鸟同群，风与雨俱——诗人却独自一人，住在无人来访的穷巷中，快乐地沉浸于精神的旅途。

我们还看到读书的物质层面：树木扶疏，众鸟鸣啭，好风，微雨，春酒，园蔬。饮食的主题在这里首次出现。

> 泛览《周王传》，流观《山海》图。
>
> 俯仰终宇宙，不乐复 / 将何如。

诗人的阅读态度和他在《五柳先生传》里"不求甚解"的描述很符合：泛、流，都是浏览而不是细读。

一些笺注家抓住"乐"字大做文章，以为此乐即安贫乐道之乐。但"乐"其实被镶嵌在一个反问句里，以否定的形式出现。这份快乐，是由于俯仰之间神游八极而产生的，同时，也是因为意识到人生短暂，俯仰之间，天地即可终结，"不乐复何如？"我们且看诗人如何在一个普通的、充满家庭日常生活气息的园子里，完全凭着文字，凭着想象，为自己创造出一个广大的宇宙，并像楚辞汉赋中的远游者那样，开始一次漫漫修远的旅程。

其二

> 玉堂 / 台凌霞秀，王母怡 / 积妙颜。
>
> 天地共俱生，不知几何年。
>
> 灵化无穷已，馆宇非一山。
>
> 高酣发新谣，宁效俗中言。

用"妙颜"描述西王母颇为幽默。西王母在《山海经》里共出现三次，每次对她容貌的描写大同小异，如《西山经》："玉山，王母所居也。其状如人，豹尾虎齿而善啸，蓬发戴胜，是司天之厉及五残。"《海内北经》："西王母梯几而戴胜杖，其南有三青鸟，为西王母取食。在昆仑虚北。"《大荒西经》："有人戴胜，虎齿豹尾穴处，名曰西王母。"可见"妙颜"是"奇妙"而非"美妙"之意。至于"妙颜"前面的动词，"怡"是通行的选择，因为容易理解，容易解释；但是"积"字别有滋味。道教中人对"积"情有独钟，而"王母积妙颜"很可能是指她"无穷已"的神妙变化：从骇人的怪兽，到彬彬有礼的女主人，到美丽的中年女仙。

诗的最后两句显然指她与穆王的赋诗赠答。王母歌曰："白云在天，山陵自出。道里悠远，山川间之。将子无死，尚能复来。"西王母是神仙，说话尽可以直截了当，不用怕得罪人间君王。她善意的祝愿是以否定形式表达出来的——"希望你不要死掉！"——而不是更为常见也更为礼貌委婉的"祝你长寿"。在答诗中，周天子以三年为期，到时再回来见西王母，但他的许诺是一份政治宣言：只有"和治诸夏，万民平均"，他才能复还。这让我们想起《高唐赋》中，楚襄王和神女会面的前提是实现清明的统治。宗教与政治表现结合在一起，因为在上古社会，君主既是政治领袖，也是精神领袖，是斡旋于天与人之间的巫师。

虽然她后来在中古道教中成为主要的神明，但在《山海经》里，西王母只不过是众多神灵中的一位，所以，看到她在《读山海经》组诗中占据显著的地位，值得我们注意。和其他神灵一样，西王母长生不老，有众多"馆宇"和无穷的"灵变"。但她也有两点独特之处，那就是她的"高酣"，她的"发新谣"。这都让我们想到陶渊明本人：慢慢地品味着春酒园蔬，他想必也达到了一种"高酣"状态，而他赞美西王母"新谣"的话——"宁效俗中言"——恐怕也正是他给自己的诗作定下的目标。也许，在诗人的想象里，他已经取代了周天子，和西王母会面了吧。不过，这样的幻象很快就烟消云散了：

其 三

迢递槐江岭，是为玄圃丘。

西南望昆墟，光气难与俦。

亭亭明玕照，洛洛 / 落落清淫 / 瑶流。

恨不及周穆，托乘一来游。

《西山经》对槐江岭有如下描写："槐江之山……其上多藏琅玕、黄金、玉……实为帝之平圃……南望昆仑，其光熊熊，其气魄魄。……爰有淫水，其清洛洛。"郭璞注："平圃即玄圃；淫音遥。"[1] 槐江岭最引人注目的特点是它耀眼的光明：这光明来自山上的琅玕宝玉，来自西南方昆仑山熊熊魄魄的光气，也来自瑶水的清澈明洁。

末二句一语双关。诗人似乎是在说，他希望生在穆王的时代，好托附于穆王的车驾，随之西游。但是，穆王有著名的八骏，更有造父为他驾车，就算生在同一个时代，又有谁能赶得上（这是"及"的字面意义）穆王神骏的车骑呢？横亘在诗人和周天子之间的距离，既是时间的，也是空间的。在阅读与神游的乐趣中，我们开始听到怅恨与不满。

其四

丹木生何许，乃在峚山阳。

黄花复朱实，食之寿命长。

白玉凝素液，瑾瑜发奇光。

岂伊君子宝，见重我轩黄。

1　昆仑山据说在槐江岭西南四百里。

这首诗基于《西山经》的另一段落：

> 峚山，其上多丹木，员叶而赤茎，黄花而赤实，其味如
> 饴，食之不饥。丹水出焉，西流注于稷泽，其中多白玉。是
> 有玉膏，其原沸沸汤汤，黄帝是食是飨。是生玄玉。玉膏所
> 出，以灌丹木；丹木五岁，五色乃清，五味乃馨。黄帝乃取
> 峚山之玉荣，而投之钟山之阳。瑾瑜之玉为良，坚栗精密，
> 浊泽而有光，五色发作，以和柔刚。天地鬼神，是食是飨；
> 君子服之，以御不祥。

这首诗丹、黄、朱、白，颜色鲜明，而且饮食的主题再次出现。
黄文焕指出：“《经》于丹木，只云可以食之不饥，此独添出可长
寿命。”海陶玮注意到此，并补充道：“郭璞称引文献（《河图玉
版》），说有一种白玉膏，一食即仙，乃黄帝之所服。”郭璞且写有
“丹木玉膏赞”，称“黄轩是服，遂攀龙豪”。如果在第二首诗中，
西王母的“高酣”呼应第一首诗中的春酒，那么在这里，神蔬的
意象则呼应“园蔬”。比起五彩斑斓、效果神奇的神仙食品来说，
诗人的园中蔬未免有些黯然失色了。

饮食的主题在下一首诗里继续：

其五

翩翩三青鸟，毛色奇 / 甚可怜。

朝为王母使，暮归 / 登三危山。

我欲因此鸟，具向王母言。

在世无所须 / 愿，惟酒与长年 / 惟愿此长年。

　　青鸟的工作，是为王母取食。也许是因为王母好饮、丹木延
寿，诗人突发奇想，希望青鸟替他传信，向"高酣"的王母求酒，
兼求长年。诗人没有奢望如黄帝那样鼎湖飞升，只愿"在世"得
长寿而已。但是，如果一个人的愿望总是从侧面揭示了这个人生
活中的欠缺，诗人在组诗里表现出了越来越多的不满，阅读起始
时的"乐"不再那么完美无瑕了。和西王母不同，凡人不但终有
一死，而且，当其在世时，也没有青鸟为之取食。他们必须"耕
且种"——就像诗人在组诗第一首里所说的那样——流汗，吃苦，
为衣食奔波。这，也是亚当、夏娃失去乐园时受到的处罚。

　　诗的末句"在世无所须"一作"在世无所愿"，"惟酒与长年"
一作"惟愿此长年"。"须"与"愿"颇为不同：希望有酒是一回
事，称酒是一种必须，则是另一回事了。

　　下一首诗是在组诗基调转变之前舒缓的中场插曲：

其六

逍遥芜皋上，杳然望扶木。

洪柯百万寻，森散覆旸谷。

灵人侍 / 待丹池，朝朝为日浴。

神景一登天，何幽不见烛。

在古神话中，扶桑树是太阳升起之处。树下即旸谷或汤谷，太阳沐浴处。黄文焕一向善创新解，在这里抓住"芜皋"之"芜"大做文章，称"芜则易幽而难烛"，意思是说草木丛生之地，阴影密布，容易黑暗，阳光难以射入。问题是，芜皋在《山海经》里作无皋，而且《经》称无皋之山"无草木，多风"。

但是，黄文焕的解释的确把我们的注意力引向诗里的草木：寸草不生的芜皋山和诗人家宅四周扶疏的树木形成了鲜明的对比。神游万里的诗人站在芜皋山顶，把目光转向远处的扶桑。他看到的是一棵"洪柯百万寻"的大树，枝条披拂，覆盖下面的温泉山谷。这不是平常的树，而是世界的光源——太阳——憩息与沐浴的地方。沐浴之后的太阳，应当更加光明夺目，洞烛幽微。比起这种神奇、宏伟的景象，诗人的菜园突然显得十分卑微与普通。

在《读山海经》的前八首诗中，诗人在可爱然而平凡的家园和神奇辉煌的宇宙之间创造出一种张力。环绕诗人家宅、给众鸟提供荫蔽的树和洪柯百万寻、充当太阳栖身之所的扶桑，自不可同日而语。正如海陶玮所说，这首诗对天地的运作表达了惊奇与敬畏。但是，理解这组诗的关键，在于记住每一首诗都是诗人宇宙之游的一部分，而第一首诗的重要性，在于它是宇宙之游的起点和终点，也提供了组诗必不可缺的叙事框架。诗人的遨游直接继承了游仙及远游的传统，其独特之处则在于，这是被阅读所激发的神游：从光明到黑暗，从庆祝和惊叹到哀悼和伤叹，它构成了对寻常宇宙漫游的颠覆，因为在《远游》或《大人赋》里，诗人往往从对人生短暂或者人世束缚的伤悼开始，逐渐进入佳境，最终达到狂喜和超越。

在下一首诗里，我们继续看到树的意象：

其 七

粲粲三珠树，寄生赤水阴。

亭亭凌风桂，八干共成林。

灵凤抚云舞，神鸾调玉音。

虽非世上宝，爰得王母 / 子心。

明亮如彗星的三珠树，八干成林的桂树，能歌善舞的鸾凤，分别取自《山海经》的不同章节。它们被放在一起，组成了一个和谐的世界。这首诗是组诗的中点，也是前半部分的顶点，过此之后，只有沦落与衰败。

其 八

自古皆有没，何人得灵长。

不死复不老，万岁如平常。

赤泉给我饮，员丘足我粮。

方与三辰游，寿考岂渠央。

在一系列铺张描写了神仙境界的诗中，这首诗劈头提出的反问十分突兀，让人一惊。我们从此落入一个充满了死亡、黑暗与腐败的世界。也许，我们应该把整首诗都当成一个一气呵成的反问句来读。这样一来，全诗描述的情景——"不死不老，万岁如常，赤泉给饮，员丘供粮，与三辰同游"——就全部成了诗人的幻想的一部分，也成了被否定的对象（自古皆有没，无人可以做到这些）。

我们于此再次看到饮食的重要。黄文焕说得好："若疲疲于衣食，多寿祗为苦况耳。"神仙固然不必为此烦恼，凡人却不同，而且，就连半神半人的夸父，也终于被身体的需求击败了：

其九

夸父诞宏志，乃与日竞走。
俱至虞渊下，似若无胜负。
神力既殊妙，倾河焉足有。
余迹寄邓林，功竟在身后。

关于夸父的传说，诗里已讲述得很清楚，除了一点需要解释：夸父在喝干黄河、渭水之后，还不满足，于是前往北方的大泽，半路死于口渴，手杖弃置路旁，化为邓林，一说邓林即桃林。诗人以邓林为夸父"功竟"，耐人寻味。陈祚明评论说："身后亦何功？此志不泯，即其功也夫。"袁珂则以为，夸父手杖化为桃林，可供后人解渴。桃树也有驱鬼辟邪的功用。

第六首诗中对太阳的"神景"感到的敬畏，在这里转化为对夸父"宏志"的惊叹。逐日象征了对时间的征服，似乎追及光源，也就延宕了黑暗。夸父唯一的弱点是对饮水的需求。陶渊明对"足"的一贯关怀，表现在"倾河焉足有"这句诗中，它让人想到陶渊明《杂诗·其八》："岂期过满腹？但愿饱粳粮。御冬足大布，粗绨以应阳。""岂期过满腹"用《庄子·逍遥游》中"偃鼠饮河，不过满腹"的谚语。我们由此意识到，夸父并不贪婪，他需要的不过是"足"——对一个力能逐日的巨人来说，两条大河与偃鼠饮满腹需要的一小碗水没有区别。他的海量成了致命的弱点，而这种海量和他逐日的神力是成正比的。

很多笺注家在陶渊明的作品里刻意寻找政治动机，于是把夸父和种种历史人物对号入座，或以夸父为诗人自况（邱嘉穗），或以为是讨伐刘裕的司马休之（古直），或以为即指刘裕本人（陈沆、陶澍）；又或以为夸父"恃力为恶"（蒋熏），或以为"其为夸也，至死不悟"（何焯）。如以夸父为刘裕，则难以解释全诗的赞美笔调（宏志，神力殊妙，功竟在身后）；如以夸父为司马休之，甚至把夸父视为诗人本人"欲诛讨刘裕，恢复晋室"，则刘裕未免要被比作太阳，颇为不伦。最重要的是，没有任何文本证据告诉我们这组诗的创作年代，而如果要作政治解读，明确的创作日期是最基本的前提条件。

　　归根结底，夸父是一个悲剧性的神话英雄，他的"宏志"最终吞噬了他。夸父的形象，在下一首诗里得到投射：和夸父一样同是炎帝的后裔，然而从形体大小到气力都和夸父截然相反的女娃[1]。

其十

　　精卫衔微木 / 石，将以填沧海。

　　形天无千岁，猛志故常在。

　　同物既无虑，化去何复 / 不复悔。

　　徒设 / 役在昔心，良晨讵可待。

　　据《北山经》："（发鸠之山）有鸟焉，其形似乌，文首，白喙，赤足，名曰精卫，其鸣自詨，是炎帝少女名曰女娃，女娃游于东海，溺而不返，故为精卫，常衔西山之木石以堙于东海。"

　　几处异文把这首诗变得复杂起来。诗的第三句被北宋的曾纮径改为"刑天舞干戚"。曾集本在《读山海经》组诗末尾录入曾纮写于一一二四年八月二十六日的附记：

　　　　且疑上下文义不甚相贯，遂取山海经参校，经中有云：
刑天，兽名也，口中好衔干戚而舞。乃知此句是"刑天舞干

1　后土生信，信生夸父；后土乃炎帝之裔。

戚"，故与下句"猛志故常在"意旨相应。五字皆讹，盖字画相近，无足怪者。闲以语友人岑穰彦休，晁咏之之道，二公抚掌惊叹，亟取所藏本是正之。因思宋宣献言：校书如拂几上尘，旋拂旋生。岂欺我哉！亲友范元羲寄示义阳太守公所开陶集，想见好古博雅之意，辄书以遗之。宣和六年七月中元临汉曾纮书。

曾纮的改作，被视为一大发现，他的两位朋友"亟取所藏本是正之"，这倒正好从侧面说明了当时陶集各本（包括义阳太守付刻的陶集）恐怕大都作"形夭无千岁"，"刑天"云云乃是曾纮的独家创造发明。这一发明在二十世纪的通行陶集版本中占据统治地位，几乎没有人再选择原来的"形夭无千岁"作为正文了。唯逯钦立有所妥协，作"形夭舞干戚"，因为实际上"刑天"（意为断首）与"刑夭"（意谓形体夭残）在《山海经》天帝断刑天之首的故事里都可说通，而且两者在很多版本里根本就是通用并行的。

有时候，异文的产生过程比异文本身更有意味。曾纮的附记激起了后代学者的很多讨论。早在南宋，周必大已经提出异议："余谓曾说固善，然靖节此题十三篇大概篇指一事，如前篇终始记夸父，则此篇恐专说精卫衔木填海，无千岁之寿，而猛志常在，化去不悔，若并指刑天，似不相续。又况末句云：'徒设在昔心，良晨讵可待。'何预干戚之猛耶。"周必大的说法虽然得到不少赞同，但是申曾绌周者往往有之，二说相持不下。到了二十世纪，断头的天神成了这首诗的一个固定组成部分，在很大程度上必须"归功"于鲁迅。鲁迅曾在一篇文章里谈到现代的古典文学选本，他要说明的观点是，有些文学选本为了维持陶渊明"静穆"形象的一致性，会特别剔除那些和这一形象有矛盾的作品。他举出陶渊明这首诗的开头四句做例子，用的正是经过曾纮修改过的"刑天舞干戚"。在另一篇文章《题未定草》里，鲁迅又说："陶潜正因为并非'浑身是静穆'，所以他伟大。"他对陶渊明的看法也就成了二十世纪很多中国学者评判陶渊明的准的。陶渊明被视为"斗士"，刑天最好地体现了这种"斗士"精神，甚至好像是被压迫阶级的代表，对天帝进行抗争（天帝实际上就是黄帝，这一点却很少有人特别指出）。鲁迅以为陶渊明并非浑身是静穆的观点固然不错，但是似乎没有必要把刑天抬出来作为证据。就以这首诗而论，正如周必大所说，即使它专写精卫衔木填海，形体夭亡而猛志常在，也同样可以表现一种执着不灭的精神。

这首诗真正难于解读之处在第三与第四联。如果我们依从陶集旧本而不是曾纮的改写，则"同物"可以理解为"同于物"（"同"犹"托体同山阿"之"同"），换句话说，指女娲溺死东海、化为精卫。"同物既无虑，化去何复悔"意谓女娲既已化为自然界中一物，就不会再有人间的烦恼，因此，又何必悔恨她的物化呢。诗的最后一联则说，尽管精卫决心报复夺走她生命的沧海，实现愿望的"良晨"却不会到来。这样的解读没有"斗士"的解读那么昂扬，可是我们应该看到，"斗士"的解读原是断章取义，只是建立在诗的前四句之上，从来没有把全诗考虑在内。

夸父与精卫确乎都是意志顽强的英雄，但是这两首诗都必须放在组诗的整体语境中才能获得完整的意义。在组诗里，诗人对死亡、不朽和宇宙无穷尽的变化进行反思，这两首诗正是组诗整体框架中的转折点。和西王母不同，夸父、女娃的生命不但会终结，而且他们都是怀恨长逝的。从诗人家宅四周鸣啭的众鸟，到为王母取食的青鸟，再到色彩斑斓、"白喙赤足"的精卫，不平的情绪在逐渐增强。在下一首诗里，更是出现了真正凶猛的恶禽：

其 十 一

巨猾／危肆威暴，钦㺄违帝旨。

窦窳强能变，祖江遂独死。

明明上天鉴，为恶不可履。

长枯固已剧，鵕鹗岂足恃。

变形在这首诗里继续。诗的第二联，描写了祖江和窦窳的不幸命运：一个死去了，一个在死去之后，化作"龙首食人"的怪物。虽然凶手被惩罚，但是他们造成的损害没有办法挽回。而且，就和他的牺牲品一样，甚至就像女娃一样，钦㺄在死后变形为大鹗鸟。诗人虽然强调上天明鉴，不可为恶，但是，罪与罚的运作比简单明快的"惩恶扬善"似乎要复杂得多。有一点很清楚：组诗前半部分的光明仙境，到现在只剩下"明明上天鉴"了。

下一首诗仍以鸟的意象为主：

其十二

鸼鹕见城邑，其国有放士。

念彼 / 昔怀王 / 玉世，当时 / 亦得数来止。

青丘有奇鸟，自言独见尔 / 理。

本为迷者生，不以喻君子。

李公焕本以为首句"鸼鹕"当作"鸥鹕"，其实诗的第一个字
当从曾集本、苏写本作"鹏"，第二个字可从李本作"鹕"。《南山
经》云："有鸟焉，其状如鸥而人手，其音如痹，其名曰鹕，其名
自号也，见则其县多放士。"青丘山，见《南山经》："青丘之山有
鸟焉，其状如鸠，其音若呵，名曰灌灌，佩之不惑。"

这首诗提到两种奇鸟，一为"见则其县多放士"的鹕鸟，一
为"佩之不惑"的灌灌。诗的第三句是解读关键，但也许正因如
此而充满异文。通行的解读，是选择"念彼 / 昔怀王世 / 时"，把
这句诗和楚怀王放逐屈原联系起来。但是在这里，我们却需要认
真地考虑"怀玉"的异文。

"怀玉"出自《老子》（"圣人被褐怀玉"），在魏晋时代可谓常
见词。同时，怀玉很容易让人联想到卞和的故事：楚人卞和，得
玉璞而献之楚厉王，楚王以为石，断其左足；武王即位，卞和再

献玉，又以为石而断其右足；共王即位，卞和抱玉而哭，三日三夜，共王命玉工理其璞而得宝玉，也就是有名的和氏璧。和氏璧是卞和的象征，也是一切有才之士的象征。如果我们选取"怀玉"的异文，下一句诗"当时数来止"不仅可以顺理成章地解读为卞和数献宝玉，而且"数"字也有了着落。在这样一种语境中，第六句的异文"自言独见理"也显得更通顺，因为"理"原本正是玉工治璞的意思；作为名词，指物质（譬如玉石）的纹路，也和"道理"一语双关。灌灌鸟辨认出了璞中宝玉，如果楚王听到它的啼鸣，也许不至于放逐卞和。

第三句诗的最后一个字"世"一作"母"，如果和"王"连读，想必指西王母。现存的《山海经》或其他资料都没有关于鹈鸟和西王母的故事。不过，我们现有的《山海经》和陶渊明读到的版本很可能颇有出入。异文的出现，常常是因为人们试图解释表面看来晦涩难通的文本，但我们必须记得，有很多东西是我们不知道甚至也许永远不可能知道的，因此，在做出选择时，我们应该清楚这些选择往往不过是我们和未知因素达成的妥协。

灌灌鸟可以为人解惑（"本为迷者生"），但是，如果一个人已经处在迷惑之中，他又怎么可能去关注灌灌鸟的啼鸣呢？君子不需要警告，而迷者不理睬警告。《读山海经》组诗以忧心忡忡的劝诫和悲观的态度结束。最后一首诗再次回到饮食的主题——或者饮食的缺乏。

其 十 三

岩岩 / 悠悠显朝市，帝者慎 / 善用才。

何以废共鲧，重华为之来。

仲父献诚言，姜公乃见猜。

临没告饥渴，当复何及哉。

　　"岩岩"用《诗经·小雅·节南山》："节彼南山，维石岩岩。赫赫师尹，民具尔瞻。"《节南山》言帝王错用奸臣，导致国家混乱，而陶渊明此诗，似乎也意在说明君主择人必须慎重。这在第二与第三联中得到证实。

　　第二联中的"共鲧"，共应指共工，鲧应即窃天帝息壤以治水、被天帝派祝融所杀死者。共工也与洪水有关。根据《大荒西经》"不周负子之山"条郭璞注引《淮南子》：共工与颛顼争斗，以头触不周山，造成天柱崩缺，地陷东南。共工似乎因此造成了水害。这一点在《淮南子·本经训》说得更加明确："舜之时，共工振滔洪水，以薄空桑。"或《兵略训》："共工为水害，故颛顼诛之。"但是在《山海经》里，共、鲧都和重华也即舜没有直接关系。这里，或者现存的《山海经》版本有佚文，或者陶渊明在进行自由联想，在诗中掺入了得自其他典籍的知识。如在《史记》里，神话被历史化、理性化，遂有舜向尧建言流放共工，并因鲧治水无功而殛鲧于羽山的记载。而且，《史记》很明确地指出，共、鲧被废，是由于尧用人不当。

陶诗第三联用了齐桓公（姜公）、管仲（仲父）的典故。这一典故和《山海经》的联系也相当间接。据《海内经》："有神焉，人首蛇身，长如辕，左右有首，衣紫衣，冠旃冠，名曰延维，人主得而飨食之，伯天下。"郭璞注："延维即委蛇。齐桓公出田于大泽，见之，遂霸诸侯。亦见庄周，作朱冠。"按《庄子·达生》篇："桓公田于泽，管仲御，见鬼焉。公抚管仲之手曰：'仲父何见？'对曰：'臣无所见。'公反，诶诒为病，数日不出。齐士有皇子告敖者曰：'公则自伤，鬼恶能伤公？……'桓公曰：'然则有鬼乎？'曰：'有……野有彷徨，泽有委蛇。'公曰：'请问委蛇之状何如？'皇子曰：'委蛇，其大如毂，其长如辕，紫衣而朱冠，其为物也，恶闻雷车之声，则捧其首而立。见之者殆乎霸。'桓公辴然而笑曰：'此寡人之所见者也。'于是正衣冠与之坐，不终日而不知病之去也。"在这一则故事里：虽然管仲告以"无所见"，桓公还是听信自己的感官，被所谓的鬼怪吓病了。

陶诗提到的"仲父献诚言、临没告饥渴"，指管仲临终时劝桓公远离易牙、竖刁等小人，桓公不能听从，结果到得后来，易牙、竖刁等人作乱，衰病的桓公被幽闭于宫中，"有一妇人踰垣入，至公所。公曰：'我欲食。'妇人曰：'吾无所得。'公又曰：'我欲饮。'妇人曰：'吾无所得。'"以至于桓公死后，三月不能下葬，桓公的尸体成为蛆虫的宴席。

就这样，"饮食"的主题在这组关于阅读的诗歌中以"饥渴"

的形式再度出现。诗人的宇宙漫游从神话进入历史，从仙境进入人间，最后以曾经称霸诸侯的齐桓公的悲惨死亡结束。诗人选择的动词是"没"：它可以描述死亡，也可以描述太阳落山。在诗人舒适的乡下宅院里，天渐渐黑下来了。

文化想象的版图和燃烧的文字

诗人的想象之旅，是在他乡下的宅院里进行的。熟悉的空间，虽然平常，但是舒适，有局限，却也安全。陶渊明和谢灵运都爱好读书，阅读为这两个诗人提供了理解和衡量现实的方式。虽然谢灵运以登山临水知名，实际上陶渊明对地点与空间同样充满了强烈的兴趣。只不过，陶渊明所爱好的地点存在于文字，标识于文化的版图。

《赠羊长史》写于四一七年。本年，刘裕北征，收复了汉代旧都长安。这在当时，想必是轰动一时的大事件。诗序称"左军羊长史，衔使秦川，作此与之"。

愚生三季后，慨然念黄虞。

得知千载外，正赖古人书。

贤圣留余迹，事事在中都。

岂忘游心目，关河不可踰。

九域甫已一，逝将理舟舆。

闻君当先迈，负疴不获俱。

诗一开始即点出时间与空间的种种障碍：诗人生得太晚，不及看到远古的太平盛世；同时，因为南北分隔，甚至也没有办法亲自瞻仰圣贤的遗迹。现在虽然有了机会，他还是由于身体条件不能前往。唯一能够帮助他和遥远的过去、遥远的地域发生关联的东西，就是阅读——阅读"古人书"。虽然从未去过古都长安，诗人对现实中的自然风景与城市面貌似乎完全没有兴趣，他关心的，只是他在书中读到过的四个隐士：

> 路若经商山，为我少踌躇。
>
> 多谢绮与甪，精爽今何如。
>
> 紫芝谁复采，深谷久／又应芜。
>
> 驷马无贳患，贫贱有交娱。
>
> 清谣结心曲，人乖运见疏。
>
> 拥怀累代下，言尽意不舒。

诗人请求他的朋友，在路过长安东南的商山时，为他探访一下秦汉之际在此隐居的"商山四皓"：东园公、绮里季、夏黄公、甪里先生。这呼应了前文所说的："圣贤留余迹，事事在中都。"相对于"物""事"强调行为或者事件，如汤一介所说，在魏晋玄学话语中，"物"与"事"之间的区分，也就是"迹"与"所以迹"之间的区分。圣贤之"所以迹"已经荡然无存，只留下被郭象轻蔑地称之为"已去之物，非应变之具"的"余迹"。对郭象来说，即使《诗》《礼》也不过是"先王之陈迹"罢了。但是，陶渊明意识到"迹"对后人辨识"所以迹"（譬如商山四皓的"精爽"）的重要性："得知千载外，正赖古人书。"

　　诗人从未去过商山，但是他的想象相当生动鲜明，仿佛是在预言羊长史眼中所见："紫芝谁复采？深谷久应芜。"在诗人的想象中，丛生的草木掩盖了四皓的遗迹。四皓的精爽久已无存，商山的精爽似乎也随着四皓而消逝了。诗人唯一可以把握的东西就是一首歌（崔琦《四皓颂》）——他从"古人书"中得到的"清谣"，盘桓于心，久久不去：

> 莫莫高山，深谷逶迤。
> 晔晔紫芝，可以疗饥。
> 唐虞世远，吾将安归。
> 驷马高盖，其忧甚大。
> 富贵之畏人兮，不如贫贱之肆志。

　　从某种意义上说，《赠羊长史》是这首歌的回声，文本产生文本，意象被继承和吸收。除了"深谷""紫芝"之外，"驷马高盖"等句被纳入"驷马无贳患，贫贱有交娱"一联。但是，文字的交接，不能缩小横亘在四皓与诗人之间的时空距离：在这首传为四皓所作的歌里，他们已经在感叹"唐虞世远，吾将安归"，而"慨然念黄虞"的诗人，和上古的太平盛世隔得就更远了，即连四皓也已变得杳不可及，真是所谓"余生也晚"，千里之外，千载之下，商山只是一座空山而已，甚至无人可以分享诗人对黄虞的无限向往。诗人痛切地感到这双重的疏离，加倍的孤独，以"拥怀累代下，言尽意不舒"结束全诗。如果诗人在开篇时宣称"得知千载外，正赖古人书"，那么他在篇末对"言能否尽意"表示的态度，使我们对"余迹"是否能够传达"精爽"感到怀疑。

归根结底，这首诗的主题是阻隔。从空间来说，关河重重，舟车不便；但就算诗人真能亲身前去，他所向往的人早已作古，根本不可能见到，因此，时间的障碍最难逾越，也最为悲哀。语言文字是唯一能够帮助诗人超越障碍的东西，但是语言文字本身也偏偏可能构成最大的阻隔。"言尽意不舒"使我们想到《庄子·天道》篇中轮扁对齐桓公读书发表的议论——当轮扁听说写书的圣人"已死矣"，他断言："君之所读者，古人之糟粕已夫！"

中州诸多遗迹，陶渊明独独留情于商山四皓，十分耐人寻味。在探讨这首诗时，笺注家们一般只注意到四皓作为隐士的一面，把陶渊明对四皓的向往视为他对权臣刘裕含沙射影的批评，但是很少有人想到，四皓在隐士中可以算是非常善于变通的。他们并未坚持隐居，事实上，在汉朝建立之后，由于吕后、太子卑辞厚礼的聘请，他们终于出山，成了太子的陪臣。汉高祖见到这些连自己都无法招致的隐士在追随太子，感到太子"羽翼已成"，遂不肯废太子而立赵王如意。汉高祖曾问四皓："吾求公，避逃我，今公何自从吾儿游乎？"四人曰："陛下轻士善骂，臣等义不辱，故恐而亡匿。今闻太子仁孝，恭敬爱士，天下莫不延颈愿为太子死者，故臣等来。"换句话说，四皓的出与处，视当政者的为人与态度而定。在《桃花源诗》中，陶渊明指出，四皓在秦代隐居，是因为"嬴氏乱天纪，贤者避其世"。躲避乱世暴君而隐居，与不满改朝换代而隐居，不可同日而语。

　　一个皇子即位为君，另一皇子（赵王如意）遭到谋杀——无论有意还是无意，四皓成了这一政治事件的重要工具。陶渊明的同时代人对四皓行为的前后不一非常注意。大约在陶渊明写下这首诗的二十年前，桓温之子桓玄，东晋王朝的篡位者，曾经和殷仲堪就四皓展开过一场辩论。桓玄作《四皓论》示殷仲堪，在文章中，桓玄非难四皓奉事惠帝吕后，大略云："四皓来仪汉庭，孝惠以立，而惠帝柔弱，吕后凶忌。此数公者，触彼尘埃，欲以救弊。二家之中，各有其党，夺彼与此，其仇必兴。不知匹夫之志，数公何以逃其患？素履终吉，隐以保生者，其若是乎？"殷仲堪在答书中为四皓辩解，认为他们的用心，不是为了"一人之废兴"，而是为了天下的稳定，否则，太子和赵王的权力斗争可能导致天下混乱，沧海横流。如果我们引申一下殷仲堪的议论，我们也许可以说，恐怕在当时的很多人看来，一个王朝的废兴，也同样不如天下获安那么重要。六朝时人对改朝换代的态度，比起北宋以降接受了道学洗礼的后人来说，是非常不同的。

陶渊明对"古人书"的迷恋，在《癸卯岁十二月中作与从弟敬远》表现得最为淋漓尽致。这首诗与《癸卯岁始春怀古田舍》乃同年所作，"荆扉昼常闭"直承前首的"长吟掩柴门"而来，然而季节变化，心情亦不同了。

> 寝迹衡门下，邈与世相绝。
>
> 顾盼莫谁知，荆扉昼常闭。
>
> 凄凄岁暮风，翳翳经日／夕雪。
>
> 倾耳无希声，在目皓／浩已洁／结。
>
> 劲气侵襟袖，箪瓢谢屡设。
>
> 萧索空宇中，了无一可悦。
>
> 历览千载书，时时见遗烈。
>
> 高操非所攀，谬／深得固穷节。
>
> 平津苟不由，栖迟讵为拙。
>
> 寄意一言外，兹契谁能别。

　　陶渊明的同时代人，看到被大雪困在家中的隐士形象，大概都会立刻想到东汉时代的袁安[1]。陶渊明在《咏贫士》其五中赞美

---

1 《后汉书》注引《汝南先贤传》："时大雪积地丈余，洛阳令身出案行，见人家皆除雪出，有乞食者。至袁安门，无有行路。谓安已死，令人除雪入户，见安僵卧，问何以不出。安曰：'大雪人皆饿，不宜干人。'令以为贤，举为孝廉。"注意陶诗"邈然不可干"改写了袁安的话，于是，袁安不去"干人"遂变成袁安本人邈不可干。

过袁安，而且这两首诗的开头也颇有类似之处，因为都用了"邈"字，也都提到"门"："袁安门[1]积雪，邈然不可干。"这首诗里的"寝迹"很妙，因为大雪使人不得出行，也掩盖了地上所有的行迹。

> 凄凄岁暮风，翳翳经日／夕雪。
>
> 倾耳无希声，在目皓／浩已洁／结。

这确是一个终日闭门的人眼中见到的雪景——在房间里听不到一点声音，偶然开门一看，世界已经一片洁白。皓，通常形容光明，这里写出雪光耀眼；如作浩，则形容雪境之广大。"希声"是用《老子》"大音希声"：雪不是没有声音，而是"大音"。

对雪景之美的欣赏，很快就被饥寒的身体感受驱散了。虽然诗人闭门不出，他还是有一个不速之客：侵袭襟袖的"劲气"。劲、侵皆好，完全不用寒冷字样，读后却令人遍体生寒。

箪瓢并不全空，但是食物也并不充裕，否则箪瓢就不会"谢屡设"——言外之意，偶尔一设还可以，屡设就难为情了。这令人想到《论语·雍也》："一箪食，一瓢饮，在陋巷，人不堪其忧，回也不改其乐。"但是诗人不是颜回，他向堂弟抱怨：

1　曾集本云，"门"一作"困"。如果我们选择这一异文，则袁安不出家门就成了被迫的行为而不是主动的选择。

萧索空宇中，了无一可悦。

这里的空宇，也就是《归园田居》中的"虚室"，但是口气截然不同。空荡荡的房子，只让人觉得越发寒冷。

诗人并没有失去他的幽默感，他说自己"高操非所攀，谬得固穷节"。这句诗一作"深得固穷节"，很多版本都选择了这一异文。现代编者往往选择"谬"，因为他们认为这是谦辞。也许确实如此，但是"谬得"的黑色幽默值得注意：固穷节是君子的节操，诗人并未刻意追求，而是偶然得到的，几乎是个不小心出现的差错。本来，如果不是不得已，又有谁愿意"穷"呢。下一联"平津苟不由，栖迟讵为拙"便很好地说明了这一点。关于平津，或以为用汉武帝封牧猪郎公孙弘为平津侯的典故（丁福保），或以为"平道也，人所共由"（陈祚明），或以为通达之路，比喻仕途（王叔岷）。按平津训为通达之路，但不必限定为仕途；这句诗中，有孔子问津之意在，言外之意是倘使天下滔滔，缺乏坦途，那么归隐田园就是最合理的选择，又何必以拙于世事视之哉。

夏日阴凉舒适的阅读环境转化为深冬寒雪，既没有春酒，也没有园蔬，只有屡空的箪瓢，萧索的屋宇。外面的雪已经下了整整一日，天也渐渐黑下来了。在寒冷的黑暗里，诗人转向他唯一的安慰：

历览千载书，时时见遗烈。

烈，本义为火猛，引申为光明、显赫，又引申为事业、功绩。全诗极写寒冷，此处突然用一个烈字，顿时火光熊熊，照亮千古幽冥，也给空室中的诗人带来微微的暖意。

谈谢灵运与六朝行旅写作

炼狱诗人谢灵运

　　谢灵运非常熟悉佛教经典，然而，他从来没有能够克服佛教徒视为修道最大障碍的"痴"与"嗔"。就在他写完《撰征赋》之后两年，他得知自己的爱妾和一个门生的私情，在一阵怒气中杀死了门生，把他的尸体丢进了扬子江。当这件事闻之于众，谢灵运被免职。这在今天看来要算是很轻的惩罚，但那是五世纪，而且谢灵运出身于南朝最显赫的大家族之一。次年，刘裕代晋，谢灵运被赦免并恢复原职。但没过多久，刘裕病逝，少帝即位，谢灵运因和执政大臣不睦而被贬到永嘉（今浙江温州）。这是谢灵运此后动荡生涯中的第一次贬谪。在永嘉不满一年，他即辞官回到始宁家园。在上演了几次出仕、辞官、再出仕的戏剧之后，他终于被流放到极南的广州，并在那里以叛变的罪名被处死。那是四三三年，谢灵运四十八岁。

　　谢灵运一生的最后十年曾经四处游览山水，他现存诗篇的绝大多数都作于这一时期，和他的游历有关。现代读者习惯于旅行的舒服容易，往往忘记在中古时代旅行是多么艰难的事情：那时的名山大川没有人工修筑的道路，到处都是阻碍行旅的草木荒榛。谢灵运不仅对新鲜景致抱有强烈的好奇，而且他拥有足够的人力和物力满足这种好奇。在始宁时，他曾动用数百名家仆开山伐木，辟出一条路径，直通始宁以南百里之外的临海。声势之大，使临海太守误以为来了山贼，直到听说是谢灵运才放下心来。谢灵运邀请临海太守一起出游，太守婉言谢绝。这则逸事大概可以用来说明谢灵运诗中反复出现的抱怨："惜无同怀客，共登青云梯！"（《登石门最高顶》）谢灵运的诗作渗透了一种强烈的孤独感，考虑到他每次出游都是如此声势浩大、从人无数，这种孤独感就显得越发突出。

不过，像临海太守那样拒绝与谢灵运同游的人物，很可能反倒是谢灵运山水诗最热情的读者。据《宋书·谢灵运传》：

> 谢灵运每有一诗至京师，贵贱莫不竞写；宿昔之间，士庶皆遍，远近钦慕，名动京师。

在被留守在家的读者所积极消费的意义上，谢灵运的纪游诗是同时代各种游记的对应物：无论是异国游记、北土征行记，还是佛教徒关于净土或地狱的载录，它们是在同一种思想和文化语境中产生的文本，都满足了时人对遥远异地的好奇与想象。谢灵运游历的山水是京师人士多半没有机会游览的，就连那些既具备身体能力又具有出游愿望的人来说也未必容易亲历。就像在现代世界里一样，出游，特别是为乐趣出游，可以标志社会地位和经济能力。"乐趣"在谢灵运的游记文字里是一个重要元素，因为它标志着谢灵运的山水诗和传统"放逐写作"的区别。放逐写作可以追溯到"屈原"的原型，五世纪诗人江淹在其贬谪期间写的诗里就特别善于扮演"屈原"的角色；但是，与江淹不同，谢灵运以其不断地特意寻求和欣赏新奇风景的强调，给传统的逐臣题材带来了新意。他的诗总是表现出对新奇景观的强烈欲望，而且伴随着一种紧迫感。就好像他自己在《登江中孤屿》一诗中所说的：

　　怀新道转迥，寻异景不延。

　　《宋书》中的谢灵运传记把他描写为特别具有探险精神的登山者，而且拥有新异先进的登山装备：

　　寻山陟岭，必造幽峻。岩嶂千重，莫不备尽。登蹑常着木屐，上山则去前齿，下山去其后齿。

　　谢灵运最喜欢在前往某地点时"迂回行进"，在前进路上盘桓不发。有时他会在一处景观逗留数十日之久。比如他四三二年在临川任上游庐山时，在《登庐山绝顶望诸峤》一诗中宣称：

> 山行非前期，弥远不能辍。
> 但欲淹昏旦，遂复经盈缺。

这种对行旅游观之"自发性"的强调——原本没有打算如此，但是几乎身不由己被景观牵引向前——还有对自然景观寻新求异的愿望，都是文学传统中一种相当新奇的现象。这当然和作者本人的性情有关，但是也反映了谢灵运所处的社会历史语境，时人对超越已知疆域的渴望：如果不能亲身前往，那么阅读目击者的记录也能带来一种满足。

如果说法显在游记中描绘了佛教乐土，而当时很多佛教宣验故事记载了冥界之行，那么谢灵运则永远盘桓在两极之间，逗留于天堂和地狱之中的人间世。一方面，在其生命的最后十年，诗人总是处于动荡不安的状态，从一个地方到另一个地方；另一方面，他的诗作总是着眼于旅行的过程本身。他的诗描写了各种各样的中间状态，比如《邻里相送至方山》。诗的开始两联是这样的：

> 祗役出皇邑，指期憩瓯越。
> 解缆及流潮，怀旧不能发。

行程才刚刚开始，诗人已然充满怀旧的情绪：虽然已经"解缆"，但是"不能"解开人情的系绊，一个即将远游的灵魂就这样被困在不上不下的炼狱之中。"役"与"憩"一张一弛，构成一对矛盾（"憩"是间断和休息，不是一般用来描述履行太守职务的词语）：谢灵运在永嘉的生存状态既不是前者，也不是后者，而是悬浮于两极之间。他在方山的暂时逗留正好象征了这样一种尴尬的状态。

在前往永嘉的途中，谢灵运枉道始宁，在那里写下了著名的《过始宁墅》。如宇文所安说："无论他去哪里，都不过是'过'而已。"在家园作短暂停留之后还会继续前行，这样的认知概括了诗人生命最后十年的生活与作品。他总是处在一个中间站，这不仅构成了谢灵运在时间与空间上的自我定位，也构成他诗作中的心灵地貌。比如在永嘉写下的名作《登池上楼》的开头几联：

> 潜虬媚幽姿，飞鸿响远音。
> 薄霄愧云浮，栖川怍渊深。
> 进德智所拙，退耕力不任。
> 徇禄及穷海，卧疴对空林。

潜虬象征隐逸，飞鸿代表仕进，但是诗人非彼非此，他是栖息于陆地的动物，卧病空林。他一方面承认自己的才力不足以飞黄腾达，但另一方面却也不是隐士的材料。

谢灵运和陶渊明一样，喜欢在诗作中为自己的生活方式做出解释和辩护。既然这两种传统的途径——仕进或归隐——都不适合他，诗人于是强调自己的"第三种抉择"。这在谢灵运的诗中逐渐成为一种清晰可辨的模式。比如《斋中读书》：

　　既笑沮溺苦，又哂子云阁。
　　执戟亦以疲，耕稼岂云乐？
　　万事难并欢，达生幸可托。

　　沮溺是长沮、桀溺，《论语》中的隐者。子云指扬雄，曾在王莽代汉后出仕，校书天禄阁，后因牵累而将被捕，投阁自杀未遂，获讥于世。曹植在《与杨德祖书》中称其为"先朝执戟之臣"，以"执戟臣"代指卑微的官职。谢灵运表示不愿像长沮、桀溺那样躬耕隐居，也不愿像扬雄那样出仕，而要以"达生"作为他自己的解决办法。《庄子·达生》篇的主旨是不执着于物，其中有一句话正好可以拿来作为对谢诗的最好笺注：

　　无入而藏，无出而阳，柴立其中央。

　　虽然《斋中读书》写于永嘉太守任内，这首诗却表现出诗人对担任地方官的特殊看法：宣称郡内无诉讼，少公事，诗人强调日以"斋中读书"为乐。这种既在官场却又并不热衷的生活态度和方式正是所谓的"柴立其中央"。

即使在他从永嘉辞官回家后所写的诗里，谢灵运还是继续避免简单的极端选择。比如《田南树园激流植援》一开始就提出：

> 樵隐俱在山，由来事不同。
> 不同非一事，养疴亦园中。

李善在《文选注》中提到："隐者在山，樵者亦在山，在山则同，所以在山则异，岂不信乎？"谢灵运对此又加上另一种"在山"的方式：养疾。他的病也许是真的，也许是夸张和借口，其模糊性相对于樵者的既定职业和隐者的政治性决定，为诗人创造出独特的身份。

中间状态是一种特殊的阶段。它一面延宕终点，一面又永远在渴望自身的终结。它是对欲望、旅行和叙事的最好象征。谢灵运对中间状态的特殊爱好自然延伸到他对山水的态度上。写于永嘉的《登江中孤屿》描写了一座不偏不倚位于江中心的小岛：

> 江南倦历览，江北旷周旋。
> 怀新道转迥，寻异景不延。
> 乱流趋孤屿，孤屿媚中川。
> 云日相辉映，空水共澄鲜。
> 表灵物莫赏，蕴真谁为传。

想象昆山姿，缅邈区中缘。

始信安期术，得尽养生年。

诗甫一开始，即提出江南与江北的两极对立。"周旋"亦有交往应酬之意，好像是谈到一位老友。我们意识到，诗人本来先从江北到达江南，在江南历览游观之后，又准备从江南重返江北——不是去探看新的景致，而是重返江北旧地。这和诗的第二联——怀新，寻异——构成了某种张力，诗人好像已经穷尽了江南江北的一切景致，现在重返故地乃是无奈之举。

"怀新道转迥，寻异景不延"：在这两句诗里我们似乎听到了《离骚》的回声："路漫漫其修远兮，吾将上下而求索。"又好像听到伍子胥的声音："日暮途远，故倒行而逆施。"这些早期文本都具有强烈的急迫感：时间在流逝，然而还有很多值得去观看，去实现，去寻求。虽然谢灵运的小诗既不像《离骚》那样宏大，又不像伍子胥的故事那样充满悲剧性，但是这些早期文本的隐约回声给一首平常的山水纪游诗增添了一份重量和紧迫感。

在途中发生了新的事件（总会如此）。诗人求新寻异的愿望因看到江中孤屿不期而然得到满足。虽然云、日"相"辉映，空、水"共"澄鲜，孤屿却绝无依傍，独立于中流，也许正是因此它才会"表灵"与"蕴真"。在凝望孤屿时，诗人的心眼看到了孤屿的匹配：传说中神仙居住的昆仑山。这和支遁、孙绰、谢道韫神游灵山的书写一脉相承。

发现孤屿的过程，也和陶渊明笔下的渔人误入桃花源的经历形成呼应：二者都是在无意之中来到一块人间乐土。诗人从眼前一座普通的小山，想到遥远壮丽的灵山，也正是陶渊明在《游斜川》诗序中描写的经历：

> 彼南阜者，名实旧矣，不复乃为嗟叹。若夫曾城，傍无依接，独秀中皋。遥想灵山，有爱嘉名。[1]

就和谢灵运一样，陶渊明描写的是一座"独秀中皋"的山丘。它的名字"曾城"使他不禁"遥想灵山"，以心眼看到传说中昆仑山的最高峰曾城。如果说陶渊明对山的体验完全是视觉的，那么谢灵运则亲自登上了江中孤屿。但是，在这两首诗里，诗人的肉眼都让位给心眼，把面前的物质山水转化为神奇灵秀的精神境界。陶诗遵循宴饮诗传统以"及时行乐"的愿望结束，谢诗则转向游仙诗传统，谈到肉体的长生和精神的超越。

结尾二句，"始信安期术，得尽养生年"，令人想到嵇喜对自己的弟弟嵇康的描述：

> 以为神仙者，禀之自然，非积学所致。至于导养得理，以尽性命，若安期、彭祖之伦，可以善求而得也。著《养

生篇》。

这段话堪作谢诗最后两句的注脚：如果养生有方，那么就可以尽天年而不至寿夭。"始信"云云告诉我们：只有实际的经验，也就是说亲身来到江中孤屿，才使他真正相信以前在书本中读到的道理。魏晋以来有很多诗都说实际经验令人不再相信神仙的存在，谢诗的结尾代表了对这一传统说法的继承与创新。

江中孤屿在很多方面都是诗人的自我投影。谢灵运对悬浮于此界与彼界、天堂与地狱之间的"中间状态"情有独钟，这不仅反映在空间层面，也反映在时间层面。谢灵运的很多诗都发生于黄昏，一个微妙地悬浮于白昼与黑夜、光明与黑暗之间的时间段。在这段时间里，诗人从他的山水游历中暂停下来，进行安静地思考。写于永嘉途中的《富春渚》就描写了这样一个时间和状态：诗人外在旅程的中止，内在旅程的延续。

朝发渔浦潭，暮宿富春郭。

定山缅云雾，赤亭无淹薄。

溯流触惊急，临圻阻参错。

亮乏伯昏分，险过吕梁壑。

洊至宜便习，兼山贵止托。

平生协幽期，沦踬困微弱。

久露干禄请，始果远游诺。

宿心渐申写，万事俱零落。

怀抱既昭旷，外物徒龙蠖。

诗人船行富春江，经过赤亭、定山、渔浦潭，最后到达富春
郭泊船夜宿。诗一开始就提出四个地点，地名的急速变换造成速
度感和晕眩感，对诗人的"惊急"旅程进行文字的模拟。在诗人
眼里，上水行舟的经历比"鼋鼍鱼鳖之所不能游"的吕梁壑都更
为惊险，何况他原本缺乏伯昏无人的道术，可以倒退到悬崖边缘
而依然面不改色。下一联，"洊至宜便习，兼山贵止托"，连用了
两个《易经》典故："洊至"描述大水持续不断地涌流过艰险的地
表；"兼山"意谓两山相连，要求旅行者暂时止步，不要越位。评
论者指出《易经》典故一方面描述了谢灵运的艰难旅程，另一方
面也影射他在政治生涯中遇到的艰险。这当然有道理，但是我们
也不要忘记这两句诗和谢灵运在这首诗中描写的现实境遇紧密相
关：在经过整整一天雾气弥漫、动荡不安的逆水旅行之后，诗人
终于"止托"于富春郭外，不再和水流与天气继续挣扎。停宿之
后，诗人有机会反省自己的生活。"平生协幽期"说明他一向的
情怀，"沦踬困微弱"则一语双关地描述了旅程之艰难与人生之
险阻。

诗的最后四句是全诗的关键。在"止托"之际，在逐渐降临
的夜色里，诗人有机会进行内在反省，意识到自己终于可以满足
"远游"的愿望（而这很有讽刺意味地发生在他被派往永嘉任地方

官也就是"干禄请"得到满足的时候），开始体会到精神上的自由。"外物徒龙蠖"再次用到《易经》的典故："尺蠖之屈，以求信也；龙蛇之蛰，以存身也。"在《易经》原文里，无论尺蠖还是龙蛇，都在屈曲和蛰伏，因此，"外物徒龙蠖"的"龙蠖"二字，并不像有些笺注家所以为的那样在宣称"无论龙腾蠖屈，皆属徒然"，只能是指蜷缩和隐藏。换言之，诗人在说：任凭外物屈曲蜷缩，我的心胸却已变得宽广和明亮。诗的魅力在于意象的交织和互动，内心与外物形成的鲜明对比：诗人前往永嘉正值秋季，冬天即将来临，在诗人的小舟之外，世界包围在雾气和夜色里，万物亦日渐零落，屈曲蜷缩，准备进入黑暗的蛰伏期；然而诗人之宿心却渐渐得到"申写"，他的怀抱在变得越来越广大，越来越光明。

另一首写于赴任途中的诗，《七里濑》，同样描写了黄昏时刻，诗人通过以心眼看到的图景，超越身体受到的限制，达到精神的自由。

> 羁心积秋晨，晨积展游眺。
> 孤客伤逝湍，徒旅苦奔峭。

"积"是积聚、贮藏，也有堆叠、积累、蕴蓄之意。以"积"描写"羁心"也即旅人之心相当值得注目。它的反义词"展"出现在下一句诗里：游客放眼眺望，试图以此宽解愁缩的胸怀，但是眼中所见的景色——逝湍与奔峭——只让他更加忧郁。"伤逝湍"令人想到孔子对时间流逝的感叹："逝者如斯夫，不舍昼夜。""奔峭"是谢灵运自创的词组：它当然可能是笺注者所说的"崩坍的崖岸"，这使水行更加艰险；但这两个字也指山势之奔涌，赋予陡峭山峰以动感，宛然顾恺之在《画天台山记》中的做法。时间与空间都在无情地压迫旅客，夜色很快就要降临：

> 石浅水潺湲，日落山照曜。
> 荒林纷沃若，哀禽相叫啸。

然而，在黑暗与寂静降临之前，山林充满了光与声。"日落山照曜"这一句诗格外优美：当落日余晖斜射入山林的时候，一瞬间就好像山林本身蕴含和放出光芒一样。这是飞鸟还家的时刻，也是旅客准备休息止宿和反省的时刻：

> 遭物悼迁斥，存期得要妙。
> 既秉上皇心，岂屑末代诮？

诗人看到飞鸟投林还巢而伤悼自己的流放，产生思家情绪，但是他以终将归隐的想法安慰自己，把注意力从物质现象界转移到精神的层次。怀着这样的想法，他把目光投向面前的流水——据说东汉隐者严光曾经在这里垂钓；但是肉眼之所见终于屈服于心眼之所见：

> 目睹严子濑，想属任公钓。
>
> 谁谓古今殊，异世可同调。

任公子是《庄子》中的虚构人物，据说他在东海钓鱼时，以大钩巨绳、五十头牛作为钓饵，整整一年迄无所得，一年之后钓上一条巨鱼，剖开晒干以后，供浙东广大地区所有百姓饱餐一顿。这是典型的谢灵运手法：诗人头脑里观想的图像扩展到无限巨大，直到淹没眼前的一切物质山水。诗开始时的"展游眺"不仅终于得到了完美的实现，而且最关键的是，逐渐包围了诗人的黑暗夜色在这样巨丽的想象中变得完全无关紧要而失去了意义。

我们很难不把任公子的大鱼和《庄子·外物》同一章节中的最后一个段落联系起来：

> 荃者所以在鱼，得鱼而忘荃；蹄者所以在兔，得兔而忘蹄；言者所以在意，得意而忘言。吾安得夫忘言之人而与之言哉？

如果真的可以像任公子那样钓得一条巨鱼，那么确实可以得鱼忘荃。但是，在后来的诗作里，在一些比较悲观的时刻，诗人眼中看到的却只有空空荡荡、丧失了神明与真意的山水。在《入华子岗是麻源第三谷》中，当诗人终于登上山顶，他失望地发现：
"羽人绝仿佛，丹丘徒空筌。"

在《入彭蠡湖口》中，诗人郁积的感情没有得到任何舒展发
泄。就像《登江中孤屿》一样，诗以诉说倦怠开篇，但这不仅仅
是对经历感到倦怠，更是对描写和表现经历感到倦怠。而且，和
《登江中孤屿》不同的是，对新异景观的好奇与渴望已经不再。在
诗的后半，诗人发现他面对的是一片空旷而缺少灵光的山水，唯
一充斥心灵的是"千念"和"万感"，无法经由诗歌与音乐得到
宣泄：

> 客游倦水宿，风潮难具论。
>
> 洲岛骤回合，圻岸屡崩奔。
>
> 乘月听哀狄，浥露馥芳荪。
>
> 春晚绿野秀，岩高白云屯。
>
> 千念集日夜，万感盈朝昏。
>
> 攀崖照石镜，牵叶入松门。
>
> 三江事多往，九派理空存。
>
> 灵物吝珍怪，异人秘精魂。
>
> 金膏灭明光，水碧辍流温。
>
> 徒作千里曲，弦绝念弥敦。

在另外一些时候，有太多的"积""集""盈"，从诗人的内心

延伸到外在的现象界。在《登石门最高顶》一诗中，诗人虽然置身高峰，却并不因此而拥有宽广的眼界，相反却陷入了拥挤闭塞的困境：

> 疏峰抗高馆，对岭临回溪。
> 长林罗户庭，积石拥阶基。
> 连岩觉路塞，密竹使径迷。
> 来人忘新术，去子惑故蹊。

另一首同期所作的诗，《石门新营所住四面高山回溪茂林修竹》，题目本身就已经给人带来压抑感。山中别墅环境幽僻，人迹罕至：

> 跻险筑幽居，披云卧石门。
> 苔滑谁能步？葛弱岂可扣？

这首诗的开头让人想到陶渊明的诗句："穷巷隔深辙，颇回故人车。"只有富贵人家的大车才会造成深辙，这样的大车却难以进入窄小的穷巷，因此老朋友也不再来访。虽然两首诗的环境并不一样，但是都表示诗人的居所很不容易访问，只不过陶渊明的诗赞美日常生活的乐趣，谢灵运的诗却充满孤独感。这种孤独感因为被深密的植被封闭起来的山水而变得更加强烈：

早闻夕飙急，晚见朝日暾。

崖倾光难留，林深响易奔。

"早闻夕飙急，晚见朝日暾"，可以解释为"很早就听见夕飙，很晚才看到朝日"，但是从文字的层面来说，也可以理解为"在早晨听到夕飙，在晚上看到朝日"，从而造成一种奇异的时间错乱感。山高，林密，日光难以穿透，声音容易消失。这里的山水暗淡隔绝，草木茂盛，堵塞了出路，充满了危险，令人想到时人的冥界见闻。

不过，虽然有时处于地狱的边缘，谢灵运的山水却从未落入完全的黑暗。《登永嘉绿嶂山》在谢集中是一首具有代表性的诗：

裹粮杖轻策，怀迟上幽室。

行源径转远，距陆情未毕。

澹潋结寒姿，团栾润霜质。

涧委水屡迷，林迥岩逾密。

眷西谓初月，顾东疑落日。

践夕奄昏曙，蔽翳皆周悉。

蛊上贵不事，履二美贞吉。

幽人常坦步，高尚邈难匹。

颐阿竟何端，寂寂寄抱一。

恬知既已交，缮性自此出。

　　这首诗里的山水艰险、寒冷，令人困惑迷乱。一开始，诗人似乎充满探索新奇景色的兴致，做好了充分的出行准备。"怀迟"似乎又是一个谢灵运独创的词语。所有笺注者都把它解释为迂回曲折，也许是觉得和委迟／委迤相通，但是这一解释没有任何文本证据，而且在中古汉语中"怀迟"的发音与"委迟"并不相同。其他文本范例的缺失也让人对这一解释感到怀疑。也许这里怀迟和裹粮相对，都是动宾词组，"迟"音志，训为"思"。换句话说，诗人怀着想望和希望，登上幽室。幽是幽静之意，也是幽暗之意。

　　诗人沿着一脉流水前行，好像《桃花源记》中的渔人"缘溪行，忘路之远近……复前行，欲穷其林，林尽水源，便得一山"。"距陆"恰好出自《庄子·渔父》："有渔父者，下船而来，须眉交白，被发揄袂，行原以上，距陆而止。"关于"距陆"有种种说法，一说登上高岸，一说由水路登陆。在谢诗里我们可以把它理解为登上绿嶂山顶，而不是舍舟登陆，因为诗人使用距陆一词，最主要的原因是在文字的层面引起对渔人的联想，"杖轻策"已经很清楚地说明诗人是步行登山。

　　不过，在谢灵运诗里，诗人最终看到的不是《桃花源记》中的乌托邦，而是一丛深密的竹林遮挡住了他的视线。而且，诗人也未必就已穷尽了溪水的源头，因为山涧迂回，涧水好像迷失在曲折回转的山涧里面了。环绕着诗人的树木至为高大，以至于从林丛里望出去，山石显得"逾密"。"密"这个字除了"隐秘、寂静、稠密"之外，还有"封闭、闭藏"之意，而"密"的本义，正是形状好像堂屋的山，恰好回应诗一开始的"幽室"意象。至此，诗人真的进入了"幽室"，实现了他在诗一开始所表示的愿望。

这样一来，诗人虽然登上了山顶，眼前却并未看到一片开阔的景色，相反，倒是被繁茂的草木包围，完全迷失了方向，因此，当光线突然穿透草木，他竟会以为西边有新月升起，东边是落日余晖。在这里，我们有必要仔细检视"践夕奄昏曙"这句诗。"践夕"无疑是说天时将晚，但困难在于"奄昏曙"这三个字。笺注者一般都把"昏曙"连读，解为"日与夜"，但是这和"践夕"的时间不合，在上下文里难以通解。我认为"奄昏"二字应该连读，"奄"通"暗"，在一首早期乐府里，"奄昏"被用来指谓阴间。"践夕奄昏曙"意谓在接近夜晚的时候，昏暗有如冥界的山林突然破晓，光线从四面八方穿透了茂密的草木植被，这才引得诗人西疑新月、东疑落日。我们意识到诗人所描写的其实乃是"回光返照"的现象，也就是说，在太阳下山之前，有那么短暂的一瞬间"返景入深林"，不仅映亮了整个天空，而且映亮了林木茂密的绿嶂山。于是突然之间，"蔽翳皆周悉"！

光明的映照是物质的，也是精神的。就在山峦被落日照亮的瞬间，诗人也体验到精神的开悟。他意识到，只要可以"不事王侯，高尚其事"，那么，无论山水多么艰险，都可以做到"幽人常坦步"——"履道坦坦,幽人贞吉。"诗句让我们想到同时代那些关于冥界游行的记述:地狱的道路两旁荆棘布满,罪人在其中奔走流血,唯有开悟者得免此苦,就像《冥祥记》程道惠故事或者《幽明录》石长和故事所说的那样,"独行大道中"。

现代学者习惯于把文本分别划分到"哲学""宗教""文学"研究领域,但是,在谢灵运的时代,这些界限并不存在,而且入冥叙事也根本不能划归到"文学"之中。对谢诗的历史性阅读应该是一种"厚度阅读",把文本放在一个尽可能全面的语境里,跨越现代学术领域为学者规定好的文本范围。谢灵运是"三玄"(《老子》《庄子》《周易》)的熟读者,也是深谙佛理的佛经翻译者和阐释者,是"顿悟"理论的信徒。《般舟三昧经》中的这一段落,想必在他的思想背景之中:

> 譬如人梦中所见,不知昼不知夜,亦不知内不知外,不用在冥中故不见,不用有所弊碍故不见。飓陀和,菩萨当作是念:时诸佛国境界中,诸大山须弥山,其有幽冥之处,悉为开辟,无所蔽碍。

对净土持续而专心的观想,使修炼者进入佛国,这就发生在此时、此地,一切幽冥之处都会为之豁然开朗,就像是在谢灵运的诗里,山峦的照明和诗人精神上的照明合而为一,内外都"无所蔽碍","蔽翳皆周悉"。

诗人能够达到顿悟，是因为他在孤寂的山路上坚持独行，更和最后四句里描写的身体行为密不可分。以为谢灵运山水诗有一个多余累赘的"玄言尾巴"是对谢灵运最大的误解。我们先看前两句：

颐阿竟何端，寂寂寄抱一。

很多笺注者觉得"颐阿"句颇为费解，往往不惜以通假字代替颐或阿。现存对"颐阿"各种解释的问题是难以和诗句下半的"竟何端"串讲，更难和全诗的上下文放在一起串讲。如果在一首行文逻辑非常清楚的诗里突然出现一个和上下文没有必然关联的句子，势必让人感到很不满意而想要探寻其他的诠释可能。

其实，对"颐""阿"大可不必强行通假，"阿"指山、山坡，"颐"和上文的"蛊""履"一样，用的仍然是《易经》的典故。《易经》有"颐"卦，卦辞云："颐，贞吉。观颐，自求口实。"象辞云："山下有雷，颐；君子以慎言语，节饮食。"颐的本义是下巴；"山下有雷"被视为"上止下动"之兆，像人之口腔在咀嚼时的"上止下动"。而且，雷又预示了滋润万物的雨水。如其名所示，颐卦是关于"颐养"的：君子观山下有雷，当注意口中出人之物——慎言语之出，节饮食之人——以此进行自我颐养。在山顶进行自我颐养的诗人意识到"寂寂"——慎言语——的重要，同时也呼应诗开始时的"裹粮"以为口实之举。

"抱一"是玄学习语，其原始文本自然是《老子》的"少则得，多则惑，是以圣人抱一以为天下式"，而离谢灵运生活时代较为接近的孙绰也在《喻道论》中如此形容佛祖："耳绝淫声，口忘甘苦，意放休戚，心去于累，胸中抱一。"诗人这两句诗是在说：在山顶自我颐养究竟有何终始端际？一切毕竟归于寂寂抱一而已。在此回顾前文，才会更看到"蛊"卦典故的精彩，因为蛊卦象辞明确提出："山下有风，蛊。"当诗人终于登上高峰之顶，山下纵使风雷呼啸，也全然不能影响到他"高尚邈难匹"的精神状态了。

对颐养的强调使"裹粮杖轻策"这句乍看起来平平常常的开场白获得了新的意义。一系列著名的文本皆在背景中跃跃欲动、呼之欲出。一方面是诗歌传统：从《离骚》诗人餐秋菊之落英到夷齐之采薇，高士的饮食永远都是重要的诗歌意象，无论左思以"杖策招隐士"开头的《招隐诗》之"秋菊兼糇粮"，还是陆机《招隐诗》的"嘉卉献时服，灵术进朝餐"。另一方面是思想史传统："养"是玄学话语的重要话题。《宋书》谢灵运本传称其"博览群书"，他想必熟知东晋史家干宝的《晋纪总论》，这篇文章后来被收入《文选》，足见它在南朝时期的知名度。《总论》有云："至于公刘遭狄人之乱，去邠之豳，身服厥劳。故其诗曰：'乃裹糇粮，于橐于囊。''陟则在巘，复降在原，以处其民。'以至于太王，为戎翟所逼，而不忍百姓之命，杖策而去之。"裹粮、陟巘、杖策，在此段文字中连续出现，和谢诗针锋相对，但是这段文字对谢诗来说关键在于太王。《庄子·让王》中有一段关于太王的文字：

> 大王亶父居邠，狄人攻之。事之以皮帛而不受，事之以犬马而不受，事之以珠玉而不受，狄人之所求者土地也。大王亶父曰："与人之兄居而杀其弟，与人之父居而杀其子，吾不忍也。子皆勉居矣！为吾臣与为狄人臣，奚以异？且吾闻之，不以所用养害所养。"因杖策而去之……夫大王亶父可谓能尊生矣。能尊生者，虽贵富不以养伤身，虽贫贱不以利累形。今世之人，居高官尊爵者，皆重失之，见利轻亡其身，岂不惑哉！

太王亶父不肯因"所用养"而伤害"所养"，"虽贵富不以养伤身"，被庄子誉为能尊生者。从《诗经》中"乃裹糇粮"，到《晋纪总论》中对公刘和太王亶父的赞美，再到《庄子·让王》中对太王亶父善于颐养的评介：谢灵运的诗充满了丰富、繁复而微妙的文本回声。

错综复杂的文本之网在诗作的最后一联达到极致：

> 恬知既已交，缮性自此出。

恬知和缮性再明确不过地指向《庄子·缮性》中的段落：

> 缮性于俗学以求复其初，滑欲于俗思以求致其明：谓之
> 蔽蒙之民。古之治道者，以恬养知；知生而无以知为也，谓
> 之以知养恬。知与恬交相养，而和理出其性。

这段话是说：那些企图通过普通人的学问修缮本性以求回复到本初状态的人，那些企图通过普通人的思想以求达到明悟的人，都是所谓的"蔽蒙之民"。古时候的修道者以恬养知；虽然有了知识，但是他们不用知识来做什么，这便是以知养恬。知与恬相互颐养，和谐与秩序就自然从本性里生发出来了。

这段话有两个关键词：一个是"蔽蒙"，一个便是"养"。从裹粮以为口实，到追求心灵的颐养，诗人在"寂寂抱一"的状态中达到"恬知相养"的境界。"蔽蒙"与谢诗中的"蔽翳"相呼应。这首诗归根结底是关于观看的：诗人登山涉水，最终得以周悉蔽翳，获得顿悟与光明。

尽管常常充满艰险和阴影，谢灵运的山水却从不会完全落入地狱的黑暗。拯救它的是山水之中蕴含的光辉文理，永嘉绿嶂山中寒姿凝结的澹潋水文便是它最好的象征。谢灵运不是冥界的目击报告者，而是炼狱中的诗人。他的世界光线暗淡，是积极求索的旅行者终于安静下来进行沉思默想的黄昏。和陶渊明不同，谢灵运不是一个"使人欢"的诗人，但是，他给那些留守在家园的人带来了一些非同寻常的视界。

现代学者往往重复"谢灵运山水诗有一个玄言尾巴"的陈词

滥调，这样的批评是对谢灵运山水观照诗学的根本误解。谢灵运一定熟读过的王弼曾经在《周易略例·明象》篇里对"言、象、意"做出如下的评论：

夫象者，出意者也。言者，明象者也。尽意莫若象，尽象莫若言。言生于象，故可寻言以观象。象生于意，故可寻象以观意。意以象尽，象以言著。

王弼所谈的是卦象，在谢诗中，山水之象是《周易》之卦象的最好体现；它在语言中得到实现并呈现出"意"，诗人以其心眼观照到内在于世界景观之中的意义。

小　结

袁崧，比谢灵运年长的同时代人，写过一部《宜都记》，其中有一段热情洋溢地歌颂三峡之美的记载：

常闻峡中水疾，书记及口传，悉以临惧相戒，曾无称有山水之美也。及与来践跻此境，既至欣然，始信耳闻之不如亲见矣。其迭崿秀峰，奇构异形，固难以辞叙。林木萧森，离离蔚蔚，乃在霞气之表。仰瞩俯映，弥习弥佳。流连信宿，不觉忘返，目所履历，未尝有也。既自欣得此奇观，山水有

133

灵，亦当惊知已于千古矣。

这段话突出地表现了本章所探讨的很多问题：对亲身经历和目击现象的强调，探险和发现的感受，以及应该培养山水审美能力的认识。在南朝，人们不但拓宽视野，注意到许多陌生的区域，而且还以新的眼光谛视熟悉的景观。我们看到对主观性的强调：这既表现在观照的能力上，也表现在以越来越个人化和私人化的方式观看世界的程度中。在很多方面，这是一个对外在世界也对内心世界进行探索与做出发现的时代。

两种观看世界的修辞模式在这期间占主要地位：一是今/古模式；一是天堂/地狱模式。前者可以在征行赋、征行记中看到。但是这些征行记包含了很多个人轶事，为它们带来自传色彩。这种散体记录的大量出现改变了征行赋中的行旅写作性质。在这些征行记中，我们看到的不是预先设定的具有熟悉结构的路线表，而是对意外事件和历险所作的令人难以预测的叙事。

很多早期中古叙事都对"异域"做出描述。这里的异域采取宽泛的定义，或是乐园净土，或是充满恐怖与危难的地界。无论是中天竺，还是山中神女，还是地狱，异域总是以浪漫化的、充满幻想的、概括抽象性的、从不曾全然人性化的词语进行呈现。这一基本修辞模式对后世的文化意识产生了深远影响。

谈萧纲与宫体诗

明 夷

因为萧纲向来被视为"宫体作家",而宫体又向来被视为对闺阁生活或者浪漫爱情的歌咏,当现代学者研究萧纲作品时,他们一般来说只注意到萧纲描写闺阁与艳情的诗篇。但是,正如胡念贻在《论宫体》中所指出的那样,三分之二以上的萧纲作品和艳情毫不相干。胡念贻所没有指出的是,即使是那三分之一和艳情有关的作品,它们也主要是通过《玉台新咏》得以保留下来的,而《玉台新咏》是专门为了女性读者编写的诗歌总集。换句话说,《玉台新咏》的存留是历史的偶然事件,因为它保留了大量萧纲的诗,会导致后代读者对萧纲的作品产生一种偏颇的印象,似乎萧纲作品以艳情为主,但却没有想到这其实是由《玉台新咏》作为女性读本的性质所决定的。这样的偏颇印象巩固了萧纲的传统形象,只不过这一形象是被选本扭曲了的。

事实上,就是在探讨萧纲的宫体艳情诗时,学者们也往往只把目光集中在寥寥几个涉嫌"颓废"的例子上，比如《咏内人昼眠》《咏娈童》，或者《名士悦倾城》（这首诗也有可能是萧统写的），而不去注意另外一些呈现了更为主动的女性主体形象或者戏剧化情境的作品，比如《和人爱妾换马》《春闺情》《雪里觅梅花》《采桑》，或者《紫骝马》，更是忽略了一些清新可喜的爱情诗，比如《杂咏》或者《从顿还城南》。纵观很多文学史和论文对宫体诗的探讨，我们甚至会觉得，为了使宫体诗符合先入为主的成见，研究者们在有意识地把注意力集中在那些把女性"物化"的诗篇上，而完全忽视了那些对女性心理作出更为复杂刻画的作品。有时候我们不由得要问：在现有的萧纲研究者中，到底有多少人从头到尾细细阅读过萧纲的诗文全集？又有多少人在引用萧纲作品时，仅仅从前人论文引用的例证里加以抄写，根本没有去查看过原始资料？那就难怪很多论文，从例证到结论，都和前人的论文大同而无异了。

　　在公元六世纪中国古典诗歌的转型过程中，萧纲因其才华、爱好与地位，成为最为重要的人物，他也是中国文学史上最优秀的诗人之一。然而，他的生命在四十八岁那一年猝然中止，他的成就也被埋没了。在五五一年冬天被杀之前的短短一个多月里，萧纲创作了几百首诗文。囚禁当中没有纸，他就把诗文写在墙上或者屏风上。这些诗文被侯景手下的人涂抹殆尽，只有几首通过记忆得以幸存。萧纲长达百卷的文集也大多散佚，现存的诗文都是依靠类书或者选本才保留下来，那些收录在类书中的作品多非全貌，只是碎片。据说侯景之乱之后，他的文集只有一部抄本传世，在江陵失陷之后被运往北方，保存在西魏的皇家图书馆里。萧纲的幼子萧大圜直到六世纪六十年代初期在北周朝廷担任麟趾殿学士时，才有机会看到他的父亲和祖父的作品全集。他亲自动手抄写，花了一年时间才抄写完毕。

但是，萧纲现存诗作的总数超过二百五十首，远远超过了任何一位六朝作家的诗作总数。这一相对而言非常丰富的传世诗作数量不应仅仅看成是幸运的偶然，也不应完全归结于作者的多产，而应该视为后人对萧纲作品具有强烈兴趣的标志。正如杜德桥所说："文本流传不是一个纯粹偶然与随意的过程。"

萧纲是诗人中的诗人。而且，由于中古宫廷诗歌的性质，由于其传世作品往往已非全貌，一个执意在诗中寻找某种"信息"或者诗人生平事迹的读者也许会感到失望。萧纲当然也创作了很多公宴诗、送别诗，但即使是这些社交诗也往往能够反映出萧纲最突出的成就：他对诗歌语言本身的注意。在萧纲之前，很少有诗人（也许除了鲍照之外）对字词如此敏感，又具有如此大胆的创新精神。

萧纲诗歌的一个重要关怀是"短暂"——这不是说他喜欢以人生短暂作为诗歌主题，而是说他对"时刻"有着强烈的关注。他的诗捕捉到时间飞逝的瞬间，把它们凝固在纸上。正因为对世界采取了这样的视角，萧纲笔下的世界显得既脆弱又鲜活。这也许是他为什么会对光影如此感兴趣的原因：物体投射的影子，总是标志了一天当中某一特定的时间，某一特定的时刻。

很多文学评论者都认为萧纲的诗过于精致纤微，这样的特点在父权话语中常常和所谓的"阴柔"联系在一起，如果表现在君王身上，就更是受到非议。这样的观点，其实是把敏锐的观察力误认为纤细。归根结底，并不是萧纲的诗多么精致纤微，而是诗里描写的那个短暂、鲜活、充满生机的世界。

少年时代

萧纲在梁武帝诸子中排行第三，和萧统一样，也是丁令光夫人所生。萧纲于公元五〇三年十二月二日出生于显阳殿，五〇六年二月二十六日被封为晋安王。

萧纲早慧，五岁（按照中国传统计算岁数的方式是六岁）就会赋诗。梁武帝听说后不相信，于是亲自考校，据说萧纲援笔即成。因为是皇太子的弟弟，他自然得到了"吾家东阿"的称号。

五〇九年，萧纲接受了他的第一个职位：他被封为云麾将军，负责镇守石头城，这是他的父亲曾经在四九五年到四九七年之间担任过的职务。萧纲开始拥有自己的属吏。后来对萧纲产生巨大影响的徐摛，就是在这时被任命为萧纲的侍读的。徐摛和年幼的皇子逐渐建立了深厚的感情。萧纲成年以后，曾经说自己从六岁开始"有诗癖"，这正是徐摛开始成为萧纲侍读的那一年，可能不是偶然的巧合。萧纲属吏中另一位著名的作家是张率。张率跟随萧纲长达十年之久，也深为年轻皇子尊重和喜爱。

大约过了一年之后，公元五一〇年一月二十七日，萧纲被任命为南兖州刺史。南兖州的州府在广陵，也即今天的扬州，就在扬子江对岸，和都城建康相距不远。但这仍是萧纲初次离开建康。这期间他曾回到建康，完成大婚仪式。萧纲的妻子王灵宾是琅邪王氏之女，她的祖父就是南齐名臣王俭。王灵宾在五一二年嫁给萧纲，生了二子一女，后来死于五四九年围城之中。

五一三年，萧纲转任丹阳尹，也就是京畿地区的长官。据说当时仅仅十岁的萧纲，在丹阳尹任上开始亲自过问政务。一年之后，他被任命为荆州刺史，少年皇子首次远离家人，心中充满眷恋，在残存的《述羁赋》中，他描写这份依依不舍的情怀：

奉明后之沾渥，将远述于荆楚。

叹云霞之窅漫，对江山之遥阻。

是时孟夏首节，雄风吹旬。

晚解缆乎乡津，涕淫淫其若霰。

舟飘飘而转远，顾帝都而裁见。

远山碧，暮水红。

日既晏，谁与同。

云嵯峨而出岫，江摇漾而生风。

奉玺言而遄迈，改余玉于江隈。

遵阳涂而中正，轸悲心其若颓。

引领京邑，瞻望弗远。

恋逐云飞，思随蓬卷。

观江水之寂寥，愿从流而东返。

　　五一五年六月十二日，萧纲调任江州刺史，此前他曾经暂时回到京师。皇太子萧统赠给他一首用七言楚辞诗体写的诗，题为《示云麾弟》，萧纲同样用七言楚辞诗体写了一首答诗。根据萧统接到萧纲答诗后写的回信，我们知道萧纲的信与诗是在五一五年六月二十五日寄给萧统的，当时是萧纲接到调任命令的十二天之后。江州属于楚地，因此萧统很可能有意选择了这一诗体：

白云飞兮江上阻，

北流分兮山风举。

萧统赠诗的开头两句令人想到系于汉武帝名下的《秋风辞》，这首诗就保存在萧统主编的《文选》里，第一句是"秋风起兮白云飞"。萧统原封不动地保留了"白云飞"的词句，不合季节的"秋风起"在此被转化为"山风举"。萧纲答诗呼应了白云的意象，但是却转换了用典的方向：

蠡浦急兮川路长，

白云重兮出帝乡。

第二句诗暗用《庄子》"乘彼白云至于帝乡"之语，但萧纲巧妙地变化了原文：这里的白云把他带出"帝乡"，并且遮住了他的视线。萧纲用《庄子》典也许不完全是一个文学性的选择，而是因为他接触到的书籍不如皇太子萧统多，东宫藏书量在当时是首屈一指的。

萧统的诗想象弟弟上任之地，全诗充满楚辞的回声，结尾处表示对弟弟的思念：

> 白云飞兮江上阻，北流分兮山风举。
> 山万仞兮多高峰，流九派兮饶江渚。
> 山岧峣兮乃逼天，云微蒙兮后兴雨。
> 实览历兮此名地，故遨游兮兹胜所。
> 尔登陟兮一长望，理化顾兮忽忆予。
> 想玉颜兮在目中，徒踟蹰兮增延伫。

萧纲答诗处处呼应萧统，也在结尾处表示对京都和亲人的思念之情：

> 蠡浦急兮川路长，白云重兮出帝乡。
> 平原忽兮远极目，江甸阻兮羁心伤。
> 树庐岳兮高且峻，瞻派水兮去泱泱。
> 远烟生兮含山势，风散花兮传馨香。

临清波兮望石镜，瞻鹤岭兮睇仙庄。

望邦畿兮千里旷，悲遥夜兮九回肠。

顾龙楼兮不可见，徒送目兮泪沾裳。

　　细味二诗，萧统的诗似乎对弟弟亲身游历"名地""胜所"流露出隐隐的羡慕。萧统对楚地的描写，用的是一些模糊概括的词汇，比如"九派""高峰"之类；至于山逼天、云兴雨，则令人不仅想到《九歌》，也想到《高唐赋》《神女赋》。相比之下，萧纲则提到一系列非常具体的地名：彭蠡湖，庐山，谢灵运在《入彭蠡湖口》一诗中提到过的石镜峰，还有仙人缥缈的鹤岭。这些景致都在江州州府寻阳地区。虽然远离文化发达的首都来到外省，萧纲却得以亲身游观外面的世界。在接到弟弟的信与诗之后，萧统的回信明白地透露了同样也是少年的皇太子由于自己特殊的身份而"被困"皇宫的复杂心情。在夸奖了弟弟的诗之后，萧统谈到自己"暇日"的活动，不外乎"斠核坟史、渔猎词林"，对于这种"卧游"，他感到有进行辩护的必要："不出户庭，触地丘壑。天游不能隐，山林在目中。冷泉、石镜，一见何必胜于传闻？松坞、杏林，知之恐有逾吾就。"（《答晋安王书》）然而，无论是萧纲诗里对自己的游览天真的炫耀，还是萧统信中微感受伤的辩护，都是非常自然的：两位皇子毕竟都还只是十几岁的少年。

　　公元五一八年，萧纲被召回京师，再次受命镇守石头城。这一次，钟嵘被任命为他的记室，我们可以想象萧纲读到过钟嵘大概前不久所完成的《诗品》。司马褧，一位深通三《礼》的学者，被任命为萧纲的长史。司马褧去世后，萧纲命庾肩吾把他的文集编为十卷。看来，这时的萧纲已经开始流露出对文学活动的强烈兴趣。

萧纲回到京师后，得以充分地参加东宫的各种文学和宗教活动，而这时的东宫已经成为一个文化中心。大约是在这个时候，萧统开始编纂《古今诗苑英华》。萧统一定对自己的两个爱好文学的弟弟萧纲和萧绎，产生了深刻的影响。五一八年秋天，萧统在东宫玄圃针对佛教"二谛"和"法身"的概念进行开讲，并且回答听众提出的各种问题。这在当时一定是引起极大轰动的洋洋盛会，萧统自己作诗一首以资纪念，萧子云为之作赋，十五岁的萧纲也作了一首《玄圃园讲颂》献给兄长，并附了一封充满赞美之词的信。萧统回信对弟弟极尽嘉奖："首尾可观，殊成佳作。辞典文艳，既温且雅。岂直斐然有意，可谓卓尔不群。"并特别摘出"银草金云"之句，称其"殊得物色之美"（萧纲文中之句为"日映金云，风摇银草"）。

公元五二三年对于萧纲是特别重要的一年。虽然才刚刚年满二十岁，他已经有了很多行政经验，长子萧大器也在这一年出生，萧纲在很多意义上都可以算是成人了。武帝已经为他作出安排：他被任命为雍州刺史，并且掌握七州军权。这是一个至关紧要的职务：雍州处在梁、魏边界的军事要塞，是萧梁王朝的大本营，二十五年前，梁武帝自己就曾担任过雍州刺史，并从雍州的首府襄阳起义夺得天下。萧纲的母亲丁贵嫔，就是襄阳本地人。在梁武帝统治期间，雍州刺史的职位一直都由皇族近亲担任，但萧纲是第一个任期长达六年的刺史。

萧纲大约写于这一时期的一首诗，《经琵琶峡》，值得全文抄录。琵琶峡在扬子江上，位于江陵和寻阳之间。在地方上任职的几年当中，萧纲应该有不止一次机会经过琵琶峡：五一四年从建康到江陵途中，五一五年从江陵到寻阳途中，或者五二三年从建康到襄阳途中。从第一句"由来历山川"来看，似乎应以五二三年最为可能。虽然不是萧纲的上乘之作，这首早期作品显示了年轻的诗人向前人学习然而又能独辟蹊径的创新能力：

> 由来历山川，此地独回邅。
>
> 百岭相纡蔽，千崖共隐天。
>
> 横峰时碍水，斜岸或通川。
>
> 还瞻已迷向，直去复疑前。
>
> 夕波照孤月，山枝敛夜烟。
>
> 此时愁绪密，□□魂九迁。

刘绘，著名诗人刘孝绰的父亲，曾经赠诗给谢朓，题为《入琵琶峡望积布矶》，这首诗和谢朓的答诗都存留至今。萧纲诗的开头两句显然模仿刘绘诗的首联："江山信多美，此地最为神。"但是，刘绘和谢朓的诗尽管也强调琵琶峡之险，却主要是在歌颂山川之秀丽。刘绘为我们呈现了一幅诱人的画面："照烂虹霓杂，交错锦绣陈。"谢朓在答诗中和刘绘遥相呼应："赪紫共彬驳，云锦相凌乱。"相比之下，萧纲则把春阳烂漫的琵琶峡转化成了阴森压抑的夜景，令人联想到《楚辞》中神秘幽森的气氛。现代学者林大志指出萧纲诗受到《楚辞·涉江》的影响是很有见地的：

> 入溆浦余儃佪兮，迷不知吾所如。
>
> 深林杳以冥冥兮，乃猿狖之所居。
>
> 山峻高以蔽日兮，下幽晦以多雨。

　　但我们不应忘记萧纲的前辈诗人谢灵运，他笔下险峻幽暗的山林，可能也是年轻皇子诗人的灵感源泉。刘绘虽然也描写到山川之险，但他对各种鲜亮色彩的运用造成了和《涉江》截然不同的效果。萧纲的诗却进一步加强了《涉江》的幽暗与压抑情调："百岭""千崖"不但妨碍舟行，阻挡日光，甚至遮蔽了整个天空。

　　刘绘诗中有句云："却瞻了非向，前观复已新。"这两句诗描写了诗人对不断变幻的风景感到的惊讶与喜悦。萧纲袭取了这联诗句，但是对之进行了巧妙的变化，借以传达迷困与失落，一种和前人完全不同的感受："还瞻已迷向，直去复疑前。"

　　萧纲诗的下一联格外精彩："夕波照孤月，山枝敛夜烟。"水面上闪烁不定的一点孤光，和收敛在山树枝条中的团团烟雾形成了鲜明的对比。对光与影的兴趣，对倒影和感官迷错的兴趣，构成了萧纲诗作的特点。

年轻的雍州刺史

年已弱冠的萧纲，一定在地方行政决策中扮演了比以往更为重要的角色。同时，他也显示出年轻人对军事的典型热衷。据《梁书·本纪》记载：萧纲"在襄阳拜表北伐，遣长史柳津、司马董当门、壮武将军杜怀宝、振远将军曹义宗等众军进讨，克平南阳、新野等郡。魏南荆州刺史李志据安昌城降，拓地千余里"。北伐发生于五二五年；李志于五二八年夏投降梁朝。萧纲致李志的劝降信保存在唐代选集《文馆词林》里。五二九年，为了嘉奖萧纲的军政成就，武帝特地颁赐萧纲一部鼓吹。

在写给妹夫张缵的信中，萧纲谈到军营生活给他带来的诗歌灵感。萧纲写有一系列反映边塞生活的诗篇，成为后人所谓"边塞诗"的重要奠基人之一。萧纲的很多边塞诗都描写了军旅生活的辛苦和将士的雄心壮志，但有时他也会抒发军旅暂归和所爱之人重聚的喜悦，难得地流露出细腻柔情。比如下面这首题为《从顿还城南》的绝句：

暂别两成疑，开帘生旧忆。
都如未有情，更似新相识。

这首小诗的聚焦点，是帘幕拉开、小别重聚的情人初初相见的瞬间。在分别的时日里，他们都曾担心对方的变心或者情感的冷淡，现在再次聚首，在旧日的回忆和激情被重新唤醒之前，有那么短短一瞬间的犹豫，甚至羞涩，似乎分离把他们变得陌生了，需要一点时间重新点燃往日的情焰。短短二十个字，从形式上象征了重相见的片刻，但是，从这二十个字里，却传达出来一对情侣的复杂心情，这需要高超的诗艺。虽然小诗写在一千五百年前，但是诗中的情愫却既新鲜又熟悉，好像是昨天才写下的。

有意思的是，萧纲还写过一首题为《从顿暂还城》的诗，这首诗表现的是常见的武勇粗豪之气："持此横行去，谁念守空床！"当时随从萧纲的刘遵也写有《从顿还城应令》诗，称："神游不停驾，日暮返连营。宁顾空房里，阶下绿苔生。"当然萧纲的两首诗未必是同一时所作，但就是同一时所作也未尝不可：我们看到一个复杂的人不同的侧面，而这些不同侧面又是和写作的机缘联系在一起的。和侍从唱和，需要强调"男性情谊"，对女性情爱表达的蔑视成为把男子和男子联结在一起的手段，蔑视是暂时性和社会性的，人的情感和社会条件的改变密切相关。

虽然投身于政务和军事，萧纲并没有忽略文学活动。他聚集了一批学者，徐摛、庾肩吾、刘孝威、鲍至、江伯摇、孔敬通、申子悦、徐防、王囿、孔铄，"抄撰众籍，丰其果馔，号高斋学士"[1]。但早在唐代，人们已经把萧纲和他的兄长萧统混为一谈，八世纪初吴从政编写的《襄沔记》即称昭明太子在"高斋"编撰《文选》，王象之《舆地纪胜》、王士性《广志绎》皆沿袭此误。公元十二世纪，襄阳甚至建造了所谓的"文选楼"，此楼在后代屡经修复，一直到一九九〇年，襄阳人还在"文选楼"旧址盖起一座"昭明台"。萧纲的名字和记忆被完全埋没了。

然而，当年文武兼资的青年雍州刺史，想必是众位皇子藩王的典范。一首写于这一期间的诗——《汉高庙赛神》，向我们展示了萧纲在雍州六年中日臻成熟的文才。雍州位于汉中地区，汉中是汉高祖刘邦身为汉王时的封地，襄阳因此有汉高庙。作为地方总督和梁朝皇室成员的萧纲，有责任出席地方上的公共仪式庆典，而此次参加汉高庙的赛神仪式，一方面确认梁朝上承汉统，一方面顺应地方风俗。当时，至少有五位侍从（王台卿、刘遵、刘孝仪、庚肩吾、徐陵）应教作诗，萧纲的诗最好地捕捉到了赛神活动中汉王朝昔日光荣若存若亡、灵氛缥缈的奇异感受：

> 玉轪朝行动，阊阖旦应开。
>
> 白云苍梧上，丹霞咸阳来。
>
> 日正山无影，城斜汉屡回。
>
> 瞻流如地脉，望岭匹天台。

1　据《太平御览》，高斋学士包括徐陵而非徐摛，但我们未必一定如此执着于"十个人"，徐陵想来也曾参与其事。江伯摇一作江伯操，申子悦一作惠子悦。

欲祛九秋恨，聊举十千杯。

诗的第一联把生者和死者紧紧联系在了一起：青年刺史的车驾在清晨做好准备前往汉高祖庙进行祭拜，与此同时，他想象神灵感应，天门开启，汉高祖的车驾应该也已出发，到下界接受祭祀。这里的"行"训为"将要"，和下句的虚词"应"相对，"应"字表达诗人的猜度，诉诸灵界缥缈不定的特质。其他诗人同题之作往往使用"灵驾""仙车""霓裳"等字样描写汉高祖的车马侍从，这些具体而形象的细节反而削减了灵氛。与此相比，萧纲的诗表现汉高祖的神灵仅用"苍梧白云""咸阳丹霞"两个意象：苍梧是舜下葬之处，白云遥指帝乡；咸阳是秦朝首都，刘邦的军队当年在众路兵马中是最早进入咸阳的，刘邦是"赤帝子"，旗帜尚赤，又据说刘邦还是平民的时候，所在之处常有五色云气笼罩，因此他的妻子总是可以轻易地找到他。萧纲诗的第二联是说，虽然汉高祖在苍梧上仙，他的神灵不泯，依然会来汉水之滨接受祭祀。云霞的指称越发使全诗处在真与幻、可见与不可见的边界，给全诗造成了一种神秘的尊崇感，格外适合庙宇中举行的祭拜仪典。

全诗的"诗眼"是中间一联：

日正山无影，城斜汉屡回。

第二句十分巧妙：在现实生活中，我们都知道城墙是依照河水的流势而建造的，但诗人却暗示说，襄阳城墙的回环盘绕，似乎把汉水变得屈曲往复。诗人把视界的重点给了襄阳城，突出了人事的威严。如果说这句诗还不过只是巧妙而已，上一句则纯粹是神来之笔：时间在流逝，太阳升到中天，重叠的山岭直接曝露在白日照射之下，这刚好是正午时分，一个转瞬即逝的时刻，在这一瞬间，大地全是光，没有一丝一毫的阴影，天人互相感应，世界似乎充满了肃穆的神明。

我们知道，赛神的季节是秋天，庾肩吾同题诗作提到"林高叶早残"，在萧纲的诗里，山峰就好像深秋的树木一样，纷纷脱掉它们的影子，完全裸露在正午的日光下。然而，这一光明的瞬间一旦过去，日子就将向黄昏滑落，祭典将要结束，人散庙空，世界慢慢进入寒冬，和大汉皇帝的灵魂那样，重归于黑暗的忘川。庾肩吾描写了仪式结束之后的景象："尘飞远骑没，日徙半峰寒。"

萧纲诗的结句再次把生者与死者的世界联系在一起：在祭典仪式上，回顾大汉帝国旧日的光荣，发出英雄终归黄土的感喟，"聊举十千杯"的，不知道到底是追悼昔人的年轻皇子，还是汉高祖来享的灵魂。

在雍州期间，萧纲遭受数次家庭惨变。五二五年，他的二兄萧综叛逃北魏；五二九年七月，他的弟弟，武帝第四子萧绩英年早逝，年仅二十四岁。这给萧纲兄弟们带来相当的震动，萧统、萧纲、萧绎都有书信来往，相互安慰。但是给萧纲带来最大感情创痛的当是五二五年冬天他的母亲丁贵嫔之死。据史书记载，萧纲哀痛至深，在服丧期间"哀毁骨立，昼夜号泣不绝声，所坐之席，沾湿尽烂"。他上书武帝，要求解职留在京师，武帝不许。于是，丁贵嫔丧事之后，萧纲又在雍州继续任职三年。

在雍州的最后几年，萧纲似乎对外省生活开始感到厌倦。一首题为《春日想上林》的诗清楚地表达了他在襄阳著名的风景胜地习家池畔对"香车云母幰，驶马黄金羁"的京都生活的怀念。他还写作了一首《阻归赋》表述思乡之情，刘杳后来为此赋作注，可见全文甚长，而且有很多雍州故实，可惜现在只有片段存留。萧纲终于再次上表陈情，以羸疾为言（萧纲一生中曾不止一次患有似乎相当严重的疾病）请求解职还朝。现存表文虽然没有明言日期，但提到"逝将已立"，可见此时萧纲已经将近三十岁。五三〇年春天，萧纲被任命为扬州刺史，从此回到建康地区。

人生的转折点

五三〇年，武帝中大通二年，萧纲被征入朝，终于回到了阔别将近七年的京师。这时的萧纲，已经是完全意义上的成年人了。据史书记载，萧纲的外貌十分引人注目：他"方颐丰下，须鬓如画"，肤色白皙，以至"手执玉如意，不相分辨"，两道浓眉之下眼神锐利，"眄睐则目光烛人"。史家赞他："器宇宽弘，未尝见喜愠色，尊严若神。"

《南史》称萧统在萧纲入朝之前曾做一梦，在梦里他和萧纲对弈，并以班剑相授。班剑是带有纹饰的剑，从晋朝起以木制作，天子以赐功臣。果然，萧纲回京之后，被晋封为骠骑大将军。但梦兆似乎还有更多的含义。即使是最简单的心理学分析也会告诉我们梦见和兄弟对弈暗示了一种竞争感，而授以班剑则似乎表示权力的转移。在梦里，皇太子窃取了不属于他的权力（只有皇帝才可以颁赐臣下这样的荣誉），但与此同时也失去了这份权力。

历史上对皇太子萧统英年早逝有很多传言。根据《南史》记载，五三一年四月，萧统在后池"乘雕文舸摘芙蓉"，姬人荡舟以至倾覆，萧统落水伤股。为避免父亲惦念，他一直不许手下人如实报告病情。五三一年五月七日，他的病势急转直下，等到武帝闻讯亲自前往探望，萧统已经去世了。

当时，宫禁流传着很多谣言。据《南史》说，五二五年丁贵嫔死后，某道士以为墓地不利长子，萧统听信了道士的话，在丁贵嫔墓旁埋下蜡鹅等物作为禳厌。后来，宫监鲍邈之因失宠怨恨，密告武帝太子有厌祷之事。武帝遣人查究，果然发掘出蜡鹅等物，"大惊，将穷其事，徐勉固谏得止，于是唯诛道士"。这件事在父子关系上投下了一道阴影，《南史》称"太子迄终以此惭慨，故其嗣不立"。直到今天，学者仍然在为蜡鹅事件是否真实以及是否影响到武帝立嗣的选择而争论不休。萧统的长子萧欢在萧统死后被召回京都，但是武帝在皇位继承人问题上久久犹豫不决。五三一年六月二十一日，萧统遗体下葬。直到六天之后，武帝才终于下了决心，于六月二十七日宣布立萧纲为皇太子。后来，鲍邈之因事犯法，虽然罪不至死，但萧纲想到昭明太子被谗之事，"挥泪诛之"。鲍邈之有侄僧隆在东宫当差，萧纲得知以后，即日驱出之。

《南史》推测武帝没有立萧欢为嗣是因为蜡鹅事件，但是，即使父子之间真有嫌隙，也应该止于萧统其身，未必一定影响到武帝对长孙的态度，这不符合武帝对子侄一贯宽大为怀、不计前嫌的作风；更不用说立嗣是如此大事，武帝又是何等老谋深算之人。选择萧纲为嗣的真正原因，恐怕还是因为武帝认为"不可以少主主大业"。萧统去世那年，武帝已经六十七岁了，在人的平均寿命不超过五六十岁的时代，六十七岁可算高龄，正如曹道衡所说，武帝不可能预见到自己还要继续统治天下近二十年之久。武帝年轻时，曾经目睹萧齐王朝以少主临朝带来的祸患：文惠太子先齐武帝而死，他的儿子即位不到一年就被年长的族人萧鸾废掉；萧鸾自己的儿子东昏侯则是另外一个可资借鉴的前例。武帝对前车之鉴至为敏感，他经历过那些混乱黑暗的年代，绝不打算重蹈覆辙。

然而，武帝反传统的大胆决定（这不是武帝第一次抗拒成规了）使朝野大为震惊。我们可以想象这是当时最热门的话题。萧纲此时的态度是非常值得玩味的。早先，当武帝颁赐鼓吹或者授予他扬州刺史这一清贵官职时，萧纲都会按照礼节习俗的要求上表推辞。但是，当武帝宣布立他为皇太子时，我们却在萧纲集中看不到类似的奏表；相反，我们只看到一封谢表，在表中，萧纲感谢父皇交付给自己如此重任，并对自己是否能够胜任感到惶恐不安。

也许萧纲的确写过一封辞谢东宫之位的奏表而没有保存下来，这不是没有可能的。但是我相信这样的奏表并不存在，因为萧纲理解当时的政治局势。如果皇帝赐予他的只是一部鼓吹或者一份显赫的官职，他尽可以按照社会礼节进行再三谦让；但是，当攸关得失的是王朝的未来、国家的命运，任何客气谦辞都是对父皇决定的一种侮辱，因为萧纲深知武帝的决定不是轻易做出的。多年以后，侯景的手下逼迫萧纲抄写他们为他准备好的退位诏书，当他写到以下句子的时候——"先皇念神器之重，思社稷之固，越升非次，遂主震方"——萧纲情不自禁泪下失声。

五三一年八月五日，萧纲临轩策拜。因为东宫正在修缮，萧纲暂时移居东府。短短一个夏天，萧纲经历了巨大的人生变故：他素所敬爱的兄长英年猝死，他自己则意想不到地成为皇位继承人。很多朝臣对武帝的决定深为不满，萧统诸子也心怀怨恨。这一切都使萧纲的心情沉重多于兴奋。这一年秋天，萧纲在华林园受菩萨戒，他就此写下一首长诗《蒙华林园戒》，透露了他在这一期间的复杂感情：

> 庸夫耽世乐，俗士重虚名。
> 三空既难了，八风恒易倾。

三空：指我空、法空、空空。八风：指利、衰、毁、誉、称、讥、苦、乐。

伊余久齐物，本自一枯荣。

弱龄爱箕颍，由来重伯成。

非为乐肥遁，特是厌逢迎。

许由隐居箕山，在颍水之滨。伯成子高也是古时隐士。

　这一段讲自己受到"齐物"观的影响，对荣枯之事看得淡漠，从幼年起就向往箕山颍水，崇敬伯成子高式的人物，这倒不是说因为特别喜爱隐居，只不过厌倦社交逢迎而已。

执珪守藩国，主器作元贞。

昔日书银字，久自忝宗英。

斯焉佩金玺，何由广德声。

居高常虑缺，持满每忧盈。

兹言信非矫，丹心良可明。

此段是说：昔日执珪守藩，已经在宗室英杰面前感到惭愧；何况今天佩戴太子金印，更是满怀居高持盈之忧，渴望进德修业，广树惠声。这番话是内心至言，并非矫情。

舟航奉睿训，接引降皇情。

心灯朗暗室，牢舟出爱瀛。

157

这几句诗，交代受戒乃是奉武帝之命。

> 是节高秋晚，沈寥天气清。
> 交门光景丽，祈年云雾生。

交门是汉代宫殿名，汉武帝曾在此祭神并作《交门之歌》。祈年殿为梁武帝所建。

> 红蕖间青琐，紫露湿丹楹。
> 叶疏行径出，泉溜绕山鸣。
> 绿衿依浦戍，绛额拂林征。

绿衿、绛额都描写鸟类。

> 庶蒙八解益，方使六尘轻。
> 脱屩时可去，非吝舍重城。

八解，又称八解脱。

在这首诗里，萧纲表示对宁静生活的喜爱，这倒不是因为他想离群索居，而是因为他厌倦了社交逢迎。现在被立为皇太子，他感到更多的压力，五三一年秋天的受戒仪式，给他带来了某种精神上的安慰。在最后两句诗里，他表示：如果能够获得心灵的解脱，他会毫不吝惜地舍弃数座城池。

一封在这期间写给当时任荆州刺史的弟弟萧绎的信，更清楚地反映了萧纲的心境。他抱怨行动失去自由，不能尽情和昔日的属下盘桓，而且必须花很多时间熟悉宫廷的各种繁文缛节。"吾自至都已来，意志忽悦，虽开口而笑，不得真乐，不复饮酒垂二十旬。"只有在入宝云寺祈祷时，他感到"身心快乐，得未曾有"。他诙谐地告诉萧绎，在受菩萨戒进行象征性的剃顶时，真恨不得把全部头发"一并剪落"，变成真正的出家人："无疑马援遭虱之谈，不辞应氏赤壶之讽。"马援，东汉将军，曾经把剪除山树以暴露盗贼比喻为剃光孩童的头发以捕捉虮虱。应氏指三世纪的诗人应璩，在他的《百一诗》里，他曾写下过"秃顶赤如壶"的句子。

萧纲一直和爱好文学的弟弟萧绎保持着密切的通信联系。立为皇太子之后，大概是五三一年冬天，他写下著名的《与湘东王书》，批评建康文风："比见京师文体，懦钝殊常，竞学浮疏，争为阐缓。"他在信中强烈反对那些认识不到文学价值的独立性、一意模仿古板平典儒家经书文体的作者。萧纲列举了一系列经典作家，诸如"杨马曹王、潘陆颜谢"作为例证，因为"观其遣辞用心，了不相似"。这样的观点并不意味着萧纲意在提倡机械地模拟这些经典作家，他不过是想要说明，既然过去的伟大作家并不一意模仿古人，而总是在推陈出新，现代作家也应该学习他们的这种创新精神。

萧纲也批评那些盲目模仿谢灵运的诗作。他认为，"谢客吐言天拔，出于自然，时有不拘，是其糟粕"。谢灵运的天才不能靠模仿学来，因此谢灵运的模仿者没有得到谢灵运的精华，"但得其冗长"。这颇让我们想到萧子显对这一类作者的批评："启心闲绎，托辞华旷，虽存巧绮，终致迂回。宜登公宴，本非准的；而疏慢阐缓，膏肓之病。典正可采，酷不入情。"

萧纲认为另一类模仿裴子野诗风的作者也误入歧途，因为裴子野"乃是良史之才，了无篇什之美"。萧纲简洁地总结了他的观点："谢故巧不可阶，裴亦质不宜慕。"

接下来，萧纲列举了他视为典范的作家："近世谢朓沈约之诗，任昉陆倕之笔，斯实文章之冠冕，述作之楷模。张士率之赋，周升逸之辩，亦成佳手，难可复遇。"萧纲不仅专门为诗开辟独特的园地，而且也暗示作家各有专长。值得注意的是，被萧纲挑选出来作为典范的都是近当代作家，在这一点上，萧纲和刘勰、钟嵘的态度很不一样。

最后，萧纲鼓励萧绎领导新的一代文风："文章未坠，必有英绝。领袖之者，非弟而谁？"他希望和萧绎一起商量文艺，"辨兹清浊，使如泾渭。论兹月旦，类彼汝南。朱丹既定，雌黄有别"。但是，萧纲作为皇太子，远比镇守藩镇的萧绎具有更多的影响力，也更适合做文坛领袖。"宫体"之称，即因"东宫"而起，不数年之间，东宫"新变"之体不仅受到贵游子弟们的纷纷仿效，而且也逐渐统治了整个文坛。以他特殊的地位和超人的才力，萧纲确实改变了一代文风。虽然萧纲没有留下很多专门的文论，但是，从他写给湘东王的信里我们可以看出，他对自己的文学活动具有强烈的自觉，深知他和萧绎以及他的文学侍从们在写作一种不仅与前人不同，也和很多时人完全不同的诗歌。

春宫岁月

史书中的萧纲本纪，无不从五三二年径直转写到他即皇帝位的五四九年。这中间十七年的漫长岁月，史臣仅以一笔带过：

> 及居监抚，多所弘宥。文案簿领，纤豪必察。弘纳文学之士，赏接无倦。尝于玄圃述武帝所制五经讲疏，听者倾朝野。

武帝日益年迈，萧纲想必接管了越来越多的日常行政工作，但是，他的权力是有限的，因为在重要国事上，武帝仍然是最后决策人。在京都的头几年对萧纲来说并不容易。虽然身在外省的时候，萧纲渴望返回京城；但是现在成为太子，行动失去自由，他似乎常常怀念当年的藩镇生活。五三一年到五三四年之间，萧纲敬爱的老师徐摛在外任职，萧纲写给他的信里，对自己的处境流露出一丝怏然情绪：

> 山涛有言：东宫养德而已。但今与古殊。时有监抚之务，

竟不能黜邪进善、少助国章、献可替不、仰裨圣政，以此惭惶，无忘夕惕。

对武帝的政策和手下所用的官员，萧纲想必有自己的意见。而这些意见未必都能打动武帝，甚至未必能够轻易出口。萧纲信中的牢骚似乎是有的而发，不是泛泛之谈。在同一封信里，萧纲更对一些缺乏地方行政经验、不识细民疾苦，而又养尊处优、志得意满、自以为是的朝廷官员表示出强烈的轻蔑和不满：

> 驱驰五岭，在戎十年，险阻艰难，备更之矣。观夫全躯具臣、刀笔小吏，未尝识山川之形势，介胄之勤劳，细民之疾苦，风俗之嗜好，高阁之间可来，高门之地徒重。玉馔罗前，黄金在握，汜訾粟斯，容与自喜，亦复言轩羲以来，一人而已。使人见此，良足长叹。

萧纲作为皇太子时时体会到的无能为力感，在五三五年听到旧日雍州僚属刘遵去世的消息之后写给刘孝仪的一封慰问信里表露无遗：

> 比在春坊，载获申晤，博望无通宾之务，司成多节文之科。所赖故人，时相媲偶。而此子溘然，实可嗟痛……吾昨欲为志铭，并为撰集。吾之劣薄，其生也不能揄扬吹歔，使

162

得骋其才用，今者为铭为集，何益既往？故为痛惜之情，不能已已耳。

"博望"是汉武帝为太子建造的宫室；"司成"是主管世子品德教育的官员。这几句话，叙述了皇太子身为储君在行动方面受到的各种限制，也表示了老朋友给自己带来的慰藉。

然而在东宫十七年，萧纲并没有枉度岁月。他积极主持文学与学术活动，他建立了文德待诏省，其中包括很多后辈英才，如庾信、徐陵、张长公等人。五三一年，萧纲聚集一批学者，开始编撰《长春殿义记》，徐陵为之作序。《长春殿义记》多达百卷，记述了武帝在长春殿主持的天文学等方面的讨论。另一个重大的编撰项目是在雍州时开始的佛教类书《法宝联璧》，到五三四年终于宣告结束。在这期间，萧纲著述甚丰，包括儒家经典评注，谢灵运选集（《谢客文泾渭》三卷，可能曾经笺注），《玉简》五十卷，《光明符》十二卷，《易林》十七卷，《沐浴经》三卷，《马槊谱》一卷，《棋品》五卷，《弹棋谱》一卷，《新增白泽图》五卷，以及医书《如意方》十卷，等等[1]。当然，其中最引人注目的还是他自己的一百卷文集。

萧纲的一些诗作可以判断出是在这一期间写的。仅存片段的《玄圃纳凉》就是其中之一。玄圃在台城东北，是太子东宫的一部

1　这些作品都已散佚，只有《马槊谱》和《弹棋谱》序言尚存。

分。在五世纪末，齐文惠太子曾对玄圃进行扩建和修缮，增加了很多奇花异石和亭台楼阁。

> 登山想剑阁，逗浦忆辰阳。
> 飞流如冻雨，夜月似秋霜。
> 萤翻竞晚热，虫思引秋凉。
> 鸣波如砺石，暗草别兰香。

在这首诗里，萧纲在感官所及之外构造出一个想象空间。剑阁在四川，以险峻闻名；辰阳在湖南，这一句用《楚辞·涉江》的典故："朝发枉渚兮，夕宿辰阳。"后来，诗人常常用"辰阳"的典故来表达旅客思乡之情。[1] 但在这里，萧纲对原典作出颠覆：在其他诗里，辰阳是旅客暂时逗留、满怀乡思之地，在萧纲诗里，辰阳却被移置于记忆和想象之中，成为诗人怀念的对象。萧统曾经向萧纲强调神游未必不胜过身临其境，现在萧纲也和萧统一样被限制在东宫苑囿，他会不会想到十几年前他的兄长对他说过的话呢？如果萧统对神游的积极论述从思想方面强调了静守家园的重要性，萧纲的诗句则传达出了对行动和远游的隐隐渴望。

下一联触及诗题"纳凉"，同时继续描述想象中的境界。"冻雨"也带有《楚辞》的回声，但在南中国方言里，它也指夏天的

1　江淹《还故园》："汉臣泣长沙，楚客悲辰阳。"刘孝绰《夕逗繁昌浦》："疑是辰阳宿，于此逗孤舟。"

暴风雨。在下一句，诗人用了一个新奇的比喻：月光好似秋霜。这一比喻，后来被李白转化为著名诗句："床前明月光，疑是地上霜。"

这首诗的出奇之处，在于诗人不断把暑热郁蒸的夏夜现实和对秋凉的比喻性书写进行交叉对照。当萤火虫在夜间翻飞闪烁，即使是这么细小的光芒似乎也增加了炎热。只有保持绝对安静，诗人才能感觉到些许凉意。与此同时，他的听力和嗅觉这两种官能都因为身体的静止和越来越深沉的夜色而变得格外敏锐。他所听到的声音，他所嗅到的气味，都开始呈露幽黑夜色中他的目力所不能企及的东西，包括溪流中的石块和隐藏在茂盛草木中的香兰。最后一句诗是对萧纲特别喜爱的诗人陶渊明的引用：

> 幽兰生前庭，含薰待清风。
>
> 清风脱然至，见别萧艾中。

不过，陶渊明在他的诗中直接陈述的情景，在萧纲诗中仅仅出以暗示，也就是说，一丝清风使诗人在黑夜里闻到兰花的清香。在这样一个炎热的夏夜里，这一丝清风一定大受欢迎，然而，清风又是这么微弱，诗人仅仅因为嗅到飘浮而来的兰香才注意到它。这实在是一种极为特别的通感。

夏日纳凉似乎是萧纲特别喜欢的题目。在很多层面上，这一题目都涉及身体的静止，同时，因为身体的静止，诗人反而可以更好地观察周围的世界。一首《纳凉》诗是这样开头的：

斜日晚骎骎，池塘生半阴。

避暑高梧侧，轻风时入襟。

落花还就影，惊蝉乍失林。

"落花就影、惊蝉失林"是何等精妙的句子。也许，因为诗人来到梧桐树下避暑，鸣蝉受惊，甚至一时失去把握而从树枝上坠落。原本喧闹异常的炎热，现在突然沉寂下来，在鸣蝉的沉默中，诗人失去了一座树林。

更为引人注目的是落花的行程。到树荫下避暑的诗人，对自然界产生了瞬间的同情，因为好像就连花瓣也在寻求阴凉，因此一意追求它自己的影子。但是，它不知道自己是在追求一个幻影：一旦捕捉到，影子就消失了，这就好比欲望一旦得到满足，欲望就死去了。

"苦热"在六朝已是传统悠久的诗歌主题，但在梁朝，我们看到大量描写"纳凉"的诗作（虽然同写炎夏，但二者着重点很不一样）。萧纲现存诗作中有一首题为《晚景纳凉》。诗平平而起：

日移凉气散，怀抱信悠哉。

珠帘影空卷，桂户向池开。

和同题诗作不一样的是，这首诗只在头一行点题，然后全部描写夜景，"凉意"隐含在身体的静止与环境的静谧之中。

> 乌栖星欲见，河净月应来。
> 横阶入细笋，蔽地湿轻苔。

这是一个黑暗的时刻：太阳已落，月亮未出（"应"），星星"欲"见。随着夜色加深（乌栖和露降告诉我们这一点），周围环境越来越安静，诗人的感官也变得越来越敏锐，甚至到了官觉扭曲和超现实体验的地步：

> 草化飞为火，蚊声合似雷。

萤火虫据说是从腐草变来，故云"草化飞为火"。在完全沉浸于深沉夜色的诗人的视听中，细小的萤火虫被夸张为飞扬的火团，蚊子嗡嗡细鸣也放大为雷霆之声。安静的夏夜突然充满了"喧哗与骚动"，但诗人笔锋一转，一切戛然而止，复归于"静"：

> 于兹静闻见，自此歇氛埃。

萧纲"蚊声似雷"的比喻用的是《列子》里面"焦螟"的典故。焦螟至小，可以集于蚊睫之上而蚊不觉，就连视力和听力最

167

好的人也没有办法看到和听到它们的动静，只有黄帝和容成子，在经过三个月的斋戒修炼以后，"心死形废，徐以神视，块然见之，若嵩山之阿；徐以气听，硁然闻之，若雷霆之声"。换句话说，只有在泯灭身体的感知（"静闻见"）之后，才能对物质世界产生真正的知识和了解，达到心灵的平静，而这样一种境界，正是萧纲诗的最后两句所暗示的。

萧纲的诗句一方面夸大了蚊子的声音，一方面也缩小了听者，因为他被包裹在浓黑的夜色里，觉察到细笋生过横阶，夜露湿透青苔。如雷的蚊声，更加深了夏夜的静谧。我们不要忘记萧纲极为喜爱的同时代诗人王籍的诗句：

蝉噪林逾静，鸟鸣山更幽。

据颜之推说：萧纲常常吟咏这两句诗，"不能忘之"。

感知与再现

萧纲的很多诗作，我们今天已经无法判断其写作年代。这些诗作往往涉及诗人对物质事物的感知和对这些感知的诗歌再现。《登城》就是这样一首关于"写诗"的诗，或者更确切地讲，是一首关于"写不出诗"的诗。假如我们对最后一行做出某种特定的理解，这首诗也质疑了诗歌捕捉人类复杂感情变化的能力。从某种意义上来看，这首诗几乎是对陆机《文赋》的改写，而这种改写，不消说，带有鲜明的萧纲特色：

> 日影半东檐，靖念空杼轴。
> 小堂倦缥书，华池厌修竹。
> 寂寞既寡悰，登城望原陆。
> 遥山半吐云，严飚时响谷。
> 靡靡见虚烟，森森视寒木。
> 落霞乍续断，晚浪时回复。
> 远瞩既濡翰，徒自劳心目。
> 短歌虽可裁，缘情非雾縠。

诗以"日影"开始。日影标识了一天当中一个特定的时间，在这首诗里，也就是半上午的时候（"半东檐"）。第二句中的杼轴，是用纺织的比喻描写创作（陆机《文赋》也用了同样的比喻："虽杼轴于予怀，恐他人之我先"）。这句诗隐含着一个巧妙的双关语：纺织必用"丝"，"丝""思"谐音，这里的"念"是"思"的同义词。"靖念"，是指聚精会神，专心于手头的工作，这令我们想到陆机《文赋》开始时的描写：

> 其始也，
> 皆收视反听，

耽思傍讯，

精骛八极，

心游万仞。

　　陆机在此所描写的，如宇文所安指出的，是"创作行为开始之前沉思冥想的过程"。但在思索的过程开始之前，作者又必须先阅读前人典籍："颐情志于典坟""游文章之林府"；观察自然世界："遵四时以叹逝，瞻万物而思纷。"这两种活动，旨在帮助诗人进行创作的准备，然而它们正是被萧纲所拒绝和排斥的：

　　　　小堂倦缥书，华池厌修竹。

　　诗人随即登上城头，希望找到创作灵感。时间流逝，又到黄昏时分（"落霞""晚浪"），诗人的努力成为徒劳：

　　　　远瞩既濡翰，徒自劳心目。

　　"濡翰"再次令人想到《文赋》里的语句，但是萧纲颠覆了陆机的原文：

　　　　始踯躅于燥吻，终流离于濡翰。

170

起始的干燥荒芜，经过作者的努力，继之以"流离"的湿润和丰富。但是萧纲却没有这么幸运，因为：

> 短歌虽可裁，缘情非雾縠。

若要理解这两句诗，我们必须再次引用《文赋》，萧纲及其同时代人一定都非常熟悉的经典名篇。陆机对诗歌的文体特点是这样描写的："诗缘情而绮靡。"缘情，也就是发自情感；"绮"，本义是有花纹的丝织品。萧纲诗句中的"缘情"指诗歌，"雾縠"则隐指扬雄《法言》中对"赋"的描述。在《法言》里，扬雄后悔少年时代对赋的热情，斥之为"壮夫不为"。这时一个想象的对话者为赋辩护说：赋像雾縠那么美丽。扬雄对此反驳道：雾縠不过是"女工之蠹"。萧纲诗的题目《登城》，更强化了"雾縠"和"赋"这一文体的联系，因为"登高能赋，可为大夫"可以说是人人皆知的俗语。这样一来，我们看到，萧纲这首诗的最后两句实际上为我们勾勒出了"诗"与"赋"的对比。萧纲意在告诉我们：他的情感可以通过诗歌进行表达，特别是这种缘情而发的"短歌"，但是，却不能用更铺张扬厉的"赋"加以传达。丝织品的暗喻贯穿全诗。

陆机在《文赋》结尾处承认，他并非总是知道如何解决创作灵感枯涸的问题。相比之下，萧纲不仅对"灵感枯涸"做出优美描述，而且，似乎还借此机缘看到了诗歌（特别是抒情短诗）的文体特性。诗中对自然界的描写也起到了特殊作用：和多数诗歌风景不同，这首诗中的自然风景并不对诗人构成"感兴"，诗人对外物也没有做出"感应"。最终他还是拿起笔来写下诗句，但是他的诗句却描写了标准灵感源泉（书籍和自然）的失败，抒发了诗人对创作灵感干涸所体会到的烦恼。这种烦恼不是一般意义上的"悲""喜"（这种"悲""喜"是传统上的诗歌创作动机），而是一种郁闷无聊的心理状态。这种心理状态，萧纲发现，只能由诗歌这一文体（而且是"短歌"）进行表达。

另一首诗，题为《晚日后堂》，也触及诗歌创作问题，但在这里，创作的过程被置于诗歌文本之进程本身：

> 慢阴通碧砌，日影度城隅。
>
> 岸柳垂长叶，窗桃落细跗。
>
> 花留蛱蝶粉，竹翳蜻蜓珠。
>
> 赏心无与共，染翰独踟蹰。

这首诗再次以阴影的意象开始，"影"联结起两个在现实世界当中相隔甚远的空间：一是诗人眼中所见的碧砌，一是遥远的"城隅"。诗人看到幔阴渐渐移动，笼罩了又离开了屋外的碧玉台阶，遂想象日影一定也度过了城墙一角。界限从此变得模糊。诗人的视线在自然界最微小的细节上徘徊，渐渐不能辨别到底何为想象，何为真实。江岸上的柳树，一个远景，和窗外的红桃，一个近景，相互交叉。诗人和桃花如此接近，他甚至宣称自己看见桃花上的细小萼房落下来。这一联诗提醒我们，日影渐阑，时光流逝，柳叶越来越浓密，桃花将衰，春天很快就要结束了。

下一联，给我们看到萧纲运用对仗的高超功力。据张华《博物志》："五月五日，埋蜻蜓头于西窗下，三日不食，化为青珠。"如果蝴蝶翅膀上的确有轻粉，"蜻蜓珠"却显然是虚无缥缈的传说，就连相信神鬼仙灵之存在的中世纪人也会视为神话的。诗人巧妙地宣称，蜻蜓珠被生长迅速的竹子所"翳"，这样一来，诗人在创造出这一意象的同时，否定了这一意象。诗人读书得来的想象之物（"蜻蜓珠"）和客观现实世界中确然存在之物（"蛱蝶粉"），被对仗的原则联系在一起，而虚无的"蜻蜓珠"也因此而获得了某种现实感。

可是，我们不由要问：蛱蝶留粉在花瓣上，这样细微的一点痕迹，又真的是人类视力所能够察觉得到的吗？这一联中的描写，似乎更多来自诗人奔放的想象，而不是来自哪怕最细微最敏感的观察。在这一意义上，诗歌创作的过程被镶嵌在诗歌文本的进程内：观看与看见的行为和幻想与创造的行为合而为一，于是，感知和再现变得难解难分。正因如此，诗人无法找到"赏心"分享他的视界，因为他在用心眼，而非肉眼，在观看这个世界，他所"看到"的东西，无论是被竹子遮蔽的蜻蜓珠，还是花瓣上留下的星星蝶粉，都是肉眼所不能企及的。谢灵运曾说：良辰美景，赏心乐事，四者难并。后堂独坐，日落春逝，人可以"踯蹰"，时光却不为他淹留。萧纲意识到他唯一能做的，不过援笔写诗。

萧纲所感知与再现的世界，由飞逝的时刻构成，这特别体现于他的咏物诗。陈美丽（Cynthia Chennault）曾写道："南齐咏物诗的新倾向，是描写偶然具有使用价值的细小装饰物，比如乐器、食具、化妆品，等等；而不是描写自然界中独立之物。"然而，萧纲的咏物诗，只有百分之二十是描写器物的。萧纲对自然景象或者有生命的事物，无论是动物，还是植物，兴趣要强烈得多。而且，这些自然之物不是被当成静止不动、缺乏生命、具有普遍性与概括性的物类来描写的，而是特定、具体、脆弱，难以抵御时间的摧残。比如下面这首《咏藤》：

纤条寄乔木，弱影掣风斜。

标春抽晓翠，出雾挂悬花。

诗人选择描写的，是初春早晨雾气尚未全部散去时候的藤。然而微风吹拂，阳光透射，藤在地上投下影子。虽然在现实世界里，是风掣藤斜，但诗的第二句以语言造成幻觉，似乎藤掣风斜，这使得诗人笔下的藤显得充满生命。一系列动词的使用强调了藤的纤弱，然而也突出了藤的韧性。

萧纲对物理世界的特别现象而不是抽象特质更感兴趣，因此，他格外注重光与影的变幻。比如《咏蔷薇》：

燕来枝益软，风飘花转光。

氲氲不肯去，还来阶上香。

诗人描写的，是一棵处在特定时刻和特定情境下的蔷薇：风中的蔷薇。风吹花翻卷，使花朵完全向日，显得更加光艳四射。我们知道，是风把花香吹上台阶，然而在诗里，花香被赋予生命和主动性，飘上台阶，流连不舍，似乎希望进入诗人室中。

《咏栀子花》似乎仅余片段。与其说它描写的是花，还不如说是花影更为允当：

素华偏可憙，的的半临池。

疑为霜里叶，复类雪封枝。

日斜光隐见，风还影合离。

在一个著名的故事里，东晋诗人谢道蕴把冬天雪花飞舞的景色化为一片暖春气象。萧纲在这首诗里所做的正好相反，把洁白的栀子花比作霜和雪，而无论霜、雪，在日光的照射下都会反射强烈的光线，虽然它们也会很快被日光消融。在这首诗里，只有栀子花的枝与叶具有某种实质，堆满枝头的花朵被化为一片灿烂的白光，因为阴影的反衬而显得更加耀目。

这一时期的很多咏物诗，诗人未必亲眼看到歌咏之物，尽可以堆砌有关事典，以为炫耀学问的机会。萧纲比较成功的咏物之作，却从不机械地累积典故和事物特征，而是展示了诗人对周围世界的敏感和高超的语言能力。比如下面描写细雨的诗句：

渍花枝觉重，湿鸟羽飞迟。

我们在杜甫的《春夜喜雨》里听到萧纲诗句的回声：“晓看红湿处，花重锦官城。”

《咏云》描写了物质世界的易朽与脆弱，是萧纲最好的咏物诗之一：

浮云舒五色，玛瑙映霜天。
玉叶散秋影，金风飘紫烟。

这首诗展示了萧纲对文学传统的熟悉和他创新的能力。陆机在《浮云赋》里，把浮云比作芙蓉、蕣华、玛瑙、车渠，又比作金柯上的玉叶。我们注意到萧纲在诗里没有选取诸如芙蓉和蕣华这些有机物的比喻，而是选取了玛瑙和玉，这两种矿物质地坚硬，和浮云变幻的形状正好构成了强烈的对比。一方面，诗人用了很多飘忽不定的字样，动词如舒、浮、散、飘，名词则有云、影、风、烟；另一方面，他却又突出了矿物如玛瑙、玉、金的坚实。“天”是“霜天”，更加强了冷与硬的感觉。

诗中的云是特定季节里的云：它们是秋天的云。植物的叶子在秋天会凋落、枯萎和腐烂，但是"玉叶"不会。然而，在"金风"的吹拂下，就连玉叶也飘零四散，最终化为空虚的烟雾。

佛教的净土乐园，被描绘为一个镶嵌金刚石与七宝的华严境界，所谓七宝，便包括金、玉、玛瑙、车渠。在这个境界里，就连树木也是珠宝生成，譬如琉璃、水晶与珍珠。对有些读者来说，珠宝似乎显示了"人工"的豪华与奢侈，缺乏"天然"的美感；但是，细思之，无论金、玉、琉璃、水晶还是珍珠、玛瑙，它们不是自然之物又是什么呢？这些矿物质，它们和植物界的树木唯一的分别就在于它们是不朽的，超越了生与死，永不凋零。佛经用大量浪漫笔墨铺张描写的庄严华丽的净土，一定给梁朝的皇子、贵族和平民留下深刻的印象。在他的另一首诗《西斋行马》中，萧纲再次化用净土的描写：

云开玛瑙叶，水净琉璃波。

而萧纲的咏云诗，如果放在佛教语境中来看，变得格外富有深意。当金风乍起，把玉叶吹散，化为紫烟，坚固长生的金刚境界，与人世的脆弱不实，形成了令人心哀的反差。

萧纲有很多诗，都渗透了佛教的影响。《咏美人看画》勾勒出物质世界的虚幻：

殿上图神女，宫里出佳人。

可怜俱是画，谁能辨伪真。

分明净眉眼，一种细腰身。

所可持为异，长有好精神。

这是一首带有幽默感的诗。萧纲指出画中人和画外人"俱是
画"，暗示宫里佳人浓重的红粉妆。最后一联，如孙康宜所言，宣
示了"艺术的永久价值"：只有画中人才是"长有"好精神的。现
代读者可以指责萧纲把真实的女子和一样艺术品相提并论是对女
性的"物化"，然而，正是在这一联诗句里，我们最清楚不过地看
到人世的无穷活力与无限脆弱：和画中人不同，画外的佳人会生
病、衰老、发怒或悲伤，从此轻易地失去她的"好精神"，而这才
是生命，才是人间。更何况，对于经常前往寺院聆听高僧说法的
梁朝人士来说，"长有好精神"这句诗本身就是一种暗含反讽的说
法。萧纲的诗令人想到《杂譬喻经》中一则著名的故事，在故事
里，木匠造出一尊逼真的美女雕像，画师不知就里，爱上了木雕，
发现受骗后决意报复，遂画自己上吊情形；木匠见画大骇，奔过
去准备切断绳索，这才发现是画而大惭。木匠和画师由此醒悟人
世虚幻本质而共同出家。在佛经里，绘画是世象虚幻的最常用比
喻之一：画似真而非真，此外，画作难免受到水、火、虫蠹和时
间的损害，其"长久"也无非是幻象而已。

《照流看落钗》借梁代诗人所喜爱的诗歌主题之一，水中倒
影，写人世浮幻：

相随照绿水，意欲重凉风。

流摇妆影坏，钗落鬓华空。

佳期在何许，徒伤心不同。

"坏""空"，都是佛教词语。坏指一切无常事物的毁灭和破坏，"坏苦"是"三苦"之一，对心爱的事物遭到毁灭与破坏感到的哀痛。

萧纲曾写有《咏单凫》诗。萧纲集中尚有其他类似诗篇，如《洲闻独鹤》和《夜望单飞雁》。后者是一首七言绝句，这在梁朝还是一种相当新颖的体裁：

天霜河白夜星稀，一雁声嘶何处归。

早知半路应相失，不如从来本独飞。

诗的情感力量源于首句的寒冷清澈，以及最后两句的单纯与直截。我们情不自禁想要知道：为什么在这样一个霜寒星稀的深夜，银河已经在黎明的光线中渐渐发白，诗人却还和孤零的失群雁一样彻夜未眠。

末　年

整整十七年，生活在一位年纪日益老迈然而精力不衰的皇帝父亲的阴影下，对于一个成年男子来说，不是一种让人羡慕的处境。但萧纲总是尽力而为。他协助武帝处理日常政务，同时贡献很多时间精力给文化与学术活动。五四七年初夏，"神马出，皇太子献《宝马颂》[1]"。《宝马颂》对王朝的和平昌盛与皇帝的圣明统治极尽赞美，然而，就在那一年初，武帝被统一南北的野心所推动，不顾数位朝臣的反对，做出一个致命的错误决定，接受了侯景的投降：这是梁朝没落的开端。

同一年，萧纲在东宫开讲《老子》《庄子》。据说前宰相何敬容曾私下对此表示担忧，以为清谈玄虚曾经导致西晋沦陷，恐怕当今重蹈覆辙。这样的话，在和平年代里，说过也就被人遗忘了，但是，有"后见之明"做支柱，史臣把它当成预言记载下来。

把王朝的覆灭怪到老庄或佛教上面，其实无非是文化神话。侯景之乱的直接动因，是侯景的野心和反复无常的本性，以及梁朝君臣做出的一系列错误决定。公元五四八年九月，侯景宣布起兵清除君侧奸臣。他得到武帝侄儿萧正德的暗中支持，和谋臣王伟一起设计了一个极为大胆的计划，带兵直捣首都建康。一路上，叛军几乎没有受到任何抵抗，在仅仅两个月时间里，侯景和他的八千人马已经来到建康城下。五四八年十二月七日晚上，建康宣布戒严。百姓陷入恐慌，城中到处发生劫乱，御街堵塞，不复通行。

---

1 《文苑英华》作《马宝颂》，马宝是佛教语，为转轮王七宝之一，作马宝是。

萧纲见情势危急，戎装入见武帝，请求全权指挥。武帝答道："此自汝事，何更问为。"当时，萧纲还不知萧正德的背叛，遂命萧正德守卫朱雀门。萧纲长子萧大器负责都城防御，以忠诚而智勇的将军羊侃为副。南浦侯萧推负责守卫台城东南的东府城。

十二月九日，侯景军队到达秦淮河上的朱雀桥。庾信受命断桥，但看到侯景军队便即退却了。台城之西，萧纲第六子萧大春自石头城撤退；北面，谢禧和元贞弃白下而走。建康防线于是三面崩溃。建康城内，萧纲命王质援助庾信，但是王质遇敌即退。至此，没有一兵一卒真正和侯景正面交锋。如果当时梁军表现出后来守卫台城的英勇，历史可能还有机会重写；然而，在最初面对侯景叛军的时候，都城上下似乎只有一片混乱与荒怵。

约翰·马尼（John Marney），萧纲传记《梁简文帝》作者，认为这是萧纲用人不当造成的后果。然而实际的情形是梁朝承平日久，对这样的危机完全没有准备。武帝至为信任的大臣朱异擅长处理内政，但毫无军事谋略，对侯景的疯狂绝望程度缺乏判断力。最早投降侯景的梁臣之一，历阳太守庄铁，曾经告诉侯景："国家承平岁久，人不习战，闻大王举兵，内外震骇，宜乘此际，速趋建康，可兵不血刃而成大功。若使朝廷徐得为备，内外小安，遣羸兵千人直据采石，大王虽有精甲百万，不得济矣。"（《资治通鉴》）就这样，由一个因感到后无退路而格外胆勇的叛臣和他的参谋设下的孤注一掷计策——带领八千士兵和几百匹马直逼梁朝的心脏——居然得到成功。庄铁唯一没有说中的是"兵不血刃"：虽然开始的时候充满畏怯，建康军民在台城之围中却表现得顽强不屈，围城长达数月，充满了血腥。

在这期间，既出现了很多可歌可泣的忠勇行为，也有怯懦和背叛。材官将军宋嶷降贼后为侯景献计，引玄武湖水灌台城，宫阙之前的御街顿时成为一片汪洋洪波。在城中，很多人死于饥饿与瘟疫，包括萧纲的妻子王灵宾夫人。与此同时，大批援军虽然相继来到，却因为内部不和以及坏运气终于劳而无功。五四九年四月二十四日，在将近五个月的顽强抵抗之后，台城陷落了。

这时，唯一为梁朝的皇帝和皇太子挽救了体面的，是他们在大难之中完全的冷静与镇定。武帝和太子接见侯景时毫无惧容，反倒是侯景表现得紧张惶恐，居然不能回答武帝的问话，不得不由手下人王伟代答。梁朝皇帝和太子的尊严给一个年轻人留下了深刻的印象，这个年轻人就是袁宪，因聪明博学，十七岁即解褐入仕，并娶萧纲的女儿南沙公主为妻。四十年后，当隋朝军队进入陈宫，袁宪劝说陈后主效法梁武帝，在正殿接见隋朝将士。然而，陈后主不顾袁宪的竭力劝阻，带着两位宠爱的妃子下枯井躲避，终于被隋兵发现，把他们一一从井里拉了上来。武帝和太子的尊严与度量，陈后主的猥琐怯懦，是梁与陈的文化分水岭。南朝几百年风流，随着梁朝的覆灭而永远结束了。

六月十二日，梁武帝逝世。七月七日，侯景宣布武帝死讯，萧纲被立为皇帝，在侯景势力之下，开始了两年半的傀儡统治。萧纲对年号的选择，颇能说明他当时的心境。他本来准备使用

"文明"，取自《周易》中"明夷"一卦，"明夷"意味着光明受到掩抑，表示在困境中应保持坚贞："明入地中，明夷。内文明而外柔顺，以蒙大难。文王¹以之。"但是最终萧纲放弃了这一年号，因为恐怕被侯景手下的参谋探测到个中含义。他选择了"大宝"，取自《周易·系辞传》："圣人之大宝曰位。"

萧纲即位初期，外表上的宫廷体面被多少维持下来，虽则内里秩序全无。五五〇年四月六日，侯景邀请萧纲按照惯例在乐游苑主持祓宴。其时，侯景已经逼娶萧纲的小女儿溧阳公主，溧阳公主年少美丽，深得侯景宠爱，"翌日向晨，简文还宫。景拜伏苦请，简文不从。及发，景即与溧阳主共据御床，南面并坐，群臣文武列坐侍宴"。五月二十八日，侯景又邀请萧纲和溧阳公主的生母范淑妃一同前往西州赴宴。萧纲素服而至，从者四百余人，侯景随从多达数千，且尽带铁甲。宴席之间，"奏梁所常用乐"，萧纲闻乐而凄然下泪。

在这段艰难的岁月里，萧纲借披阅坟史、谈讲道义排除郁闷。系于萧纲名下的《秀林山铭》，作于五五〇年四月十六日的一次出游。铭文措辞温美，没有任何迹象显示作者的难堪处境。文学传统和成规帮助作者维持了梁朝宫廷的优雅风度和雍容外表，这篇铭文昭示了萧纲对年号的最初选择："外柔顺而内文明"。

这一年的下半年，萧纲的侄儿萧会理企图刺杀侯景而没有成

<hr />

1　文王即周文王，曾被商纣王监禁数年。

功。侯景从此对萧纲产生猜忌。此前，王克、殷不害和萧谘因文弱而被允许单独接近萧纲。自此，王克和殷不害惧祸而自动和萧纲保持距离，唯有萧谘仍然天天觐见。侯景终于觅人暗杀了萧谘。萧纲得知后，知道自己的结局也已不远，他指着自己居住的宫殿告诉殷不害："庞涓当死此下。"

五五一年春，侯景手下将领任约与湘东王军队作战失利，侯景亲自赴援，也遭挫败，直到夏末才回到建康。侯景向来对南人不屑一顾，认为他们容易征服，因此打算平定江南之后才登基。现在屡次失利，他加快了夺位的步伐。五五一年十月二日，萧纲被废。萧统之孙萧栋被立为帝。众多萧梁皇室子孙在这一期间被杀。萧纲的长子，皇太子萧大器，曾放弃了逃走到北方的机会和父亲留在一起，也在此时遇害。那一天，萧大器正讲《老子》："刑人掩至，太子颜色不变，徐曰：'久知此事，嗟其晚耳。'刑者欲以衣带绞之。太子曰：'此不能见杀。'乃指系帐竿下绳，命取绞之而绝。"在此之前，有人曾问他为何对侯景之辈毫无惧怕之情，屈服之意，太子回答说：如果不到时候，哪怕对贼党厉声呵斥，他们也不会见杀；如果时候已到，百拜求哀也不会免于一死。又有人问他为什么处在如此险恶的环境里每天还能容貌怡然，太子说："自度死必在贼前。若诸叔外来，平夷羯寇，必前见杀，然后就死。若其遂开拓上流，必先见杀，后取富贵。何能以无益之愁，横忧必死之命。"其明智、冷静、尊严，可谓有其父必有其子了。

退位之后，萧纲被软禁，没有纸张，就在墙上以及殿柱之间的板壁上写下几百首诗文。十一月十五日晚上，王伟带着两个手下彭隽、王修纂，带来酒食，声称侯景派他们来为陛下上寿。萧纲微笑道：既然已经退位，为何还称陛下？所谓寿酒，恐怕也就寿尽于此了吧。但他仍然痛饮尽欢，甚至引述《论语》，略带嘲讽地评论彭隽在一柄曲颈琵琶上弹奏出来的乐曲："不图为乐一至于斯！"那天夜里，彭隽、王修纂用一只装满泥土的布袋窒死了萧纲。他的尸体被留在城北的一个酒库里。第二天，王伟带人来检视萧纲的住处，看到墙壁上到处留下的诗文，"恶其辞切"，命人全部刮去。有人暗暗记诵下来三首连珠，四首诗，五首绝句，"文并凄怆"。

《梁书》萧纲本纪保存了一篇遗文的残片：

> 有梁正士兰陵萧世赞，立身行道，终始如一。风雨如晦，鸡鸣不已。弗欺暗室，岂况三光？数至于此，命也如何。

"风雨如晦，鸡鸣不已"，是来自《诗经》中的篇章。对这首诗的传统诠释是："风雨，思君子也。乱世，则思君子不改其度焉。"

萧纲在幽絷期间写下的一首诗，有赖于佛教文选《广弘明集》而保存下来：

> 恍忽烟霞散，飕飕松柏阴。

幽山白杨古，野路黄尘深。

终无千月命，安用九丹金。

阙里长芜没，苍天空照心。

阙里是孔子的故里。松柏、白杨，都是种植在坟墓边上的树。第三联暗用郭璞："在世无千月，命如秋叶蒂。"九丹可以炼成黄金，服用后无论成仙还是留在人世，都不会再受任何伤害。

王夫之曾经评论这首诗："当此殊哀，音节不乱。沉郁慷慨，动人千年之下。风雨如晦，鸡鸣不已：自道不诬矣。具此襟期，自非百六，讵不称君人之度？"的确，我们在这首诗里，可以再清楚不过地看到萧纲惊人的自制力，艺术的把握，从孩童时代就已开始的个人修养。诗的第一联，概括了这位皇子诗人的一生：仿佛烟霞一样灿烂，然而缥缈不实，转眼之间，已被金风吹散，露出空青一片的苍天，然而，松柏投下愈来愈浓重的阴影，很快就是黄昏了。

五五二年四月三十日，萧绎手下的将军王僧辩，在收复建康之后，送萧纲的灵柩还朝，带领文武官员按照礼节进行祭拜。按照现代日历计算，这一天，正好是梁王朝建立的五十周年。五月二十六日，侯景在逃往北方的路上被杀，尸体运回建康，在街头示众，据说很快就被仇恨他的建康百姓剐为碎片，啖之殆尽。

五五二年六月五日，萧纲与妻子王灵宾合葬于庄陵。萧绎把侯景手下给予萧纲的谥号"明帝"改为"简文"。萧纲在绝命诗中描写的情景——幽山、野路、白杨、黄尘——和现实相去并不远。今天，在南京郊外，我们仍然能看到庄陵的遗迹：野田之中矗立着巨大石兽，然而是不完整的、残缺的。

结　语

在对《诗经·墓门》的评语中，萧纲曾经对诗歌下过一个定义。他如是解说"歌以讯之"这句诗：

> 诗者，思也，辞也。发虑在心谓之思；言，见其怀抱者也。在辞为诗，在乐为歌，其本一也。故云作好歌以讯之。

这段文字，既响应了传统诗学，又超越了传统诗学。"思"，和"情""志"不同，强调了理性思维的运作。萧纲把"诗"等同于"思"，更等同于"辞"，这一点也不容忽视，因为它强调了语言的重要性。在对诗歌的传统定义里，诗是"志之所之"，也就是心中念念不忘的东西；然而，在萧纲的定义里，一首诗也可以仅仅只是"言辞"。言辞可以"见其怀抱"，但是言辞不等于"怀抱"，"怀抱"必须有待于"言辞"才能表现。与传统相比，这是一个重要的转折点，这一定义的革新之处在于，不再把诗歌视为直接传达思想感情的透明媒介，而是思维与语言的艺术。换句话说，诗歌不是情感的"表现"，而是"再现"。这一诗学到公元九世纪成为文学传统中一种重要的"另类声音"，但是萧纲对诗歌的定义在公元六世纪显得过于前卫。充满自由精神的梁朝宫廷是一个受到保护的世界，但是，一旦离开这一语境，他的诗歌就轻易地成为后世批评者的靶子，一个对文学具有创新想法的皇太子，在他们眼里不值得太多同情。

王夫之是极少数欣赏南朝诗歌的传统批评家之一。在评价萧纲的两句诗时，他曾说：

> 唯杜子美早年足构此句，太白、摩诘时差参近之。余子望风而靡久矣。

然而，萧纲的辉煌诗才已经被长久湮没在误解和误读之下。只有当我们细读他的诗的时候，我们才会看到一个纤细、敏感、光明的世界。在前面，我们已经谈到过他喜欢描写影子，但是，影子的出现，是因为光受到阻挡，这正好从反面证明了光的存在。

谈庾信与南朝宫廷文学之嬗变

庾信的"记忆宫殿":
中古宫廷诗歌中的创伤与暴力

　　一个人如何回忆和书写一段创伤的经历,并进而把它转化为一件文学作品?对创伤的记忆如何决定了它在文学中的再现,同时,它的文学再现又会如何重塑一个人的记忆?二十世纪以来,随着精神分析的出现和世界大战的爆发,对创伤的研究逐渐成为显学。但是纵观历史,导致创伤的缘由——不论是战争、死亡、暴力还是离散——一直都存在于人类社会中。在一位六世纪中国的贵族诗人身上,我们将看到这些关于创伤记忆和文学再现等问题复杂地纠缠在一起,并对中国文学史产生了深远的影响。

　　这位诗人便是庾信。庾信生于梁武帝太平治下繁荣昌盛的梁朝,长于梁朝。然而,公元五四八年爆发侯景之乱,庾信和梁武帝、皇太子以及众多的梁朝宗室和臣民一起在围城中度过了血腥的五个月,目睹了种种英勇与懦弱的行为,以及暴力、饥馑、瘟疫和死亡。梁朝在数十年不识干戈、毫无防备的情况下迅速分崩瓦解，庾信亲身经历了梁朝的覆灭，并在战乱中失去了二子一女，最终作为南朝使臣被羁留北方，直到去世。庾信生前被誉为文学大家，后世更是评价他为唐前最伟大的诗人之一。他现存的大部分作品是入北以后创作的。

从任何角度来看，庾信的经历都堪称创伤体验：从宫廷中最受尊宠、前途无量的贵公子，变成流落异地的亡国羁旅之臣，熟悉的一切在一夜之间不复存在，自己也不止一次直接面临死亡的威胁。这些痛苦的经历在庾信的诗文中多有反映。然而，众所周知，宫廷诗歌是一种具有严格形式制约、以优雅得体为特征的文体。对一位杰出的宫廷诗人如庾信来说，他所经历的强烈的个人痛苦，如何以他自幼所继承、所熟悉，并一直浸润其中的宫体语言这一文字资源表达出来？

对于庾信来说，正因为固有的诗歌写作传统和资源皆不足以表达创伤体验和复杂的个人情感，诗人开始尝试创建新的诗歌语言和自我书写方式；在这一过程中，以南方宫廷诗歌的材料、资源和技巧作为基础，庾信建构了一个错综复杂的文本的记忆殿堂。[1] 通过对南朝诗歌的指涉与重写，庾信重新营造了宫廷诗歌，使它成为可以再现个人经历特别是痛苦经历的媒介。

在庾信之前，对某诗人生平和时代背景只要具有大致的了解，

1　我们现在普遍用《拟咏怀》这一题目指称庾信创作的二十七首诗。然而初唐类书《艺文类聚》在载录这些诗时仅称之为《咏怀诗》。

便足以把握其诗歌的含义。但庾信的自我书写模式却不尽然：它需要读者对庾信过去的生活经历和文本经历有着密切的、细节化的熟悉，唯此才能完全理解和欣赏他的诗歌。这里的"文本经历"当然包括比较古老的文化传统如经、史、子、集中的经典著作，但更重要的是，庾信在诗中频繁地指涉和引用时间上相近的南朝宫廷中的创作。后者是属于庾信个人的文本经历，而非士人群体所共享的文本资源；它包括梁朝皇子和宫臣们在各种社交场合所创作的作品，以及庾信作为宫廷近臣所了解的梁朝宫廷文化生活的各个方面。从这个层面来看，诗人的生活经历和文本经历不可分离；庾信对创伤经历的回忆也因此和他对南朝宫廷的文本记忆紧密联系在一起。

本章讨论三首庾信《咏怀》诗——其七、其十七和其二十七。首先论述庾信如何对南方宫廷诗歌的既有类型和写作常规进行变形，创造一种可以言说创伤的新的诗歌语言，之后，会集中讨论庾信在生存经验和文本经验基础上建造的"记忆宫殿"。"记忆宫殿"原指一种记忆技巧，它用视觉化的方式在脑中整理和储存信息。笔者在此借用该术语来展现庾信对南朝文本传统的化用，以及他在羁旅生活中如何近乎偏执地构造新的记忆殿堂。这个由南方宫体诗歌中的文字与意象所建构的记忆殿堂就像一个迷宫，充满了一个接一个的隔间、秘密通道和暗室。

在美国文学批评家卡茹思（Catherine Caruth）的定义中，"创伤指对瞬间发生的灾难性事件的强烈体验。对该事件的反应往往滞后，体现在无法控制的重复性幻觉和其他侵入性现象中"。延宕和重复是理解创伤记忆的关键。与其说创伤是仅仅发生于过去、存在于过去的事件，不如说"一次创伤的经历并不会局限在具体的空间和地点上，因为它会不断在创伤经历者的脑中重现。正如许多研究创伤的学者认识到的，延迟不仅体现在创伤所带来的影响上，也在对创伤事件的体验上。在很多方面，创伤本身便是记忆的一种形式，因为它只存在于记忆中"（参考张大野《微虫世界》的田晓菲译者引言）。换言之，创伤具有双重的时间性，既属于过去又存在于此刻。而在创伤写作中，记忆被一次又一次地唤回并且重构。庾信处理创伤经历的方法是不断地召回自己的文本记忆。每次它们出现在写作中时，庾信都会在此基础上重建对这些文本的记忆。作为一个作者，庾信无时无刻不在被过去的南朝诗歌文本所萦绕和折磨，它们以支离破碎的变异的形态出现在庾信的诗中，但可以被拥有同样文本记忆的读者轻易辨识出来。这是创伤记忆的一种特殊形式：与其说是面对与解决过去的心理创伤，不如说庾信陷落在梦魇般的记忆迷宫中无法逃脱。

一、对既有诗歌类型及写作常规的
变形（之一）："王昭君"

我们先从庾信的《咏怀·其七》开始谈起。这首诗相对来说比较直白，但细看之后，其实并不简单。

榆关断音信，汉使绝经过。

胡笳落泪曲，羌笛断肠歌。

纤腰减束素，别泪损横波。

恨心终不歇，红颜无复多。

枯木期填海，青山望断河。

　　清代倪璠以为诗中的女性形象属于"闺怨"传统，盖诗人自喻"自言关塞苦寒之状，若闺怨矣"。现代中外注家大多接受了倪璠的解读，或以为诗中女性形象令人联想到蔡琰、乌孙公主、王昭君等。但在六世纪的阅读视野中，这首诗既不是描述普遍的"闺怨"，也不是泛指古时候远嫁边地的女子，而只能是最清楚不过地演绎了"王昭君"的故事。"王昭君"不仅是南朝常见的诗歌题材，也是梁朝宫廷乐舞节目之一。庾信本人创作过两首关于王昭君的诗歌。一首题为《王昭君》，其中有道："围腰无一尺，垂泪有千行。"这里的描写正与《咏怀》第三联相似，都描述了女子瘦损的腰身和无穷的眼泪。但是《咏怀》中的两句更加巧妙："纤腰"是一个新颖别致的词，也许正因为它的新颖，后世的传抄过程中产生了更符合传统诗歌语言的"纤腰"；"别泪"当然指为分别而流下的泪水，但其字面意义是"离开眼睛的泪水"，这里，在诗人巧妙的文字想象中，眼泪"离开（眼睛）"导致了"秋波"——女性美目的常见比喻——的干涸（减"损"）。

195

这首诗包含了南朝王昭君诗歌中若干常见的主题，如音乐、哀愁、衰老、容貌的凋零和北方的严寒气候。庾信的另一首昭君诗《昭君辞应诏》，有一联写道："片片红颜落，双双泪眼生。""红颜落"即呼应此处的"红颜无复多"。就像南朝其他一些昭君诗（尤其是沈约和鲍照的昭君诗）那样，庾信的两首昭君诗皆以演奏乐曲作为结束，[1] "音乐"的子题也在此处《咏怀》的第二联里出现。不仅如此，而且细读之下，庾信的《咏怀·其七》是对南朝宫体诗歌的元老沈约《昭君辞》的一首"和诗"。沈诗如下：

> 朝发披香殿，夕济汾阴河。
>
> 于兹怀九折，自此敛双蛾。
>
> 沾妆如湛露，绕脸状流波。
>
> 日见奔沙起，稍觉转蓬多。
>
> 胡风犯肌骨，非直伤绮罗。
>
> 衔涕试南望，关山郁嵯峨。
>
> 始作阳春曲，终成苦寒歌。
>
> 惟有三五夜，明月暂经过。

值得注意的是，庾信不仅采用了沈诗的韵，而且重复使用了

1　第一首的尾联为："别曲真多恨，哀弦须更张。"第二首的尾联为："方调琴上曲，变人胡笳声。"

若干相同的韵字：过、歌、波、多、河。其中"波"和"多"，就连在两首诗中出现的位置也是一样的（都是第三、第四联）。"转蓬"是北方的景象，也指女性不加整理的蓬乱头发（"首如飞蓬"）。在沈诗中，转蓬随着昭君离中原越来越远而日渐增多，一方面是描写北地景色，另一方面也是描写任风沙吹乱头发而不加膏沐的悲哀情怀。相对于此，庾诗也以"多"为韵字，但提出"不多"的是"红颜"（以春花作为暗喻与转蓬遥遥相对）。"波"在沈诗中描写泪水（第六句），但在庾信诗中则成为美目的比喻（也在第六句），虽然沈诗的"流波"似乎俨然成为庾信的灵感：在他的想象中，奔流而去的泪波减损了美目之横波。沈诗第十六句中明月"暂经过"变成了庾信诗第二句中汉使的"绝经过"。沈诗倒数第二联中的"曲"和"歌"在庾诗第二联中分别成为胡、羌之乐（同样用"曲"和"歌"）。庾信不但重写了沈约的诗歌，还留下可以察觉的痕迹，通过这种方式向前辈作家致敬。

然而，如果说庾信《咏怀》绝大部分是昭君诗传统的"普通"变体，那么其尾联却会让一个六世纪的读者吃惊。如倪璠指出的，该联第一句用了溺水而死的炎帝之女精卫变成小鸟衔木石填海的典故。虽然这一典故在六朝诗歌中十分常见，这一神话中的复仇女性形象却从来没有在此前的昭君诗中出现过。此外，庾信用"枯木"指精卫用以填海的木石，"枯木"一词对庾信和其他羁留北方的南朝士人有着特殊的象征意义：这些士人经常用"枯木"

形容自己移根异地后的枯萎状态。庾信的《枯树赋》当然是最为著名的例子，而刘臻的《河边枯树诗》也暗示了"枯木"是寓居北方的南朝士人所共知同享的意象。

对诗的最后一句，历代注家却都没有给出令人信服的解释。倪璠没有提供任何注释。后代注释者或以"望"为"眺望"，认为女子"欲望南方的青山，却为黄河所隔断"；或以"望"为"希望"，认为女子希望青山可以截断黄河。笔者认为，这句诗就和上句的精卫填海一样，也含有一个典故，但与华山完全无关，用的是"窦氏青山"故事。汉文帝窦皇后的父亲在河旁垂钓时溺水而亡，景帝即位之后，窦氏成为皇太后，她派人填平河水，并在其上造起大坟，当地人称之为"窦氏青山"。在现存典籍里，这个故事见于西晋挚虞的《三辅决录》注："窦太后父少遭秦乱，隐身渔钓，坠泉而死。景帝立，太后遣使者填父所坠渊，起大坟于观津城南，人间号曰窦氏青山也。"也见于郦道元《水经注》。这一故事，虽然明清和现代读者多不了解，却为六朝读者所熟知，并非僻典。一个典型的例子是鲍照的《石帆铭》："青山望河，后父沈（通沉）躯。"钱振伦注以为出自《山海经》，实误，因完全无法解释"后父沉躯"四字，只有联系窦后之父溺水而死才能说通。庾信此句，是说希望以青山切断河流，和上句"精卫期待填平大海"构成完美的对仗。

事实上，上引鲍照两句铭文的前文作"衡石赪鲲，帝子察俎"，钱氏的注释正把帝子和精卫联系起来。如此说可通，则精卫

198

与窦后的对应也所来有自。[1] 如此，我们虽然不能说精卫填海和窦后填河的对仗完全是庾信本人的异想天开，用两个充满怨恨的女子来结束一首歌咏王昭君的诗作，却出人意料，对于当代读者来说，必然是十分震惊的——一方面，他们在诗中可以辨认出耳熟能详的昭君诗的各种常见意象；另一方面，也会看到庾信对王昭君主题独特的扭曲。

这个令人难忘的结尾恰恰呼应了庾信最钦佩的一位当代作家萧纲的王昭君诗（《明君词》）。与其他昭君诗不同，萧纲以一个视觉意象——而非听觉意象——来结束他的诗歌。他的尾联用了王昭君故事中的画师典故："妙工偏见诋，无由情恨通。"画师特意在画像中丑化昭君的容貌，使她无由见到君王，也更不能把情恨传达给汉帝。反观《咏怀·其七》，庾信也将整首诗建立在对"通"的玩味上，或者更确切地说，是对"不能通"的遗憾上。诗的开头写消息无法传递（音信"断"）、汉使不再来访（"绝"经过）；虽然音乐可以不受空间的限制而飘向远方，但乐曲本身却让人"断肠"（诗中的第二个"断"字）。具有反讽效果的是，最后一联中"填"的行为本来可以把阻碍沟通的大片水域化为陆地，但也导致了河流的阻塞（第三个"断"字），从而产生了另一种堵塞和障碍。最终唯一长存不断的是女子的"恨心"，它与萧纲诗中的"情恨"相呼应。

1　这两句铭文的灵感或来自左思《吴都赋》，其中有把精卫和鳏鱼联系在一起的句子："精卫衔石而遇缴，文鳐夜飞而触纶。北山亡其翔翼，西海失其游鳞。"

也许可以说庾信的《咏怀·其七》是基于萧诗"无由情恨通"或者沈诗"衔涕试南望"的衍发创作。这种创作方式与南朝宫廷中流行的"赋得"相似，尤其是"赋得"前代诗歌中的名句。尾联中对精卫和窦后这两位女性复仇者的妙用既基于宫体诗歌的创作传统，同时也对它进行了转化。这样的创作方式是庾信入北后诗歌创作的一个特色，展现了诗人与其他南朝离散者共有的复杂的文本记忆。

二、对既有诗歌类型及写作常规的
变形（之二）："边塞诗"

《咏怀·其十七》更加清楚地体现庾信如何对不同的诗歌类型进行合并和转化，打破读者对既有诗歌传统的期待。在庾信诗里，每个诗歌类型的组成部分都清晰可见，正因如此，把它们剥离原来的语境、重新拼合在一起之后的效果，也就更让人吃惊。这是庾信借以表达创伤的独特诗歌技巧。

> 日晚荒城上，苍茫余落晖。
>
> 都护楼兰返，将军疏勒归。
>
> 马有风尘气，人多关塞衣。
>
> 阵云平不动，秋蓬卷欲飞。
>
> 闻道楼船战，今年不解围。

对诗的首联，与其按照后世流行的大众诗格那种浅俗的寓言解读模式来进行阐释，认为落日象征着南朝的衰败，还不如把此诗放置在早期中古时代的写作传统中，看到庾信之前的很多诗歌名作也有相似的开头。比如潘岳著名的思乡作品《河阳县作·其二》的首联为："日夕阴云起，登城望洪河。"或者谢灵运的《南楼中望所迟客》：

> 杳杳日西颓，漫漫长路迫。
> 登楼为谁思？临江迟来客。

谢朓和何逊对六世纪的诗人产生了巨大的影响，他们二人都创作过日夕登高眺远的诗作。换句话说，庾信的《咏怀·其十七》的首联就和中古任何一首登高主题的诗歌不无相同之处：诗人登高，眺远，思念家乡或友人。但是，这种"熟悉感"很快消失，读者被首联所激发的预期受到了挑战。

在早期登高眺远诗歌中，我们经常看到一位处于特定时间和空间中的历史人物，亦即诗人自己，他向读者描述自己此时此刻看到的景象。与此相反，庾诗第二联"都护楼兰返，将军疏勒归"却把读者引入一个不同的诗歌世界。这两句诗之所以非常奇怪，是因为它们"不属于"登高望远的诗歌类型，而属于南朝诗中一个特殊的类别——"边塞诗"。在这一诗歌类型中，诗人描写想象中的北方边塞生活和征伐。

边塞诗中充斥着中亚和西北边塞的地名，比如说"楼兰"和"疏勒"，它们共同创造出一种异域情调；而"都护"和"将军"也是这类诗中常见的对偶项。比如：

> 王训《度关山》："都护疲诏吏，将军擅发兵。"
> 戴暠《度关山》："将军一百战，都护五千兵。"
> 刘孝威《骢马驱》："且令都护知，愿被将军照。"
> 庾信《出自蓟北门行》："将军朝挑战，都护夜巡营。"

六世纪边塞诗中"将军"和"都护"频繁的并提，以及"楼兰"和"疏勒"的对仗，必然会让当代读者在庾信的诗句中听到"边塞乐府"的声音，而不会去追问这些词语背后是否有什么样的具体指称。同样，第三和第四联中，战马、将士、阵云和转蓬也可以看作边塞诗中常见的笼统、概括性的描写。与此同时，我们的阅读习惯再次受到挑战，因为边塞乐府中表达的情感倾向于积极和雄壮，诗中的主角经常是追求建功立业的战士，当然主角有时也会愁苦思乡，但主角从来都不会在诗中登高远眺——所有的中古读者和作者都知道，登高远眺乃是抒情诗人的传统作为。

对边塞诗最严重的违背是诗歌的尾联："闻道楼船战，今年不解围。"这一联出现在这里十分反常。虽然海陶玮"北方的战争不用楼船"这一观点并不完全准确，但考虑到诗歌的上下文和边塞乐府的地理设定（中亚和西北），战船出现在这里的确出人意料。不但南朝边塞诗从来不会提到楼船与水战——诗歌传统规定了"边塞"只能是西北边疆，而且楼船的意象与前文楼兰和疏勒归来的马上将士意象很不协调。[1]同样值得注意的是，诗人不是看见而是"闻道"水战的消息，这一细节，加上诗中给出的确切的时间点"今年"，为此诗增添了一种带有特定性、现实性的历史感，从而完全打破了从第二联到第四联所构建的笼统概括的边塞描写。可以说，尾联从笼统概括的边塞乐府，回归到抒情诗人所采取的姿态——他登高远望，怀念故乡或者友人，与首联遥相呼应，构成了一个完整的框架，传达了一个特定的历史人物也就是诗歌作者本人的声音，而不是边塞诗中假想出来的无名将士的声音。

从审美角度来看，水战的僵持和兵阵般凝固在地平线上的乌云构成了一种形式上的平衡。空气的静止无风是云朵移动缓慢的原因，也导致了秋蓬——羁旅的象征——暂时的停滞。但所有的停滞只是片刻——秋蓬"欲飞"，太阳夕落，诗人也将走下城墙，今年之"不解围"也很快便会以征服者的胜利告终。一个城市、一个王国所面临的灭亡的命运，暂时在诗中悬而未决，诗的结尾指向之后的未来时刻。

在这首诗中，诗人建立起读者的预期，只是为了最终打破预

---

1 事实上，公元五七五年北周征伐北齐，就曾派遣战船从渭水进入黄河。

期。《咏怀·其十七》成为一个元诗文本（meta-poetic text），合并了两种不同的诗歌类型：一个类型是特定历史语境中的人物（即诗人自己）登高眺望远方，另一个类型是对西北边塞的想象。庾信不断扭曲、改变熟悉的诗歌类型，正是因为固有的诗歌语言传统和写作规则已经不足以言说他的个人经历。

三、魂与影：宫体之追和

组诗的最后一首，《咏怀·其二十七》，是一首对江陵陷落和萧绎之死的挽歌。虽然名义上萧梁政权在北朝的支持下作为"后梁"继续存在，但江陵的陷落和萧绎之死标志了梁朝事实上的灭亡。这首诗不仅深深植根于南方宫廷创作的传统，而且直接回应了两位梁朝皇子作诗唱和背后的具体事件。诗人以复杂的文本回声进行往事追忆，使梁朝宫廷旧影重现。这既是对宫廷社交场合中诗歌创作规则的严格遵守，同时也是对规则的刻意抵抗和施暴，因此诗歌本身就演示了诗中所描写的暴力与创伤。

被甲阳云台，重云久未开。
鸡鸣楚地尽，鹤唳秦军来。
罗梁犹下礌，杨排久飞灰。
出门车轴折，吾王不复回。

这首诗的含义可以在不同的层面上来理解。对任何一个古代读者来说，只要对古典文本传统有基本的了解，则诗的字面意义不难解读；而现代读者在注释的帮助下也能够获得基本的理解。然而，在更深的层面上，这首诗是对一起发生于梁代宫廷的历史事件和文本事件的回应。如果我们不熟知庾信所"引用"与重写的特定诗歌文本，那么个中妙处也就无从领会。

诗一开始便与既有的文学传统格格不入，对典雅的宫廷风格构成一种挑战。"阳云台"早已因《高唐赋》而成为欲望场所的代称，楚王在此与巫山神女梦中相会，神女在离开之前说："且为朝云，暮为行雨。朝朝暮暮，阳台之下。"在五世纪，"阳云台"或"阳台"随着汉鼓吹曲辞《巫山高》在南朝的复兴而变得流行。江淹的诗句可以说最为言简意赅地概括了该意象与情思欲望之间的关系："相思巫山渚，怅望阳云台。"但在庾信笔下，浪漫的阳云台和"被甲"出现在同一句诗之中却让人感到匪夷所思、惊讶震撼，而宫廷诗歌的审美趣味是不允许惊讶震撼的。

另一方面，对于梁朝侍臣来说，阳云台不仅仅是一个文学典故，它也是一个真实存在的地理空间。湘东王萧绎在成为荆州刺史之后，在江陵起造了一座湘东园，在园中的假山上修筑号称"阳云"的楼台："山上有阳云楼，极高峻，远近皆见。"在荆州期间，萧绎爱上当地女子李桃儿。当任期结束、回朝述职时，他将李桃儿也带在身边。然而，人口的流动在梁朝是受到严格控制的，萧绎的行为触犯了当时的法律。萧绎的继任也即他的兄长萧续威胁要把此事告发给皇上。萧纲试图在两位弟弟之间调停斡旋，但没有成功。萧绎迫于无奈，不得不把李桃儿送回荆州。随后萧绎前往江州担任刺史，在那里，他作诗(《登江州百花亭怀荆楚》)表达对李桃儿的思念，并称她为"阳台人"。此事在当时尽人皆知。

萧绎在荆州和李桃儿情好浓密之际，曾写过一首题为《咏阳云楼檐柳》的诗：

> 杨柳非花树，依楼自觉春。
> 枝边通粉色，叶里映吹纶。
> 带日交帘影，因吹扫席尘。
> 拂檐应有意，偏宜桃李人。

虽然表面上是一首咏物诗，这首以柳树为题的诗实际上是一曲赞美李桃儿的情歌，李桃儿的名字以"桃李(人)"的形式出现在最后一行。"粉色"(红粉胭脂的颜色)和"吹纶"(服饰的材料，也指柳絮)明确点出了女性的在场。第三联提到"帘"和"席"，暗示了内室空间的情爱场景。室外，预示着春天的轻柔柳枝正在"依楼"和"拂檐"，这个形象巧妙地与室内的情欲相融合，同时也严守了"咏物诗"的规则，使整首诗的描写从未离题，自始至终围绕柳树展开。最后一句照应第一句，完成诗歌所要传达的信息：虽然柳树并非开花之树，但它们最为合宜地烘托出春天的"桃李人"。

萧纲完全理解这位皇弟的心意。他的和诗构成了庾信《咏怀·其二十七》的蓝本，因此值得我们细致地阅读和讨论。

> 暧暧阳云台，春柳发新梅。
> 柳枝无极软，春风随意来。
> 潭沲青帷闭，玲珑朱扇开。
> 佳人有所望，车声非是雷。

这首诗堪称"和诗"的典范之作：不仅每一联都照应萧绎的原诗，而且演绎和发挥了原诗中可能被粗心的读者忽视的细节。首句模仿汉魏之际的"古诗"，用叠字开头，同时巧妙地与原诗进行对话，引读者注意萧绎原诗对陶渊明诗句的化用——陶渊明是萧氏几位皇子特别欣赏的作家：

> 榆柳荫后檐，桃李罗堂前。
> 暧暧远人村，依依墟里烟。

萧绎原诗的开头与结尾含有很多对陶诗的回声："檐"旁的柳树；"桃李"；形容炊烟的"依依"被转化为对柳树的描写（"依楼"）。萧纲的和诗则选取了陶诗中的"暧暧"二字，似乎是在暗示萧绎他完全理解萧绎的文本意图。"暧暧"也贴切地适用于新语境——阳云台因旦为朝云暮为行雨的神女的在场而笼罩在迷蒙的云雾中。

萧纲诗的第二句，"春柳发新梅"，简明扼要地概括了萧绎第一联中的关键词：春、柳、花树（花树在萧绎诗中是以否定状态出现的："非花树"；但同时，萧绎诗中的"粉色"有双重含义，既可以理解为女子的脂粉，也可以指梅花的颜色，因此"新梅"可能照应"粉色"）。

萧纲诗的第二联柔情骀荡，同样与萧绎诗第二联一一对应：第一句写柳枝，"软"不仅描写了枝条在春天的新生命，也暗示着女性的旖旎，响应了萧绎诗"枝边通粉色"；第二句写春风，间接指向萧绎诗中的"叶里映吹纶"。

第三联中的"潭沱"为双声联绵词，描写水的波纹，但这里指青色帷幕的飘动（萧绎诗第三联中的"帘"）。"青"既是开冻池水的颜色，也是柳树的颜色。帷幕的飘动也照应了萧绎诗第五句中的风"吹"。萧绎诗第三联中的"日"光，在萧纲诗中出现为"玲珑朱扇"——"玲珑"有明彻之意，令人想到鲍照诗"白日照前窗，玲珑绮罗中"。朱门打开，皇子进入内室，垂下的青帷分隔出一个浪漫的私人空间，呼应了萧绎第三联中内景与外景的结合。

萧绎诗的尾联明确地写到"桃李人"，这位"桃李人"果不其然也出现在萧纲诗的尾联，也就是期盼情人来临的"佳人"。"车声非是雷"巧妙地结束了全诗，"非"呼应萧绎诗的第一句"杨柳非花树"，它的典故出处是西汉司马相如的《长门赋》："雷殷殷而响起兮，声象君之车音。"但《长门赋》描写了失宠与失望，萧纲诗句则翻转原典，预示着美满的结局。

我们还可以进一步指出，在传统宇宙观中，"雷"也代表君王和皇太子。也许，一方面明写萧绎的车声，一方面萧纲也用"非是雷"在半开玩笑地提醒萧绎他只是诸王之一。不过，我们用不着给这一解读太多的分量，就算萧纲真的意在提醒萧绎记住他的身份，这也不过类似一个兄弟之间的轻松手势，其中的含蓄语气也许只有以梁朝皇子的细腻才能察觉。

如果说萧纲的诗是对萧绎的完美回应，那么庾信的诗则是与萧纲诗的对话。庾信诗所押的韵与萧纲诗相同，甚至用了三个相同的韵字：台、来、开。虽然在后代"和韵"成为非常普遍的创作方式，但据我们现有的材料来看，这种形式在唐前的诗歌中绝无仅有。因此，庾信不仅采用相同的韵部，而且采用相同的韵字来进行创作，是"和韵"在六朝时期非常罕见的先例。

在庾诗开头，萧纲笔下充满浪漫情调的"暖暖阳云台"一变而为杀气重重的"被甲阳云台"。带有浪漫欲望色彩的湿润雨云变成了象征军阵的乌云："重云久未开"，也让读者想到《咏怀·其十七》中的"阵云平不动"，没有日光能够穿透这团压抑的乌云。萧诗中"随意来"的春风变成秦军"来"至楚地。《高唐赋》中与神女欢会的楚王成为被敌军围困、走投无路的另一个楚王——"西楚霸王"项羽。萧诗中如管吹一般的春风被改换为

"鹤唳",而"鹤唳"在原典中正与"风声"并提,让奔逃的士兵惊惧不已。

萧纲诗的第三联描绘了低垂的帷幕和开启的朱门,浓情蜜意的私人空间在庾信的诗中却变成了血腥残酷的战争场景:江陵驻军试图坚守城池、抵挡西魏军队,但最终没有作用,情人的来临被转化为敌军的暴力入侵。最终,皇子的隆隆车声也在折断的车轴中得到响应,佳人对皇子情人的殷切盼望变成了江陵父老的悲叹:"吾王不反(返)矣!"

只有当我们记住皇子车驾的雷声,我们才可以真正理解庾诗描写战争的第三联,这也是诗人对萧纲诗最重要的改写。范晔《后汉书·袁绍传》中有一段关于战争的记载,庾信在《咏怀·其十二》中也曾对之进行引用:

> 绍为高橹,起土山,射营中,营中皆蒙楯而行,操乃发石车击绍楼,皆破,军中呼曰霹雳车。

我们不难发现这一文本在庾诗中的回声:萧纲笔下的车声与雷声,不但使庾信写出"车轴折",也让人联想到"霹雳车"和投梁下礌、蒙楯而行的艰苦战斗;两位皇子诗中柔软泛青的柳树被转化为已经死掉,也是致命的木头——即用来制造盾牌的材料("杨柳"也是"杨"),并最终化为灰烬。这里值得现代读者注意的是,对中古读者来说,"飞灰"不会让人立刻想到"灰飞烟灭",

这是因为在中古写作中"飞灰"多半指从律管里飞出的葭灰[1]，因此，庾信诗中以"飞灰"写杨排之烧毁化灰随风飞扬，实际是对萧绎诗之风"吹"和萧纲诗之"春风"的重写与颠覆，他对"飞灰"一词如此违反常规的使用，可以让我们想象中古读者在读到这句诗时的震撼。

庾信在萧诗创作多年之后写下了一首不寻常的"和诗"，在中国古典文学传统里，这类作品被称为"追和"。通过追和，庾信在北方的流亡生活里复制梁代宫廷创作的社交场合。虽然他在写作时远在异地，两位萧梁皇子也早已化为异物，但他仍然在进行"应令"创作，并完美地施展了宫廷诗人的诗技。他的诗严格遵循和诗的原则，对原作亦步亦趋，甚至回应了萧纲诗尾联的微妙语气：通过把萧绎和西汉的一个藩王相提并论，庾信似乎在暗示萧绎称帝是一种僭越。[2] 在中古写作中，君主去世经常以"鼎湖升天"或者"帝舜苍梧"这样的婉辞表达，西汉王子折断的车轴并不符合当时对帝王崩逝的描写常规。

诗中的一切都恰到好处，而又极为反常。正因为庾信在诗中完全遵循"应令"写作的常规，读者所感受到的颠覆和震撼也就

---

1 古人把葭灰置于律管中，放在不通风的密室里，据说某一节候到，相应律管中的葭灰即飞出，据此可占节候。中古诗歌中可以看到很多如此使用"飞灰"一词的例子："重阳初启节，无射正飞灰。"（唐阴行先《和张燕公湘中九日登高》）"刺绣五纹添弱线，吹葭六管动飞灰。"（杜甫《小至》）

2 庾信对萧绎的评价非常负面。在《哀江南赋》中，他指责萧绎拒绝出兵援救被侯景围困在京城的皇帝和太子，反而为实现个人野心而屠杀兄弟子侄。

更加强烈。在最基本的层面上，庾信的诗歌是萧纲的镜像，他回应萧纲一如萧纲回应萧绎：和诗对原诗做出回答、评论、扩充和改变。然而，与萧氏兄弟的和谐对唱完全不同的是，庾信的和诗对原诗的内容施加了语义的暴力，在这一方面刻意违背了宫廷创作的惯例，有意制造出震惊和干扰、颠覆的效果，这正是庾信用具有严格形式制约的宫体诗歌来书写强烈个人创伤的尝试。

谈汤显祖

"田"与"园"之间的张力

——关于《牡丹亭·劝农》

　　《牡丹亭·劝农》这出戏，在剧中占据着一席饶有趣味的地位。首先需要指出：它从来不是戏曲批评家以及《牡丹亭》爱好者的主要注意力所在。它夹在第七折《闺塾》与第九折《肃苑》之间，是一出过场戏。从情节上来考虑，它起到的作用显然是把太守杜宝调离家庭，给我们的女主角杜丽娘一个"游园惊梦"的机会。正如一六九四年初次刊行的《吴吴山三妇合评本》所言："劝农公出，止为小姐放心游园之地。"然而，如果《劝农》之插入仅仅为此，作者本来完全可以借用春香对丽娘的回答——"老爷下乡，有几日了"——三言两语便交代出杜宝的所在，为丽娘游园做出铺垫，从而省略《劝农》。《劝农》似乎是一出多余的戏文，或可使杜宝的形象较为丰满，但无论从哪一方面来看都不是全剧的关键。《牡丹亭》的一位早期评点者王思任，甚至在《清晖阁本》评语中做出过这样的论断："不为游花过峡，则此出庸板可删。"事实上，《牡丹亭》修改本也往往正是省去了《劝农》一场戏，如十七世纪的硕园本《牡丹亭》，冯梦龙改本《风流梦》，便都是如此做的。

王思任、冯梦龙等人也许没有想到的是，到了清朝，《劝农》逐渐成为《牡丹亭》全本五十五出戏中演出最频繁的折子戏之一。在《劝农》这出戏里，太守杜宝履行职责，下乡劝农，农民纷纷前来欢迎长官，载歌载舞，一片太平欢娱景象。作为一出热闹的"吉利戏"，在从官方到民间的各种喜庆宴会场合，《劝农》几乎不可或缺。根据升平署档案记载，清宫藏有的《牡丹亭》曲本中，有《劝农》三册。每年三月初一，宫廷都演出《劝农》，以应节令（到光绪朝这种情形有所改变，《劝农》之上演未必一定只在三月初一）。一七五七年，乾隆皇帝二下江南，大运河两岸排档演戏，著名昆班太平班所演的十八出迎銮戏里，就有《劝农》一折。戴璐在《藤荫杂记》里面曾记载同年汤萼棠求签：

> 得"君是山中万户侯，那知骑马胜骑牛。今朝马上看山色，争似骑牛得自由"。及选得南安，同年饮饯，首演《杜宝劝农》，正得此绝。杜乃南安太守也。[1]

《劝农》在有清一代的流行，也可从其被选录的情况得以证

1　这里的签语和《劝农》中杜宝引的诗稍有不同，《劝农》中诗的首二句作："常羡山中万户侯，只知骑马胜骑牛。"

实。譬如说，清代到民国初年的戏曲与曲谱选集，从《缀白裘》（钱沛思乾隆二十八年至三十九年也即一七六三年至一七七四年间以玩花主人本为底本增删而成的通行本）、《审音鉴古录》（道光十四年即一八三四年刊本）、《遏云阁曲谱》（一八七〇年序），直到一九二五年王季烈、刘富梁编辑的《集成曲谱》，所选《牡丹亭》折子戏中，除《学堂》《游园》《惊梦》这几出戏必选之外，唯一恒定不变的入选剧目居然就是《劝农》。此外，《劝农》也曾被改编为其他各种地方戏，如徽戏、苏州滩簧、杭州滩簧等等（滩簧是江浙地方戏，苏州滩簧现改称苏剧，杭州滩簧称杭剧），或者弹词。对《劝农》的热烈爱好与反复表演，直到现代才逐渐退潮，让《游园》《惊梦》等抒情出目独领风骚。

现代学者对这出戏的评价，一般来说，是把它视为剧作家对杜宝这一人物的正面处理，使杜宝的形象立体化，并且多多少少反映了剧作家本人的政治理想。陈美雪在《汤显祖的戏剧艺术》中写道："在第八出《劝农》中，汤显祖以极大的篇幅和优美的文字，来描述杜宝的政绩，以及他和百姓的和谐关系。"刘云在《略论汤显祖笔下的理想国》一文中，把《劝农》一折戏与《南柯记·风谣》对举，称其描绘了作者的理想境界。郑培凯认为《劝农》一出戏是以作者在遂昌太守任上的经验为蓝本的，至少在刻画杜宝形象时，把他写成了一个"勤政爱民"的"清廉的好官，绝不是作为反面角色来刻画的"。而在另一方面，史凯蒂（Catherine Swatek）却认为，这出戏"显示了剧作家是多么善于削减仪式的严肃性"。她指出《劝农》近于对劝农仪式的调侃（burlesquing），虽然这种劝农仪式是汤显祖在担任地方官时"可能亲自施行过的"。

在前一种阅读框架中，读者显然是很严肃地看待这出戏的。《劝农》被视为剧作家对杜宝这一角色的积极刻画。戏文不存在调侃性质，至少调侃性不是理解这出戏的关键。与此相比，后一种阅读视野略为不同：它在这出戏里，看到了幽默。

这给我们提出了一个值得思考的问题：究竟什么是幽默？以谐谑出名的王思任没有在这出戏里看到任何幽默，否则他就不会说这出戏"庸板"——既平庸，又平板，写得一般，又缺乏趣味。把这出戏视为汤显祖本人政治理想之写照的解读，也显然并未把这出戏的幽默性当成中心因素，更不会觉得这出戏是对劝农仪式的调侃。不过，即使是持这样态度的读者，恐怕也不得不承认这出戏的确蕴含着喜剧成分。《劝农》富有喜剧性的确凿证据，莫过于它在有清一代作为喜庆热闹的吉利戏不断上演这一事实。假设这出戏只是平板地再现劝农仪式，我们相信它未必如此风行。然而，另一方面，史凯蒂也认为："清宫在三月清明节为应节令而上演《劝农》的时候，幽默不可能是演出的特色。"换句话说，幽默性不是恒定的，它既非完全取决于作者意向，也不是文本内部"客观"的组成部分，在很大程度上，它的存在与否取决于观众的反应。因此，我们说，幽默，或者笑声，是一种具有历史性与文化性的现象。

笑声也可以做出更加细致的区分。有欢快的笑，也有恶意的、讽刺的笑；有哈哈大笑，也有微笑。它们之间的不同是耐人寻味的。《劝农》也许不会使观众或读者哈哈大笑，但是可以想象它有激发微笑的能力。微笑或是表示赞许——杜宝关爱百姓的精神，作者对其政治理想的描摹；或是由于注意到这出戏中因为逾越了人之常情而令人感到莞尔的情节成分。我们要问的是：在《劝农》这出戏里，是什么使观众或读者体会到幽默与调侃？谁，或者什么，是幽默与调侃的对象？是太守杜宝，还是欢迎他的农民，还是"劝农"这一仪式本身？抑或三者兼有？这种潜在的幽默与调侃因素，又将如何影响我们对这出戏本身以及它在《牡丹亭》全剧中的地位和意义所作的解读？在此，我们将试图对这些问题做出初步的解答。

也许最终我们会看到：《劝农》一出戏的意义，不仅仅在于情节的承受，或者杜宝的形象塑造。它所起到的作用，既是结构上的，也是叙事上的。如果杜丽娘的惊梦寻梦代表了浪漫理想的爱情和对这种爱情的追求，那么，《劝农》则向我们展示了另外一种价值观念体系，虽然不同，却同等有效；而且，也正是在两种价值观念的交叉与碰撞当中，《牡丹亭》这一剧作才变得更加丰富、饱满。

劝农及其在诗文中的再现

劝农，顾名思义，是劝勉农人致力于农事，而劝勉者则是统治阶层的成员。

这是一种政治色彩浓厚的官方仪式，古已有之。作为官方仪式，它巩固了统治阶层与被统治阶层之间的界限，强调了自然秩序与社会秩序之间的对应与和谐，也是政治权力的象征性行使和加强。同时，它也是一种政治资本：地方官劝农，是为官贤明的标志，考察政绩的标准之一。

在《礼记·月令》中记载的孟春之月天子籍田之礼，便旨在劝农。行籍田礼后，要宴饮群臣，以示慰劳。有意思的是此处郑玄的注，强调天子在籍田时把耒耜放在车右和御者之间，是为了"明己劝农，非农者也"。在劝农者和农人之间存在的界限是很分明的，这是我们需要记住的一点。

西汉年间，文景二帝屡下劝农诏。成帝命二千石官员在耕作季节"勉劝农桑，出入阡陌"。平帝则在大司农部设丞十三人，每人负责一州，勉劝农桑。

根据《后汉书》记载，县廷掾在春夏之际要承担劝农任务，巡视乡间，号"劝农掾"。此后，在各个朝代，劝农都成为太守县令这样的地方官员需要履行的政治职责之一。劝农是季节性的工作，因此，即使在唐有劝农使、在宋有劝农公事这样的名目，往往是兼职。沈德符在其笔记《万历野获编》中谈到劝农，称：

　　元世祖中统二年（一二六一年），令各路俱设劝农司，最为近古。本朝宣德（一四二六至一四三五年）初年，添设浙江杭、嘉二府属县劝农主簿。成化元年（一四六五年），添设山东、河南等各布政司劝农参政，及府同知通判县丞各一员。嘉靖六年（一五二七年），诏江南府州县治农官不得营干别差。其重农如此。至穆宗初（隆庆朝，一五六七至一五七二年），大珰出领江南龙袍，遂改劝农厅为织造馆。然余初有识时，尚见劝农旧匾于府署之门，今改换已久。问之人，不复晓各郡曾有此官矣。

有清一代，仍规定"知县掌一县治理，决讼断辟，劝农赈贫，讨猾除奸，兴养立教"。把劝农视为一县之长的职责。

不过，有些时候，劝农不仅仅是政府官员劝勉农业生产的一套仪式而已，还包括了检点户籍、保证税收的任务。唐玄宗开元九年（七二一年），兵部员外郎宇文融针对天下户口逃亡现象，提出："置劝农判官十人，并摄御史，分往天下，所在检括田畴，招携户口。"玄宗采纳了他的建议。很多人反对这一措施。阳翟尉皇甫憬上疏，称此举扰民不便，特别指出："又应出使之辈，未识大体，所由殊不知陛下爱人至深，务以勾剥为计。"然而宇文融的建议终于得以实施，皇甫憬也因此被贬官。这里的劝农判官，虽然名为劝农，实际上和春季劝勉农桑没有关系。

文学作品对劝农的再现，最早要数西晋束晢的《劝农赋》：

惟百里之置吏，各区别而异曹。考治民之贱职，美莫当乎劝农。专一里之权，擅百家之势。及至青幡禁乎游惰，田赋度乎顷亩。与夺在己，良薄浹口。受饶在于肥脯，得力在于美酒。若场功毕，租输至，录社长，召闾师。条牒所领，注列名讳。则鸡豚争下，壶榼横至。遂乃定一以为十，拘五以为二。盖由热啖纡其腹，而杜康哇其胃。

在这里，我们可以很清楚地看到，劝农官吏在督促农人、"禁乎游惰"之余，还担任着考校户籍与勘察田地的任务。不仅如此，等到秋后，场功既毕，劝农官吏还要召集社长和闾师，检点各家各户所交纳的田租。于是，在《礼记》中天子行籍田礼后犒劳群臣的酒食，在此处成为必不可少的贿赂。大吃大喝、酒足饭饱之后，小小作弊情事自然不在话下。束皙把劝农称之为"贱职"中的美选，可谓极尽讽刺之能事，至于"受饶在于肥脯，得力在于美酒""鸡豚争下，壶榼横至""热啖纡其腹，而杜康哇其胃"，更是非常调侃的描写。束皙之赋向有"俗赋"之称，而他也确实是中国文学史上第一位把一项严肃而具有仪礼意味的政治性工作进行了讽刺与颠覆、从而使其世俗化的作家。或者，我们也可以说，劝农在文学中的再现，从一开始就和笑声紧密相关。

后于束皙半个多世纪的诗人陶渊明，从某种意义上来说"拯救"了劝农在文学传统中的再现。陶渊明的《劝农》诗共分六节：

悠悠上古，厥初生民。

傲然自足，抱朴含真。

智巧既萌，资待靡因。

谁其赡之，实赖哲人。

哲人伊何，时惟后稷。

赡之伊何，实曰播植。

舜既躬耕，禹亦稼穑。

远若周典，八政始食。

诗人从源头讲起，说明农事是所谓"不得已而为之"者。在远古黄金时代，百姓不必耕种，自然丰足，只为"智巧既萌"，才会资用不足。这是典型的老庄论调。但是，此节有趣味处，在于最后两句："谁其赡之？实赖哲人。"哲人想来也是混沌凿开七窍之后的产物，现在却不得不依靠他们来养赡百姓了。

熙熙令德，猗猗原陆。

卉木繁荣，和风清穆。

纷纷士女，趋时竞逐。

桑妇宵兴，农夫野宿。

气节易过，和泽难久。

冀缺携俪，沮溺结耦。

相彼贤达，犹勤垄亩。

矧伊众庶，曳裾拱手。

在古代批评家对这首诗留下的评语中，几乎没有人提到诗人在第四节的三、四两句所表现的"智巧"：把冀缺之俪，与沮溺之耦（谐音偶），做成了巧妙的对偶句。也许，这样的文字游戏，和陶渊明通常被视为质朴的诗风不甚协调吧。不过，不止一位批评家注意到了这首诗中蕴含的幽默，特别是第四节的最后一句。蒋熏以为："曳裾拱手，说惰农趣甚。"陈祚明赞为"甚有致"。温汝能说得最为明确："此二章（按指三、四两节）以谐语惕之，曳裾句绘出惰农，尤觉有致。"坐在精致典雅书房中的论者在这里读出的幽默，是以农民——诗人想象中的懒惰农民——为调侃对象的。

民生在勤，勤则不匮。

宴安自逸，岁暮奚冀。

担石弗储，饥寒交至。

顾尔俦列，能不怀愧。

孔耽道德，樊须是鄙。

董乐琴书，田园弗履。

若能超然，投迹高轨。

敢不敛衽，敬赞德美。

在智巧已萌的"堕落世界"，没有人可以享受不劳而获的生活，诗人在全诗最后提出，除非能够像孔夫子和董仲舒那样投迹高轨，才可免于稼穑，否则就还是应该勤于务农。值得注意的是第五节第七句的一个异文："顾尔俦列"一作"顾余俦列"。这一异文十分耐人寻味，因为它把诗人归入了截然不同的群体：作"余"，则诗人隐然把自己也划入了被劝勉的行列；作"尔"，是诗人面向农人所做的劝勉甚至教导，也就是郑玄所谓的"明己劝农，非农者也"。虽然"余"和"尔"都是早期异文，不是后代印本出现的舛误，但在现代几个通行版本中，编者都不约而同地选择了"余"，而不是"尔"。这样的编辑决定，并非建立在作者原本或者权威性文本的基础上，而是具有鲜明思想倾向的选择。

如果说束皙的赋是对劝农的嘲讽和颠覆，那么，陶渊明的诗则是对劝农的肯定。在清代批评家眼中，这首诗含有幽默因素，似乎诗人的确如他在另一首诗中所言，是在"解颜劝农人"（《癸卯岁始春怀古田舍诗二首》之二）——虽然解颜的不是诗人，而是千载之下的读者，他们的笑声，是以农人为对象的。这样的阅读，冲淡了诗的说教味道，却没有消减诗的严肃性。劝农，如郑玄所敏锐意识到的，是一项标志和固定了社会阶层等级差别的仪式；在读者的笑声中，社会阶层等级差别得到了加强。

后代诗歌对劝农的描绘，往往就像陶渊明《劝农》诗一样，是从劝农者而不是农人的角度出发的。这基本保证了对劝农的正面呈现。但是，我们也常看到，劝农主题在勤政爱民的大框架中被赋予一些微妙的变形。譬如黄庭坚的《寄题安福李令先春阁》一诗：

> 宫殿绕凤烟，江山壮城郭。
>
> 令君蓺桃李，面春筑飞阁。
>
> 春至最先知，雨露偏花药。
>
> 是日劝农桑，冰销土膏作。
>
> 弦歌出县斋，裴回问民瘼。
>
> 鸡犬声相闻，婴此薄领缚。
>
> 安得携手嬉，烹茶煨鸭脚。

在这首诗里，诗人要表达的情意是很复杂的。阁名"先春"二字，被拿来大做文章：一方面，诗人对李令敦劝农桑的惠政表示赞美，隐然把李令比作"有脚阳春"；另一方面，出自老子《道德经》的"鸡犬相闻"典故，似乎又暗示了对"无为而治"的宣扬。勤于政事的劝农从不同角度来看，就成了束缚于烦琐公务，缺乏风流潇洒与个人自由。这是两种截然不同的价值观念系统，一公，一私，它们之间的冲突构成了这首诗的张力。诗人幻想有朝一日，他的朋友解除了县令的职务，将和他一起"烹茶煨鸭脚"。先知春暖的鸭子，再次感受暖意，以鸭脚被煨之故也。鸭子有知，多半不会觉得好笑，笑的是我们读者。

苏辙的一首绝句，把劝农官和采桑女联系在一起，是对著名乐府诗《陌上桑》中春心荡漾的太守和秦罗敷故事的演义：

> 官是劝农官，种桑亦其所。
>
> 安得陌上人，隔叶攀条语。

到了南宋，罗大经在其笔记《鹤林玉露》中，记载了一首《劝农诗》：

> 莫入州衙与县衙，劝君勤理旧生涯。
>
> 池塘多放聊添税，田地深耕足养家。
>
> 教子教孙须教义，栽桑栽柘胜栽花。
>
> 闲非闲是都休管，渴饮清泉困饮茶。

《劝农诗》的作者谢谔字昌国，号艮斋，南宋理学家，曾师从程颐晚年弟子郭忠孝之子郭雍。诗平淡无奇，值得注意的是"栽桑栽柘胜栽花"一句。"田园"被析而为二，栽种桑柘与栽种花草成为相互对立的范畴，前者是实用性的，而后者是观赏性的。不是说谢艮斋必定反对栽花，关键要看他在对谁说话。劝勉士人，栽花就是风流韵事；劝勉农人，则说栽桑胜过栽花，因栽花无益农事也。在此诗之后，罗大经又引了谢艮斋如下一段文字：

> 又云：“仕宦之人，南州北县。商贾之人，天涯海岸。争如农夫，六亲对面。夏绢新衣，秋米白饭。鹅鸭成群，猪羊满圈。官税早输，逍遥散诞。似此之人，直千直万。”

这段文字，更清楚地写出了被士人理想化了的所谓“农家乐”。连罗大经也不得不感叹：“然其言农夫之乐，想乾淳间（宋孝宗乾道淳熙朝，一一六五至一一八九年）有之，今则甚于聂夷中之诗矣，宁复有此气象哉！”罗大经把谢艮斋的理想境界投射到另一个时代，实则农夫之乐，原本就是士人一厢情愿的虚构，在农人眼中，士人阶层的生活，才是值得艳羡的生活。

元人陈泰曾经有《集民谣二首》,《其一》从农人角度对劝农官发出怨言：

> 苗青青，东阡西陌苗如云。
> 经年不雨过秋半，苗穗不实空轮囷。
> 田家留苗见霜雪，免使杂岁劳耕耘。
> 县官催租吏胥急，籴粟输官莫论直。
> 劝农使，不汝恤。

说是“集民谣”，实际还是新乐府一类作品。这里的劝农使，俨然是束皙所嘲讽的官吏，而不是黄庭坚笔下勤政爱民的贤臣。

这里谈到的劝农诗文，虽然不是也不可能是全面的，但至少可以使我们看到劝农这一题目所包含的多面性，也看到劝农与笑声的关联。

戏曲中的劝农

戏曲艺术对劝农的再现，除了《牡丹亭·劝农》之外，尚有丘浚《五伦全备忠孝记》第十七出《问民疾苦》，《赵氏孤儿记》第八出《赵盾劝农》，以及据此改编的《八义记》第八出《宣子劝农》。汤显祖对杜宝劝农的描写，承袭了这一传统，而又有所变形。较之诗文中描写的劝农，戏曲这一文学体裁涵括了从官到民的不同声音，因此，可以比较立体化地展现劝农的风貌。

《问民疾苦》描述伍伦备任东阳太守时的种种善政，先写勘狱，次及劝农。伍伦备指出，二月十五日乃花朝之辰，"故事合当劝农"。他要手下人除去仪仗，以免惊动百姓。开始时，伍伦备眼中景色，无异春游：只见"千红万紫芳菲，花夹道，鸟忘机，人与物相宜"。后来又看到些"头白叟，面黄儿，歌宛宛，笑嘻嘻"。但很快这种田园牧歌景色就被现实代替。当类型化的农人转化为具体的农人，我们就开始看到，"黄发垂髫，怡然自乐"只是一种表面现象。须臾，伍伦备来到杏花村，坐于申明亭，有一干百姓父老前来迎接。其中有一个跛脚农夫。当伍伦备问他因何残废，农夫答道三年前饥荒，无力偿付田租，被打成残疾，最后还是靠典卖一双儿女，才得以还清租债。虽是陈述往事，还是不免给田园生活投下了一道阴影。

值得指出的是，虽然为了突出伍伦备的政绩，在他问"今年百姓安乐否"的时候，丘浚安排百姓答道"胜去年"，但是，丘浚并未就此把乡居生活描摹为世外桃源。比如说，伍伦备问今年田禾有收吗？农人答："半收。"又问："乡村有盗贼否？"答："相公到任后渐少了。"这些都是有保留的回答。

除了对前任官"卷走地皮"的讽刺引人发笑之外，伍伦备的劝农十分严肃，毫无幽默可言。如果读者发笑，也只能是嘲讽的笑声。譬如伍伦备告诉农人，金银珠玉这些世人以为宝的对象都不是宝，因其"难吃"，唯有米谷是宝，因其"好吃"，直如哄骗小儿。又劝农人"勤挑粪，早犁田"，并吟道："劝你勤粪田，粪多禾自茂；粪是五谷化，莫嫌它秽臭。"其实，嫌粪秽臭的，恐怕不是农民，倒是老爷。后来汤显祖在写作《劝农》时，显然利用了这出戏的某些成分，包括这段劝农莫嫌粪臭的精彩宣言。

之后，伍伦备手下人宣读了一篇长长的教民榜，其结语可以视为自评："汝等宜专心听念，毋视之为虚文！"全场戏以农夫唱山歌颂扬太守恩德作结。其中值得注意的有两点：一、山歌之一居然说出"农夫耕田为衣食，不须劝他也自耕"这样的话，遂把太守劝农一番德举悄然解构，平淡无奇甚至迂腐可厌的一出戏因此而多出了一点厚度；二、最后一首山歌唱道："小民无物报恩情，高声歌唱□天听。老天赐福相公受，子孙代代做公卿。"[1]劝农不仅带上了一层功利性，而且，具有讽刺性的是，这一严明了社会等级差别的仪式，还将使社会等级差别永久化，于是，官代代为官，民代代为民。当然，这里的讽刺性，远远超出了作者本人的想象和预期。

《八义记》讲述的是著名的赵氏孤儿故事。现存《八义记》在毛晋《六十种曲》中被错系在徐元名下，后来很多选本相沿而误，这一点早经学者指出。但现存《八义记》乃从万历年间世德堂本《赵氏孤儿记》改编而来，吴敢认为《六十种曲》本《八义记》"最晚不迟于万历中期（具体来说是万历二十一至二十四年也即公元一五九三至一五九六年间）已经大致定型"。并指出先于此本不仅有世德堂本《赵氏孤儿记》，还应该有不止一种的南戏改编本。汤显祖《牡丹亭》定稿于一五九八年，其时必已看到过《赵氏孤儿记》或《八义记》中的《劝农》了。

《赵氏孤儿记》和《六十种曲》本《八义记》，其间存在着很大的区别，远远不止于形式方面的改进，如调整场次，润饰宾白，订正曲牌等，甚至也还不仅仅是"变俗为雅，强调忠奸斗争"。即以《劝农》一出戏为例，在《赵氏孤儿记》中，赵盾、赵朔、程婴的形象相当暧昧，并非一味忠厚好人，而且，农人生活也全没有《六十种曲》本《八义记》中那样富于理想色彩。譬如说戏开

1　第二句"天"前之字模糊不清，似为"昊"字。

场时一老汉（丑）上场，自称担了一担草席入城，卖得三百五钱，买些果子杏仁，忽然撞见军人，挥拳来打，要抢他的头巾，结果不但跌破口唇，果子杏仁也在乱中不见了。待向官诉冤，却被程婴说道："这里不是告状处！"丑问："这官在这里做什么？"程婴道："在这里劝农！"随即叫丑出去，丑不肯，引起一片喧闹，赵盾遂命："今番有这般人，休放进来！"这一幕情景，显然旨在创造幽默效果：观众是用不着同情一个丑角的，可以尽情嘲笑他的无知，他的笨拙。但是，这里的幽默十分脆弱，很容易就烟消云散，反而给赵盾与程婴的人格投下一道阴影。

也许正是出于这种考虑，在《六十种曲》本《八义记》里，虽然保存了卖草席买果子杏仁的丑角老汉，但是，军人抢头巾的插曲却被删掉了，赵盾的话也被改为"亭子上窄小，着几个会讲的上来"。闹剧型插曲的幽默因素被转化为另一个老汉的问话："你这个老儿，我到你家叫你，你媳妇说刚才扒了灰，出去了。"丑道："休得取笑，家丑不可外扬。"后文交代丑的年纪已经九十六岁，他的媳妇想必也该年届七十了。如果观众在此处发笑，这笑声也就更心安理得，因为有了更"正当"的理由，不再是嘲笑一个无辜而又不幸的小人物。我们可以说，《六十种曲》本《八义记》把忠改得更忠，把丑改得更丑，简化了人物性格，减轻了观众的思想与道德负担。

《六十种曲》本《八义记》相对于《赵氏孤儿记》的另一重要改窜，是关于为官乐还是为民乐的对比。在《赵氏孤儿记》里，赵盾径自告诉农人："你庄家快乐，没有为官的快乐。"农人反驳道："庄家快乐更好。"赵盾问："怎见得好？"农人答以："老汉春耕田垄见花红，炎热骑牛纳晚风，秋来先尝香米饭，冬来一任雪蒙蒙。茅米酒儿未浓半酣，儿女尽皆欢忭。"于是赵盾、赵朔方齐声说道："真个快乐似神仙！"《六十种曲》本《八义记》把赵盾充满自信的宣言改为对老农的问题："我每为官的快活，你庄家人快活？"于是引出一段妙文，乃是一篇长达五百余字的韵语《村居乐》，为《赵氏孤儿记》所无。这篇《村居乐》，几乎可以说是对谢艮斋四言韵语的扩充，用极为夸张的笔法，描述了田家生活一年四季，春夏秋冬，种种优美动人之处，强调乡居的最大特点：一是自由自在，二是纯朴天真。这与其说反映了真实的农村风貌，还不如说展现了士人阶层的浪漫理想。在老农口中，乡居生活极其丰饶，鸡鸭成群，牛羊成队，桑柳成行，菱藕满池，瓜豆遍地，"庭前稚子舞班衣，院内山妻同白首。起时红日照东窗，睡时明月过北斗"。然而，明眼的读者，即使在这样一幅田园牧歌图中，也还是可以看到威胁乡居安宁的潜在因素："税粮纳了得安宁，公差不敢登门殴。"

老农骄傲地宣称："鼓吹不如击刮响，诸花怎比稻花香。"在此我们隐隐听到"栽桑栽柘胜栽花"的回声。和《赵氏孤儿记》不同的是，赵盾和赵朔没有对村居乐表示认同（"真个快乐似神仙！"），相反，由另一个老农，就是那被笑为扒灰的"丑"，对"老爷"做出一番颂扬，用另一套价值观念，对抗甚至抵消了

《村居乐》："小的每不过是一介细民，怎及得老爷十分荣耀，须信是一人之下，万人之上；出则高车驷马，享用有千钟美禄。"随即吟诗一首，颂赞为官的荣耀，正如校点者明光所言："文辞灿烂，不合农人口吻。"（其实，《村居乐》也同样不合农人口吻：不是文辞，而是内容。相比之下，恐怕倒还是这首文辞灿烂的律诗更符合农民的真实思想。）赵盾对此没有回答。赵盾这里的沉默很耐人寻味：官乐还是民乐，毕竟还是一个问题。《八义记》的作者，虽然用了比《赵氏孤儿记》更长的篇幅宣扬农家乐，但最终以"为官乐"结束了官与农这两个社会阶层在对立中维持的平衡。

劝农这一仪式，就像所有的仪式一样，是一只空壳，套入不同的人物，才有生命力。从《五伦全备记》到《赵氏孤儿记》再到《八义记》，我们看到，劝农的再现逐渐从严肃向喜剧化转移，而笑声的对象，永远是农人。劝农官的形象越来越高大，乡村生活也越来越被理想化。汤显祖的《劝农》，就是建立在这一表现传统上的。

不过，上述剧作里的《劝农》，主旨是为了突出主人公的正面形象；《赵氏孤儿记》与《八义记》中的劝农，更是推动了情节的发展（赵盾劝农，未等屠岸贾，导致屠岸贾大怒；劝农之后去桑林游玩，救助饿人灵辄）。至于《牡丹亭》中劝农起到的作用，却不止于丰满杜宝的形象，也不仅仅是配合情节需要。在下一节，我们将集中讨论《牡丹亭·劝农》。

《牡丹亭》中的劝农

　　《牡丹亭》中的劝农，简而言之，可以分为四个部分：一、太守上场，表示春二三月，正是劝农季节，命手下人准备花酒。二、众父老上场，赞颂杜太守三年政绩，衙门公人上场，抬上花酒。三、太守重新上场，赞赏南安县清乐乡的田野景色，向父老宣示劝农之意，父老称以往"昼有公差，夜有盗惊"，自从杜宝上任后，犹如"阳春有脚，经过百姓人家"。四、田夫，牧童，采桑女，采茶女一一上场，各唱山歌一支，每唱一支，杜宝都夸奖一番，并吟诗一首；之后，杜宝起身，不肯领受父老准备的茶饭，反而命留下余花余酒，给散乡村，"也见官府劝农之意"。

　　在这出戏里，我们可以看到很多熟悉的因素。乡下父老对太守功德的赞颂，杜宝对春景的叹赏，他命手下人除去仪仗，以免惊吓乡民，他对农人力耕的劝告，都是我们在其他劝农戏里见到过的。这场戏最有特点的部分是第四部分中四种类型人物的次第出场。我们相信，是因为这一段描写，才使得《牡丹亭·劝农》在明代的数出劝农戏中独树一帜，成为清朝最受欢迎的吉利热闹戏之一。

　　在第四部分，我们看到，不仅《五伦全备记》中的跛脚农夫或者《赵氏孤儿记》中被军人抢走头巾的老汉这样"煞风景"的角色完全消失了，就连《八义记》中有姓氏、有年龄、有故事

（扒灰）、因而较为个性化的农夫也消失了。取而代之的，是完全抽象化、类型化了的农村人物（农夫、牧童、采桑女和采茶女都是大写的，是群体代表，是典型），也是更为理想化了的乡村生活。

也只有在第四部分（除了第二部分中丑角扮演的公人跌倒摔破酒坛这一情节之外），我们才能体会到《劝农》一出戏中潜在的喜剧因素。这一部分是《劝农》的关键，值得我们全文征引。首先上场的是农夫：

> ［孝白歌］（净扮田夫上）泥滑喇，脚支沙，短耙长犁滑律的拿。夜雨撒菰麻，天晴出粪渣，香风腌鲊。（外）歌的好。夜雨撒菰麻，天晴出粪渣，香风腌鲊，是说那粪臭。父老呵，他却不知这粪是香的。有诗为证：焚香列鼎奉君王，馔玉炊金饱即妨。直到饥时闻饭过，龙涎不及粪渣香。与他插花赏酒。（净插花赏酒，笑介）好老爷，好酒。（合）官里醉流霞，风前笑插花，把农夫们俊煞。（下）

如前所言，"粪是香的"这等妙语，与《五伦全备记》中"粪是五谷化，莫嫌它秽臭"异曲同工，前人的影响隐然可见。至于杜宝在诗中盛赞"直到饥时闻饭过，龙涎不及粪渣香"，俨然也是从"米谷好吃故为宝"以及《八义记》中"鼓吹不如击刮响，诸花怎比稻花香"变化而来。汤显祖《劝农》的独特之处，在于杜宝认真地向众父老强调,他,骑五花马的太守,比农夫和牧童都更"知道"关于粪渣和骑牛的事情,并且"有诗为证"。这是一种什么样的"知识",什么样的"证据"?

"诸花不如稻花香"并不可笑,因为鲜花与稻花都有香味,认为稻花的清香胜过鲜花的芳香,是在两种香味之中选择其一,或者说,选择实用/食用价值,而非审美价值。这和"龙涎不及粪渣香"是两种性质完全不同的模拟:大多数人,除了《吕氏春秋》里面的海上逐臭者之外,都会从自己的实际生活经验出发,"知道"龙涎香才是香的,粪渣才是臭的,哪怕饥饿的时候,也绝无认为粪渣好闻的道理。杜宝的论断,就像"有诗为证"的套话所显示的那样,代表了一种来源于诗歌、来源于书本、更来源于主观意识形态的"知识"与"证据",排除了感官的体会,与实际生活经验背道而驰。如果喜剧就是暴露生活中表层与实质之间的差距,那么,可以说杜宝这一论断是相当可笑的,因为它所代表的知识,和实际生活经验截然相反。如果王思任,这位非常富于幽默感的晚明文人,认为《劝农》一出戏"庸板",那只不过是因为他就和清朝的宫廷观众或者士大夫观众一样,把自己放在了杜宝的地位,完全认同了杜宝在这里所说的话,如此而已。

这里有意思的是农夫的笑("净插花赏酒,笑介"):我们不知道,那是满意的笑声,还是调侃的笑声?也许是满意的笑("好酒!"),但是,谁又能肯定,扮演农夫的演员,或者台下的观众——不是宫廷里的观众,而是乡下过节看戏的百姓——没有在此对"好老爷!"发出揶揄的笑呢?

　　(门子禀介)一个小厮唱的来也。

　　[前腔](丑扮牧童拿笛上)春鞭打,笛儿吵,倒牛背斜阳闪暮鸦。

　　(笛指门子介)他一样小腰,一般双髻,能骑大马。(外)

　　歌的好。怎生指着门子唱一样一腰,一般双髻,能骑大马?

　　父老,他怎知骑牛的到稳。有诗为证:常美人间万户侯,只知骑马胜骑牛。今朝马上看山色,争似骑牛得自由。赏他酒,插花去。

　　(丑插花饮酒介)(合)官里醉流霞,风前笑插花,村童们俊煞。(下)

　　城与乡、官与民的差异,在牧童对年龄相仿的门子的天真观察中表现得淋漓尽致。这里,杜宝再次向父老们宣传"真知":骑马不如骑牛稳当,亦不如骑牛自由。但是这种宣传未免找错了对象,因为杜宝的"知识"并不适用于那些从来不曾骑过马、大概也永远没有机会骑马的父老乡亲。对那些父老乡亲和牛背上的牧童来说,恐怕只能是"只知骑马胜骑牛"。

　　在《赵氏孤儿记》和《八义记》里,村居乐出自农人之口;在《牡丹亭·劝农》里,村居乐却出自老爷之口。把"知识"从农人转移到老爷，农人显得更加天真纯朴，这既符合士人对农人的想象，又严明了官民之间的身份界限——而那正是劝农仪式的目的之一。另一方面，农人从自知其乐，到乐而不自知其乐，太守从《赵氏孤儿记》中的不知民乐，到《八义记》中询问为官乐还是为民乐，再到《牡丹亭》中成为唯一的知乐者，分明可见文人传统的影响。我们想到北宋黄辙就陶渊明的诗写下的一段话："尧舜之道，即田夫野人所共乐者，惟贤者知之尔。"也就是说，田夫野人，虽乐而不自知，"乐而知之"这样的自觉，是贤人才有的能力。黄辙的见解，很可能是受到了文章大家欧阳修的启发。在其名篇《醉翁亭记》中，欧阳修反复强调太守对乐的自觉："禽鸟知山林之乐，而不知人之乐；人知从太守游而乐，而不知太守之乐其乐也。醉能同其乐，醒能述其文者，太守也。"这或可视为《劝农》一出戏中太守知乐的源头。

随后来了采桑采茶的妇人。在这里，我们听到了苏辙《南园》诗的回声：

　　〔前腔〕（旦、老旦采桑上）那桑阴下，柳条儿搓，顺手腰身蓊一丫。呀，什么官员在此？俺罗敷自有家，便秋胡怎认他，提金下马？（外）

　　歌的好。说与他，不是鲁国秋胡，不是秦家使君，是本府太爷劝农。见此勤劬采桑，可敬也。有诗为证：一般桃李听笙歌，此地桑阴十亩多。不比世间闲草木，丝丝叶叶是绫罗。领酒插花去。（二旦背插花，饮酒介）（合）官里醉流霞，风前笑插花，采桑人俊煞。（下）（门子禀介）又一对妇人唱的来也。

[前腔]（老旦、丑持筐采茶上）乘谷雨，采新茶，一旗半枪金缕芽。呀，什么官员在此？学士雪炊他，书生困想他，竹烟新瓦。（外）歌的好。说与他，不是邮亭学士，不是阳羡书生，是本府太爷劝农。看你妇女们采桑采茶，胜如采花。有诗为证：只因天上少茶星，地下先开百草精。闲煞女郎贪斗草，风光不似斗茶清。领了酒，插花去（老旦、丑插花，饮酒介）（合）官里醉流霞，风前笑插花，采茶人俊煞。（下）

劝农太守受到农妇猜疑，被误认为是调戏采桑女儿的"鲁国秋胡""秦家使君"。秋胡没有认出自家妻子，此处却是采桑女看错了老爷。这样的误会，再次凸显了表里之别，自然是富于喜剧效果的。

不过，这两段表演的关键，不在于它的幽默，而在于它是为下文杜丽娘游园做出的铺垫与衬托。就在杜宝外出劝农的时候，他的女儿杜丽娘也在游园；就在杜宝告诉农妇"采桑采茶胜如采花"的时候，他的女儿正在花园里赏花。在杜宝对农妇的谆谆告诚中，我们听到了谢艮斋诗句"栽桑栽柘胜栽花"的回声，也辨认出"诸花不如稻花香"的影子。但是，当我们把《劝农》放在整本《牡丹亭》里进行考察，我们就会发现，这里蕴含着不容忽视的反讽：一方面，杜宝奖赏农人农妇的，正是所谓"世间闲草木"的鲜花；另一方面，谢艮斋尽可以强调"教子教孙须教义"，但实际上，正如从《劝农》一出戏改编而来的弹词所唱的："治国非难难治家。"治国与治家的理想，一公，一私，是互相妨碍的：正是为了履行他的职务和义务，杜宝给了女儿一个游园惊梦的机会，导致了越界和夭亡。

杜宝的劝农和杜丽娘的春游构成了平行对照：杜宝下乡，需要县吏置办花酒；丽娘游园，春香嘱咐小花郎扫除花径。虽然杜宝宣称"为乘阳气行春令，不是闲游玩物华"，但在《劝农》结束曲中，众人径把杜宝的劝农之行称为春游：

> 黄堂春游韵潇洒，身骑五花马。村务里有光华，花酒藏风雅。

不仅如此，而且，杜宝本人的唱词也是印证。他对春天乡村景色的描画，是非常抒情的：

> 红杏深花，菖蒲浅芽，春畴渐暖年华。竹篱茅舍，酒旗儿叉，雨过炊烟一缕斜。

又云：

[八声甘州] 平原麦洒，翠波摇剪剪，绿畴如画。如酥嫩雨，绕滕春色蓝苴……

虽然杜丽娘"原来姹紫嫣红开遍"的唱段早已成为《牡丹亭》中的聚光点，但是，我们不得不承认，杜宝对春景的欣赏并不亚于他的女儿。当他游目四野，他眼中看出的是一幅景色秀丽的风光画卷：

（望介）美哉此乡！真个清而可乐也。[长相思] 你看：山也清，水也清，人在山阴道上行，春云处处生。

只不过，丽娘欣赏的是园，而杜宝欣赏的是田，田园在这里被分成了两半：一半代表了私人空间，一半代表了公共空间。在父权社会中，前者是内，而后者是外，内外之别被性别化，丽娘眼中的三春景象，和父亲眼中的三春景象，遂产生了巨大的差别。

差别不仅体现在空间上，也体现在时间框架上。丽娘抱怨说："锦屏人忒看的这韶光贱！"这一著名的指责，其实并不公平。在《劝农》中，杜宝的宾白，正是以对时光流逝的强烈意识开始的："时节时节，过了春二三月。"他指出"春深"，而南安府地处江广之间，"春事颇早"，春光于农耕最可宝贵。他担心："想俺为太守的，深居府堂，那远乡僻坞，有抛荒游懒的，何由得知？"（当然，富有讽刺性的是他了解"远乡僻坞"，胜过了解同样"深居府堂"的女儿。）其实，在世上操持各种行业的人里面，农人大概是最富有时间观念的，然而，农人的时间紧迫感，和深闺中少女的时间紧迫感（"吾生于宦族，长在名门，年已及笄，不得早成佳配，诚为虚度青春，光阴如过隙耳"），虽然表面相似，却有本质的不同：农人的时间是循环往复的（如那《八义记》中老农所唱："一年一度过时光"）；怀春少女的时间却是直线型的（如那柳梦梅所唱："如花美眷，似水流年"——花落不再，水流不回）。空间和时间意识的差异，定义了《牡丹亭》中两个不同的世界：它们是平行的，但是，没有机会交叉。

不仅如此，而且，丽娘的世界与农人的世界还是针锋相对的：杜宝所担心于农人的"抛荒游懒"，从某种意义上来说，正体现在丽娘的身上。她游园，昼寝（男子如果昼寝，则不可原谅：在《论语》里，宰我昼寝，被孔子斥为朽木不可雕也），既不曾"做些针指"，也不要"观玩书史"；当母亲劝她书堂看书去，她回说："先生不在，且自消停。"殊不知先生不在，是她给先生放的假。在浪漫的贵族少女与勤劬采桑的农妇之间，有一道不可逾越的鸿沟。

杜宝为履行地方官职责而劝农的田野，也就是采桑女采桑的田野，它与杜丽娘的园林，代表了两种截然不同的价值观念系

243

统。而杜丽娘的园林，正是建立在前者的基础上。《惊梦》一出戏开场，丽娘问春香是否已吩咐花郎打扫花径，随即，她要来镜台，换上一套出门的衣服，那"翠生生出落的裙衫儿茜"，便是采桑女儿的劳动成果，就像杜宝说的："丝丝叶叶是绮罗。"杜丽娘的浪漫语境被放置在一个更为广大的现实语境里，两种叙事层次的平行对比，给《牡丹亭》带来了厚度和复杂性。后来的《长生殿》作者深深了解这一点，因此，在《长生殿》中，明皇与贵妃热恋的背景，是遭到荔枝使者快马践踏的农田与农人，是百姓为君王的浪漫付出的痛苦代价。后来的《红楼梦》作者也领悟到了这一点，因此，在大观园里，我们看到了刘姥姥和板儿。而认同于杜丽娘的女主角林黛玉，坦言她遭逢农妇与村童时的观感："携蝗大嚼图。"

无论是汤显祖，还是洪升、曹雪芹，都绝对无意贬低他们笔下的女主角以及她们的感情世界。尤其是杜丽娘，她代表了"情"，象征了"情"，可以说就是"情"的化身。但是，在晚明"情"的文化下面，隐藏着一个"昼有公差，夜有盗惊"，充满了泥土、汗水与粪臭的现实世界。如果对"情"的描写没有这样一个世界作为思想背景，那么，就未免简单和单薄。

《劝农》的"现实"色彩，只是相对的，因为如前所说，汤显祖笔下的乡村非常理想化，农人与农妇，也都十分类型化。不过，恐怕也正因如此，它，而不是其他劝农戏，才会得到清宫观众的欣赏，作为一出热闹吉利戏，不断地演出。

结　语

　　《牡丹亭·劝农》引起的笑声是复杂的。但是有一点可以肯定：它着意调侃的不是劝农仪式本身（虽然读者拥有如此解读的权利）。在明代所有劝农戏中，可以说劝农的仪式都是被正面呈现的。《劝农》的幽默之处，在于暴露了表层与内里的差异，知识与经验的距离。但是，我们同时也意识到，就像所有的幽默一样，《劝农》的幽默，有赖于观众的反应，而观众的反应，则受到历史、文化、社会因素的制约。不同的社会群体，会在《劝农》中读到不同的东西：幽默或者不存在，或者，虽然存在，但是对象不同。清宫观众，也许笑的是牧童的天真观察，农夫在泥水中的打滑——对于他们来说，舞台上的这些角色，纯朴，无知，代表了"真正"的农民，而杜宝则是理想的臣子；昆山农民在看戏时，也许笑的是老爷一本正经的迂腐：虽然表面上恭顺地接受了老爷的教导，但心中清楚，龙涎到底香过粪渣。而一个以天下苍生为己任的士人，既非社会底层的小民，又非皇家最高统治者，也可能根本不觉得这出戏里有任何滑稽可笑之处：表与里之间没有缝隙，杜宝在严肃地履行他的职责，小民则朴实地扮演他们应该扮演的角色。

　　《牡丹亭·劝农》的作用，不仅仅在于推动了情节的发展，丰满了杜宝的形象；更重要的，是它在田与园之间，创造出一种张力。田与园，代表了两种不同的价值取向，它们都是有效的，却又是相互矛盾的。如果我们只看到园中春梦，而忽略了梦之外、园之外、一个更为广大的语境，像硕园或者冯梦龙那样，删去了《劝农》，我们也就简化了《牡丹亭》。

谈《金瓶梅》

瓶儿之死

　　《金瓶梅》的作者初次给我们显示出"罪与罚"的震撼力，是在全书第六十一回。[1]他的笔，一直透入到罪恶与堕落最深的深处，同时，他给我们看到这些罪人盲目地受苦，挣扎，可怜。

　　和一般人所想的不同，《金瓶梅》不是没有情，只有淫。把《金瓶梅》里面的"淫"视为"淫"的读者，并不理解《金瓶梅》。这一回中，西门庆与王六儿、潘金莲的狂淫，既预兆了第七十九回中他的死，而且，无不被中间穿插的关于瓶儿的文字涂抹上了一层奇异的悲哀。

1　编者按：本文论及小说《金瓶梅》底本大致为两种：一、北京大学出版社根据
　　北大图书馆藏本于一九八八年影印的《新刻绣像批评金瓶梅》(简称绣像本)；
　　二、文学古籍刊行社一九八八年重新影印的《金瓶梅词话》(简称词话本)。参
　　见田晓菲《秋水堂论金瓶梅》序。第六十一回回目名称："西门庆乘醉烧阴户，
　　李瓶儿带病宴重阳"(绣像本)；"韩道国筵请西门庆，李瓶儿苦痛宴重阳"(词
　　话本)。

人们也许会觉得，在西门庆与王六儿、潘六儿的两番极其不堪的放浪云雨之间，夹写他和心爱之人瓶儿的一段对话，格外暴露了这个人物的麻木无情。然而，我却以为这是作者对西门庆的罪孽描写得极为深刻，同时却也是最对他感叹悲悯的地方。与其说西门庆麻木和无情，不如说他只是太自私，太软弱，不能抗拒享乐的诱惑：因为自私，所以粗心和盲目，而他的盲目与粗心加速了他所爱之人的死亡。正是因此，他的罪孽同时也就构成了对他的惩罚。

我们看他这一天晚上，从外面回来后进了瓶儿的房。瓶儿问他在谁家吃酒来，他答道："在韩道国家。见我丢了孩子，与我释闷。"一个月前，韩道国的妻子王六儿头上戴着西门庆赠她的金寿字簪子来给西门庆庆贺生日，全家大小无不知道了西门庆和她的私情；而金寿字簪子，本是瓶儿给西门庆的定情物，瓶儿看在眼里，怎能不触目惊心？至于以"丢了孩子"为借口——孩子不正是瓶儿的心肝宝贝，孩子的死不正是瓶儿心头最大的伤痕吗？然而丈夫的情妇以自己的孩子的死为借口把丈夫请去为他"释闷"，这样的情境，委实是难堪的。

如今西门庆要与瓶儿睡。瓶儿道："你往别人屋里睡去罢。你看着我成日好模样罢了，只有一口游气在这里，又来缠我起来。"从前以往，每次瓶儿推西门庆走，总是特意要他趋就潘金莲，今天却只是朦胧叫他"往别人屋里"去睡——在金莲的猫吓死了瓶儿的孩子之后，金莲已是瓶儿的仇人了。然而西门庆坐了一回，偏偏说道："罢，罢，你不留我，等我往潘六儿那边睡去罢。"自从西门庆娶了瓶儿，每当西门庆称呼金莲，总是按照她在几个妾里面的排行以"五儿"呼之，但此时偏偏以其娘家的排行"六儿"呼之，不仅无意中以金莲代替了对瓶儿的称呼，也仿佛是潜意识里和王六儿纠缠不清的余波。两个"六儿"加在一起，何啻戳在瓶儿心上的利刃。于是瓶儿说了自从她来西门庆家之后唯一一句含酸的怨语："原来你去，省得屈着你那心肠儿。他那里正等得你火里火发，你不去，却忙惚儿来我这屋里缠。"西门庆闻言道："你怎说，我又不去了。"李瓶儿微笑道："我哄你哩，你去罢。"然而打发西门庆去后，一边吃药，一边却又终于不免落下泪来。

这一段文字，是《金瓶梅》中写瓶儿最感人的一段。而作者最了不起的地方，是居然有魄力把它放在西门庆和两个"六儿"狂淫的描写中间。这样一来，西门庆和两个女人的云雨之情，被瓶儿将死的病痛与无限的深悲变得暗淡无光，令人难以卒读。本来，无论如何癫狂地做爱，都并无"孽"可言——即便是西门庆和王六儿的关系，虽然是通奸，但因为丈夫韩道国的鼎力赞成和王六儿诈财利家的动机而大大减轻了西门庆的罪孽。然而，在这里，因为有瓶儿的微笑、叹息和落泪，我们恍然觉得那赤裸的描写——尤其是绣像本那毫无含蓄与体面可言的题目——仿佛一种地狱变相，一枝在情欲的火焰中摇曳的金莲。

很多论者都注意到绣像本的回目虽然往往比词话本工整，但是也往往更色情。我则认为，这种词语的赤裸并非人们所想的那样是"招徕读者"的手段，而是出于小说的内部叙事需要，在小说结构方面具有重要性。在这一回的回目中，"烧阴户"固然是"宴重阳"的充满讽刺的好对，而西门庆之"醉"对照李瓶儿之"病"，也别有深意。西门庆的"醉"，不仅是肉体的，也是精神的和感情的。他醉于情欲的热烈，而盲目于情人的痛苦；于是他不加控制的淫欲成为对瓶儿——书中另一个罪人的处罚，也成为最终导致了自己的痛苦的间接媒介。瓶儿的"微笑"，包含着许多的宽容，许多的无奈与伤心。在她死后，当西门庆抱着她的遗体大哭"是我坑陷了你"的时候，她那天晚上的温柔微笑未始不是深深镌刻在西门庆黑暗心灵中的一道电光，抽打着他没有完全泯灭的良知。西门庆思念瓶儿，他那份持久而深刻的悲哀是读者始料未及的。正是这份悲哀，而不是他的早死，是西门庆快心畅意的一生中最大的惩罚。

在几天之后的重阳节家宴上，瓶儿强支病体，坐在席上，被众人迫不过，点了一支曲子：《折腰一枝花·紫陌红尘》。曲牌固然暗含机关（花枝摧折，预兆瓶儿之不久），曲词更是道尽了瓶儿的心事，可以说是自来西门庆家之后，一直不言不语、守口如瓶的瓶儿借歌女之口，唯一一次也是最后一次宣泄了她心中的感情：

　　榴如火，簇红巾，
　　有焰无烟烧碎我心。

怀羞向前却待要摘一朵，触触拈拈不敢戴，

怕奴家花貌不似旧时容……

梧叶儿飘，金风动，

渐渐害相思，落入深深井，

一日一日夜长，夜长难捱孤枕，

懒上危楼，望我情人……

瓶落深井，正是俗语所谓的一去无消息。这里，绣像本没有给出曲辞，未免可惜（虽然对于明朝的读者，只要给出曲牌名字和曲辞的第一行，就已经足以使他们联想到全曲的内容了）。但是最可惜的是应伯爵、常峙节恰好在此时来访，于是，最善于"听曲察意"的西门庆便出去应酬应、常二人了。瓶儿的伤心与深情，终于不落西门庆之耳。在一群充满嫉妒、各怀鬼胎的妻妾之中，这支伤心的曲子，竟成了瓶儿的死前独白。

后半回，随着瓶儿病势加重，西门庆在仓皇之中，接连请来四个医生。其中有一个赵太医号"捣鬼"，在这一沉重的章节中插科打诨，以一个丑角的过场暂时缓和了紧张压抑的气氛，好像莎士比亚笔下的福斯塔夫。这也是中国戏剧——尤其是篇幅较长的明传奇中常见的结构手法：舞台上的"众声喧哗"不仅酷似我们的现实生活，而且能够为一部艺术作品增加立体感与厚度。《金瓶梅》之前的《水浒传》与《三国演义》，氛围、情境都比较单一，在这种意义上，《金瓶梅》是我们的文学传统中第一部多维的长篇小说：它的讽世不排除抒情，而它的抒情也不排除闹剧的低俗。有时，多元的叙事正好可以构成富于反讽和张力的对比或对照，就像上面所谈到的以西门庆的两次放浪作为对瓶儿的抒情性描写的框架：一幅画正要如此，才不至泼洒出去，被头脑简单的伤感情绪所控制。

有些论者以为这段滑稽文字和瓶儿病重的悲哀气氛太不协调，降低了小说内在的统一性，然而这种逼似现实生活的摹写手法正是《金瓶梅》复杂与宽广之所在。在"呵呵"笑过赵太医之后，读者当然还是可以同情消瘦得"体似银条"的瓶儿，可以同情因为瓶儿的重病而心烦意乱的西门庆，不然，也就未免太狭隘和单纯了。

生离死别之际，最难描写。[1]写得太超然了，不能够感动人；写得太卷入了，又好像英语中说的"催泪弹"（tear-jerker）。在《金瓶梅》之前的中国叙事文学里，从未有过如此生动而深刻地刻画情人之间死别之悲者。然而，最令我们目眩神迷的，是看作者如何以生来写死：他给我们看那将死的人，缓慢而无可挽回地，向黑暗的深渊滑落，而围绕在她身边的人们，没有一个可以分担她的恐惧，没有一个真心同情她的哀伤，个个自私而冷漠地陷在自己小小的烦恼利害圈子里面，甚至暗自期盼着她的速死，以便

1　第六十二回："潘道士法遣黄巾士，西门庆大哭李瓶儿"（绣像本）；"潘道士解禳祭灯法，西门庆大哭李瓶儿"（词话本）。

夺宠或者夺财；就连她所爱的男人，也沉溺于一己的贪欲，局限于浅薄的性格，不能给她带来任何安慰。在瓶儿对生的无穷依恋之中，实在有着无限的孤独。

瓶儿从重病到死，唯一的知己女友——拜认为干女儿的吴银儿一次也没有来看望过她；王姑子被她视为茫茫苦海中灵魂得救的宗教导引，然而，王姑子在见到她之后，却只顾得对她说薛姑子的坏话；从小的奶娘冯妈妈，不仅早就背着她成了王六儿和西门庆之间的牵头，而且眼看瓶儿形容憔悴到如此模样，却只顾得讲述自己在家里腌咸菜忙不开。在这里，我们看到人世最大的悲哀又岂止在于生离死别，更在于那眼看着热闹的红尘世界依然旋转，自己却即将撒手而去、无人存问关怀的巨大的孤独。古人云："死生亦大矣。"然而冯妈妈只在瓶儿与她银子和衣服做临终留念时才下拜哭泣："老身没造化了。有你老人家在一日，与老身做一日主儿。你老人家若有些好歹，那里归着？"其说的、想的，全是从"老身"自己出发。吴银儿在瓶儿死后也曾下泪，但还是在看到瓶儿给她留下的遗物时，才"哭得泪如雨点相似"。绣像本的评点者断言："下愚不及情。"其实人人有情，所谓的"下愚"又何尝不及情呢，只是要看是什么样的情罢了。多数人只知道切身的利害，只能关怀自己和自己的骨肉，不容易对没有血肉关联的他人产生深厚的同情，于是人而与草木同一顽感，同样孤独地生长，孤独地凋零。很少人能够深深体验与自己毫不相干的人们的悲痛，至于那能够在死生存亡之际，省悟宇宙长存而人生短暂，从而产生形而上的深悲的人，未免就更少了。

顺便想到，在我们的几部最著名的古典长篇小说里，书中人物产生这样的形而上的感悟的，只有两个：一个是贾宝玉，另一个是孙悟空。作为一只"心猿"——人的心灵的象征，孙悟空在《西游记》的第一回中因为意识到了生命的短促而烦恼堕泪，这份突如其来的悲哀中断了花果山的"天真"状态，被一只老猴子赞许为"道心开发"。然而《西游记》毕竟是一部象征主义的神魔小说，不贴近现实人生。除此之外，《水浒传》《三国演义》，一则是英雄好汉，一则是帝王将相，也都是离我们很遥远的童话，而且书中描写的幻想世界更是层次单一的空间。唯一让人觉得有现实感的，就是《金瓶梅》与《红楼梦》了，虽然它们所刻画的生活，也并不就是所谓"每个人"或者普通人的日常生活。《金瓶梅》之中的人物，虽然没有一个能够跳出现下的物质生活，醒悟到死亡的切近，感到宇宙人生的大悲，但是，整部小说本身却是对人之生死的一个极大的反省。倘若看了以后不能对书中人物感慨叹息的话，未免套用《红楼梦》中警幻仙子对宝玉在梦中的评价，说一声"痴儿未悟"罢了。

开始，西门庆并不太把瓶儿的病放在心上，只觉得慢慢会好起来的，因为他不相信瓶儿或者自己会死，这是一般人都有的心理，总觉得病痛死亡灾祸是发生在他人身上的事，似乎自己，或者自己亲爱的人可以长生不老。但是随着瓶儿病重，连床都下不来，每天都必须在身子下面垫着草纸，不断地流血，房间里的恶秽气味必须靠不断地熏香才能略为消除，西门庆也越来越忧虑，越来越伤心，直到最后所有的医生都束手无策，就连潘道士的祭禳也宣告失败，才不得不相信命运的安排，抱着瓶儿放声大哭。潘道士嘱咐西门庆不可往病人屋里去，"恐祸及汝身"。然而潘道士走后，西门庆独自一人坐在书房内，"掌着一根蜡烛，心中哀痛，口里只长吁气"（我们可以想见那孤独、昏暗、阴惨的氛围）。寻思道："法官教我休往房里去，我怎生忍得！宁可我死了也罢，须厮守着和他说句话儿。"于是径直走进瓶儿房中。我们真是没有想到，这个贪婪好色、浅薄庸俗的市井之徒，会如此痴情，又有如此的勇气，会被发生在他眼前的情人之死提升到这样的高度：这是西门庆自私盲目的一生中最感人的瞬间。

瓶儿死了，西门庆痛哭不止，不肯吃饭——这在讲究注重饮食描写的《金瓶梅》世界里，真是极大的断裂。应伯爵劝解西门庆："《孝经》上不说的：'教民无以死伤生，毁不灭性。'死的自死了，存者还要过日子。"西门庆的悲哀是情理之中的悲哀，伯爵的排解也是情理之中的排解，总之都在人性人情的范畴之内，并没有任何对死与生本身的感慨与反思。从这种意义上说，《金瓶梅》自是一部"人间之书"，除了小说的叙述者之外，没有一个书中角色通过死来看待生，思索这最终指向死亡的生命到底是为了什么。在下面的几回中，我们将会看得更加清楚：书中人物是如何努力地集中注意力在他们眼前的人生之热闹——哪怕这热闹是出丧时吹打的鼓乐、敲动的锣钹。然而，这部小说远远超越了它所刻画的人物，它给我们读者看到这些人物所一心逃避而又终于不能逃避的东西——痛苦、罪恶与死亡的黑暗深渊。

对比绣像本和词话本第六十三回的回目[1]，后者强调本回的整体内容，而前者特意拈出"画遗像"这个小小事件，并把画遗像称为"传真"。这一番"真"的"传真"，又映射"假"的"传真"：因为在后来搬演的戏文《玉环记》里，有一折"传真容"，戏中的女主角玉箫在临死前画下自己的肖像，寄给远方的情人韦皋。作者借用戏里的"传真"，暗示韩画师为瓶儿"传真"也不过是假，与《玉环记》中的"传真"没有任何区别。然而西门庆，这个"假"的人物，却深深地沉溺于"假中之假"：当他看到瓶儿的画像极为逼真，便不由得"满心欢喜"——这种欢喜，颇令人感到啼笑皆非；而当《玉环记》中的女主角唱到"今生难会面，因此上寄丹青"的时候，西门庆则情不自禁地落下泪来。

张竹坡说："瓶儿之生，何莫非戏？乃于戏中动悲，其痴情缠绵，即至再世，犹必沉沦欲海。"西门庆是小说人物，小说人物而为小说中搬演的戏文所感动，可以说是虚空之虚空，双层的虚妄而无谓。然而小说中的人物自不知其为小说人物，这是作者借以提醒读者的关节。绣像本比起词话本来，少了很多儒家道德说教，

1　第六十三回："韩画士传真作遗爱，西门庆观戏动深悲"（绣像本）；"亲朋祭奠开筵宴，西门庆观戏感瓶儿"（词话本）。

多了佛家思想中的"万物皆空",或者道家思想中的"方其梦也,不知其梦也,梦之中又占其梦焉"(《庄子·齐物论》)。

然而此书人物何止西门庆一人如此?我们看李桂姐来吊丧,看到吴银儿,便问:"你几时来的?怎的也不会我会儿?原来只顾你!"——死亡,尤其是一个正当青春妙年的美丽女人的悲惨死亡,对于桂姐丝毫没有触动,只把吊孝当成和同侪拔尖斗气的机会。应伯爵与西门庆争执旌铭上瓶儿的名分(称恭人还是室人),我们也许会觉得诧异:何以小人如伯爵,却突然守起礼来?但实际上伯爵为的不是死者,而是生者:瓶儿已是死了,正室吴月娘还在,月娘的哥哥吴大舅还在,怎好为了已死的瓶儿而得罪健在的吴月娘、居官的吴大舅?至于月娘见到妓女郑爱月儿"抬了八盘饼、三牲汤饭来祭奠,连忙讨了一匹整绢孝裙与他"。则活生生地画出月娘小心翼翼、斤斤计较的气质,然而月娘的小家子气不是表现在别处,而是表现在对奠仪的答谢上,蕴含了更大的讽刺性。

款待众吊客看戏,搬演的是描写韦皋、玉箫两世姻缘的《玉环记》——玉箫为相思而死,转世投胎做人,再次追随韦皋。西门庆一贯喜欢应伯爵的插科打诨,这是书中唯一的一次他对伯爵的贫嘴表示不耐:"看戏罢,且说什么。再言语,罚一大杯酒!"而这也是全书中唯一的一次,圆融练达的伯爵没有能够揣摩到西门庆的心思,或者,在接连几天的劳碌中,一时忘形,和桂姐调笑,泄露了他对瓶儿之死的淡漠。也许是为了弥补,过后伯爵帮西门庆拦住众来客不叫散:在这种时刻,对于西门庆来说,只有异乎寻常的热闹才可以减轻一点寂寞与悲伤。那种又害怕孤独、又希望在观戏时留下一些感情空间以思念瓶儿的心理，被极好地描画出来。

本来要离开的众人再次坐下之后，西门庆特地吩咐戏子们"拣着热闹处唱"，又说："我不管你（唱哪段），只要热闹。"戏文本是西门庆——还有一切看戏的生者——为了逃避和忘却死亡而做的努力，却又正因为它内容的背景和它的热闹，衬托出物在人亡的孤寂冷清。西门庆的眼泪是值得怜悯的，然而落在金莲、玉楼、月娘等人的旁观冷眼里，无非是嫉妒吃醋的缘由。则浪子的悲哀，因为无人能够分担而显得越发可怜。这一段"观戏动深悲"的描写，在热闹的锣鼓声中写出来，格外清冷感人。西门庆一生喜欢热闹，喜欢女人，这是他第一次被一个女人遗弃，落入死亡所带来的寂寞。权势、富贵，什么也不能够救助，什么也不能够挽回。

瓶儿死后，似乎反而比生前更加活跃于西门庆的生活中。从第六十二回到第七十九回，她的存在以各种方式——听曲、唱戏、遗像、梦寐、灵位、奶子如意儿的得宠、金莲的吃醋、皮袄风波——幽灵一般反复出现在西门府，一直到西门庆自己死去，瓶儿才算真正消逝。

而在韩画师口里，我们再次得见瓶儿的白皙与美丽："此位老夫人，前者五月初一曾在岳庙里烧香，亲见一面，可是否？"岳庙烧香的妇女，何止成百上千？五月一日到九月十八，已经过去四个多月，偏偏还记得这么清楚，一方面我们看到宫廷画师的眼力，一方面也可以想见瓶儿容颜的出众。对于我们读者，作者这细细的一笔，宛似画师所作的遗像：在死亡的黑暗中陡然划过一道流星的轨迹，照亮了已成文字之朽的佳人的"真容"。

在第六十四回[1]里面，我们清楚地看到国在如何一点点地破，家在如何一点点地亡。而究其原因，总是因为人各为己，众心不齐。

来吊孝的薛刘二太监，一边饮酒，一边议论腐败不堪的朝政，薛太监讲述了朝廷上发生的一系列灾异之象。北宋将亡，天下将乱，金兵压境，君臣无能：这些军国大事在吊丧时一一道出——其时书童已经从西门庆家携财潜逃——从家到国，都已呈现败落的征象。刘太监却说："你我如今出来在外做土官，那朝事也不干咱每。俗话道，咱过了一日是一日，便塌了天，还有四个大汉。王十九，咱每只吃酒。"随即点了一曲"李白好贪杯"。那醉生梦死、逃避躲闪责任的情景，宛在目前。

二太监走后，西门庆极为不悦：不悦，是因为薛太监一口一声按照瓶儿的真正身份称之为"如夫人"，而没有像所有其他的吊丧客人那样称呼瓶儿为"夫人"；对西门庆所引以为自豪的海盐戏子，薛太监直言表示不耐烦——"那蛮声哈喇，谁晓得他唱的是什么！"在和刘太监议论朝政时，直呼蔡京为"老贼"，既不在乎

---

1 第六十四回："玉箫跪受三章约，书童私挂一帆风"（绣像本）；"玉箫跪央潘金莲，合卫官祭富室娘"（词话本）。

蔡京的势要，也不管西门庆刚刚"认贼作父"，蔡府是西门庆的政治靠山。薛太监性格爽直，颇有真情真性，在一帮趋奉势利的官吏里面，显得十分可爱。

瓶儿死了，金莲心中之畅快，只用一句话便表现出来：那便是所有人都因为头天夜里着了辛苦，直到红日三竿还未起，唯有"潘金莲起得早"；也正因此，她才会撞破书童和玉箫的私情。俗话说人逢喜事精神爽者，金莲之谓也。"贪、嗔、痴"三毒，金莲占了其中之二。

此回金莲发现玉箫和书童的私情，手里捏住了玉箫的把柄，借此要挟玉箫，命她必须把月娘房里大小事儿都来告诉给自己。书童见势不妙，卷财潜逃回苏州老家了。玉箫后来的告密，引发了数件大事，包括金莲与月娘的撒泼大吵。至于书童，当然"不去也不妨"（绣像本评点者语），但作者安排书童逃走，盖有深意在焉。按，书童从何而来？书童原是第三十一回里，西门庆生子加官之后，李知县送给他的门子，原名小张松。书童的命运和瓶儿的命运有着千丝万缕的联系：一来他是在瓶儿生子后不久荐来的；二来他和瓶儿一样，受到西门庆的宠爱（在第三十五回中，曾被金莲骂道：二人一个在里，一个在外，占据了西门庆的全部心思）；三来他攀附瓶儿，请瓶儿帮忙，替韩道国说情，因此甚至被金莲诬为与瓶儿有暧昧勾当（第三十四回）。如今官哥儿、瓶儿相继而死，书童旋即逃去，则西门庆家道的零落分散已经开始了，并不等到他死后才发生也。

此回伊始，玳安和傅伙计闲话，品评西门庆的几个妻妾（好似《红楼梦》里面兴儿对着尤氏姐妹品评凤姐与贾府的几位姑娘），主要从她们对下人是否谦柔和花钱是否慷慨着眼，瓶儿当然最得好评，因为性情最和气、使钱最大方之故。玳安为了强调瓶儿多么有钱，竟然说："为甚俺爹心里疼？不是疼人，是疼钱。"这倒令人联想到前回，不但西门庆哭，玳安在旁，"亦哭的言不得语不得"：一方面玳安是像绣像本评点者说的那样，效伯爵、希大之颦，为了讨好主子而哭；另一方面，玳安猜度西门庆的话倒好像夫子自道：他哭瓶儿，便正是疼钱——因为每次瓶儿差他买东西，他都可以捞到很多外快，瓶儿死了，他便少了一个收入的来源了。

第六十五回[1]，又是我们的《金瓶梅》作者显现他的大手笔的一回了。这个横空出世的才子，中国小说的莎士比亚，在这一回里，他以声色娱我们的耳目，以人性的深不可测再次震撼我们的心灵。他给我们把人世尽情地看一个饱——先是一个妙龄佳人的污秽的病与暗淡的死，这里却又写她辉煌的出丧。至于她的情人，她为之出卖和害死了一个丈夫，赶逐了另一个丈夫，忍受了他的马鞭子、冷遇和侮辱的情人，一方面在她的灵前和他们死去的孩子的奶妈做爱，一方面每天呜咽流泪，恨不得和她一起死去。如

1　第六十五回："愿同穴一时丧礼盛，守孤灵夜半口脂香"（绣像本）；"吴道官迎殡颁真容，宋御史结豪请六黄"（词话本）。

果按照这部小说之绣像本的佛学思想背景，说这些都只不过是人生的幻象，那么它们真是强有力的幻象，因为一不小心，我们就会被它们昏眩了眼目：我们将看不到真正的感情可以和自私的欲望并存，而那似乎是淫荡的只不过是软弱而已。

瓶儿的丧礼，极一时之盛。光是本家亲眷轿子就有百十余顶，就是三院鸨子粉头的小轿也有数十，"车马喧呼，填街塞巷"，街道两边观看出殡的"人山人海"。迎丧神会者表演武艺、杂耍，看得"人人喝彩、个个争夸"。死本是最孤独寂寞之事，却演变成一个公众盛典，而在这鼓乐喧天的公众盛典当中，人们可以经历一场集体的心理治疗与安慰，忘记死的悲痛、恐怖与凄凉。

瓶儿出殡之后，搭彩棚的工匠准备拆棚，西门庆道："棚且不消拆，亦发过了你宋老爹摆酒日子来拆罢。""宋老爹"摆酒，是为了请东京来的六黄太尉。同一彩棚，分为二用：一者事死，一者事生，然而二者又都是炫耀与铺张。把这两件"盛事"并排放在一起，我们可以更清楚地看到它们共有的虚幻。

在丧礼和酒宴之间，有一段凄清的文字，衔接起两件"盛事"。西门庆来到瓶儿屋里，物在人亡，而床下依然放着她的一双小小金莲。西门庆——

令迎春就在对面炕上搭铺，到半夜，对着孤灯，半窗斜月，反复无寐，长吁短叹，思想佳人。有诗为证：

短吁长叹对琐窗，舞莺孤影寸心伤。

兰枯楚畹三秋雨，枫落吴江一夜霜。

凤世已违连理愿，此生难觅返魂香。

九泉果有精灵在，地下人间两断肠。

白日间供养茶饭，西门庆俱亲看着丫鬟摆下，他便对面和他同吃，举起箸儿道："你请些饭儿。"行如在之礼。丫鬟养娘都忍不住掩泪而哭。

然而，紧接着这一段伤心的文字，我们便看到这一天夜半西门庆与奶妈如意儿的初次偷情："两个搂在被窝里，不胜欢娱。"次日，西门庆打开被吴月娘锁起来的瓶儿床房门，寻出李瓶儿的四根簪儿赏她，"老婆磕头谢了"。

唉，《金瓶梅》的作者是怎样的一个人，才能有胆力、有胸怀面对这样复杂的人间世，才能写出这样巨力的文字！这样的文字，又怎么允许以轻薄的、浅陋的、淫邪的、狭隘的、道貌岸然的、自以为是的眼光读它看它！有感情的人，往往流于感伤，极力地描写悼亡深情之后，断不许夹杂情色欲望；又或者那对世界充满讽刺的人，便只能看到一切都是假，一切都是破败，于是又会放手描写情色欲望，讥刺西门庆的庸俗、势利、浅薄。然而《金瓶梅》的作者，他深深知道这个世界不存在纯粹单一的东西：如果我们只看到西门庆对瓶儿的眷恋，或者我们只看到他屈服于情欲的软弱，都是不了解西门庆这个人物，也辜负了作者的心。从官哥儿诞生而招如意儿为奶娘，西门庆见如意儿何止千百次，但从来没有动过心，从来没有一言调戏。唯有现在，瓶儿这里人去楼空，他虽有心为瓶儿守灵，但是他是这样一个软弱的、自私的、以自我为中心的人，向来不能为爱一个人而牺牲任何个人乐趣的，如何能够忍受这种孤独寂寞哪怕只有几天几夜？喝醉了，走进瓶儿屋里，"到夜间要茶吃，叫迎春不应，如意儿便来递茶，因见被拖下炕来，接过茶盏，用手扶被"。就是这么一点点对他的注意和关心，便足以令西门庆心动。这种屈服，不让人觉得他可鄙，只觉得他是一个人，一个软弱的、完全被感情与情欲的旋风所支配操纵的人罢了。然而，《金瓶梅》中的人物，又有哪个不是如此？他们沉沦于欲望的苦海，被贪欲、嗔怒、嫉妒、痴情的巨浪所抛掷，明明就要沉溺于死亡的旋涡，却还在斤斤计较眼前的利害，既看不清楚自己的处境，也对其他的沉沦者毫无同情，只有相互猜疑和仇恨。一个年轻美丽而有钱的女人，不到短短一个月，便痛苦而污秽地死去，死前，丰腴的肉体瘦得剩下一把骨头，屋里充盈着污血的臭气。这真是吴道官在丧礼上的文诰中宣读的："苦，苦，苦！"然而，这样的苦——不仅是感情的，更是肉体的——也还是唤不醒这些充满怨毒的灵魂，只是在丧礼的热闹中，在新鲜肉体的温暖中，挣扎，躲闪，逃避。《金瓶梅》最伟大的地方之一，就是能放笔写出人生的复杂与多元，能在一块破烂抹布的肮脏褶皱中看到它的灵魂，能够写西门庆这样的人也有真诚的感情，也值得悲悯，写真情与色欲并存，写色欲不只是简单的肉体的饥渴，而是隐藏着复杂心理动机的生理活动，写充满了矛盾的人心。

在丧礼描写之间，穿插众官员借西门府第在十月十八日宴请六黄太尉；太尉被写得势焰熏天，派头十足，"名下执事人役跟随无数，皆骏骑咆哮，如万花之灿锦"。巡按、巡抚，以及山东一省官员都来参拜陪坐。然而究其来头，不过是一个奉命迎取花石纲的太监而已。在极力描写太尉势要、宴席丰盛、众官供伺、鼓乐闹热之后，我们看到太尉率先离去，众官员谢过西门庆，便也一同离开，作者紧接着下了八个字："各项人役，一哄而散"。收场冷隽，妙极。

众人散去之后，西门庆留下几个亲戚朋友饮酒——我们读到这里，情不自禁地微笑：西门庆宴请黄太尉，花钱费力，都是不得已的应酬趋奉，根本谈不上个人乐趣，只有在应伯爵、吴大舅、傅伙计、韩道国这些人当中，他才能"如鱼得水"，享受到一些快乐。这班人以应伯爵为首，纷纷回味黄太尉多么欢喜，巡抚、巡按两个大员多么"知感不尽"——重温方才的光荣，延续了已如烟花一般消失的热闹，为主人带来新的满足。应伯爵说："哥就赔了几两银子，咱山东一省也响出名去了！"西门庆这一席酒，何止要花费上千两银子？他是做买卖起家的人，怎么能不心疼？伯爵的话，偏偏抚慰在他的痛处，伯爵真是千古清客之圣！而酒宴上这种种情景，不知怎的，令人觉得像西门庆这样的人，就算巴结上了，还是可怜。

在酒宴上，正当酣畅快乐之际，西门庆命小优儿唱了一支

《普天乐·洛阳花》：

> 洛阳花，梁园月，好花须买，皓月须赊。花倚栏干看烂漫开；月曾把酒问团栾夜。月有盈亏，花有开谢，想人生最苦离别。花谢了，三春近也；月缺了，中秋到也；人去了，何时来也？

这真是一支极伤感的曲子，西门庆听得"眼里酸酸的"，被伯爵看见，一口道破："哥教唱此曲，莫非想起过世嫂子来？"又劝："你心间疼不过，便是这等说。恐一时冷淡了别的嫂子们心。"先说破心事，再软款劝慰，伯爵的确是"可人"！偏偏被潘金莲在软壁后面听到西门庆与应伯爵的对话，回来告诉吴月娘，妻妾由此议论起瓶儿的丫头养娘，特别是如意儿被"收用"之后发生的变化："狂得有些样儿？"金莲最担心的，是如意儿得宠生子，则好容易去了一个李瓶儿和官哥儿，又来一个李瓶儿和官哥儿；月娘最担心的，是西门庆把瓶儿的两对簪子赏了如意儿，则月娘一直觊觎的瓶儿之财，不免要和如意儿分惠，于是各自暗怀心事，不做欢喜。

这一回之中，我们必须注意作者下笔的次第：看他写一层势利热闹，写一层孤寂凄凉，再写一层情色欲望；又一层势利热闹，又一层酸心惨目，又一层嫉妒烦难。层层叠叠的意义，并不相互排斥，而是相互渗透，相互依托。死亡的利齿，何尝能够解开这难解的生命之密结?

　　绣像本此回回目，完全把六黄太尉略去，只是强调"死愿同穴"的痴情与"半夜口脂香"的淫乐之间的对比与张力，强调"孤灵"与"丧礼盛"之间的对比与张力，强调"一时"。

留白：写在《秋水堂论金瓶梅》之后

对《金瓶梅》作者的全力追寻，是一个晚近的现象。

以前的人，对《金瓶梅》作者不是没有好奇心，但这种好奇心并没有演变为席卷一切的激情，最多只是茶余饭后的谈资而已。张竹坡是连这种好奇心也很反对："后人必欲为之寻端竟委，说出名姓，何哉？"他以为作者是何等样人，有何等样感慨，已经"现在其书内"了。不致力于书而致力于书后之人，"真没搭撒，没要紧"。然而，好奇心是没有法子遏止的。早在明季，就已经流传着许多故事，荒诞不经如王世贞为父报仇，用毒药浸过书页，献给仇人唐顺之。唐顺之翻书，必以指染沫，因此，当阅读终结，读者的生命也就终结了。

这个荒唐的故事，好像一只小小的爪子，一直抓住我的想象。因为它的关键不是报复，而是阅读。阅读在这里决不仅仅是心理的沉溺：它是感性的、身体的活动。《金瓶梅》这部书自己，简直就好像一般人眼里的潘金莲，她的魅力不可抵挡，她的诱惑是致命的。每次用唾液沾湿的手指掀开一页，不是现代书籍硬白、脆响、不吸水的纸张，而是淹润柔韧的、另一个世纪的棉纸，都好像是在间接地亲吻一袭折叠的罗衣。在这个故事里，阅读充满诱惑力而又极为危险，让人想起《金瓶梅》词话本第一回中的"虎中美女"，狂暴而娇媚。

好奇归好奇，只有到了二十世纪，全面地追寻《金瓶梅》作者才成为可能。这是因为小说地位的提升——从原本卑微的艺术形式（不管金圣叹如何自唱自夸，大为感动于他自己评点删改的《水浒传》）上升为备受尊敬的主要文学体裁。小说早已和诗歌一样，被视为作者"言志"的媒介，于是人与文变得密不可分了。

据说，现在已经有不止五十个《金瓶梅》作者候选人了。我想起最近看到的一部关于《金瓶梅》的书，著者在序言里说：曾经发过誓，一定要解决《金瓶梅》作者之谜。著者没有进一步解释为什么要发这样的誓，似乎解决金瓶作者之谜，就像"攀登科学高峰"一样，其重要性是不证自明的。而我想，我们在做学术研究的时候，是不是应该首先问问自己：为什么？有什么意义？

"作者"是一个相当后起的概念，用在金瓶传世时，不见得妥当。金瓶最初以抄本流传，而我们早已失去了"原本"。一部作品，经过了一个又一个明季著名文人的手，他们不仅津津有味地阅读，而且迫切地抄写，再次把阅读变成了比单纯的视觉活动更为感性的体验。每一次抄写，都可能使文本发生变动：一方面，可以是无意的误抄；另一方面，可以是有意的增删。

在手抄本文化中，文本的流动性和芜杂性已经达到了这样一种程度，以至于我们简直可以说我们并没有——举例来说——"杜甫"，我们有的，只是"杜甫"在抄写者和写定者手里的变形。这样说，不是危言耸听：举一个最简单的例子，公元九世纪的高彦休记载过某韦氏子纳妓的故事，称是妓不仅颜色明华，工于音律，而且富有文学才能。韦氏子令她抄写杜诗，"得本甚舛缺，妓随笔铅正，文理晓然。以此韦颇惑之"。韦氏妓不一定实有其人，但是这样一个读者在抄写时针对"舛缺"之处所做的修补工作，却是手抄本文化中常见的情形。当然，时至两宋，印刷大行，文本比以前要相对固定得多了，然而彼时的编辑所据以刻印的底本，却正是经过了无数抄写者"铅正"的手抄本，因此一字而有数十异文并非罕事。在这种情形下，往往根本无从谈起原本。金瓶虽然流传于印刷发达的明季，因为它经过了一个抄写的阶段，我们还是可以说：我们今天看到的无论杜工部或者《金瓶梅》，也都不知经过了多少诸如韦氏妓这样慧心巧思者的创造性阅读了。

然而我们的《金瓶梅》终于付印了，且流传下来两个主要的版本系统：绣像本（张竹坡据以评点的底本）和词话本。它们之间的关系，也是众说纷纭。或以为"母子"，或以为"兄弟"。尽有学者，为金瓶的诸多传世版本编写出一个清楚的世系图。这种以家庭关系为模式来探讨版本关系的做法是一种有意思的现象，一种文化癖好的折射；但是，版本与版本之间，在没有绝对的证据出现之前，我以为我们很难断定它们的血缘。在我的想象中，金瓶版本的世界是一张网，纵横交叉，而且是立体的；它的中心，那个原始作者的"原本"，反倒十分朦胧。近年来，出现了一些从金瓶"改编"而成的作品，比如青海人民出版社一九九三年出版的《金瓶梅传奇》，"作者"署名"笑生"，俨然以金瓶为底本，只不过把字句改得较接近现代白话文，内容略加增删。我颇疑心无论绣像本还是词话本都是类似的产物：它们不是原本，而是在原本基础上经过重写的文本。它们之间也许存在、也许不存在任何关系。虽然人们多认为绣像本是词话本的删节本，我们也同样可以争辩说词话本是绣像本的扩充本（这个观点向来少人提出，大概被"文学进化论"的观点拘囿住了），因为我们现有的词本和绣本都称"新刻"，表示已是再版，而它们的原版孰先孰后，还是未知数。

虽然已经在不同的场合说了很多次，还是要在这里不厌其烦地再说一遍：绣像本最大的特色，是慈悲。因为慈悲，所以对人物有理解，有温爱，也有幽默，有距离感。不像词话本，充满了谆谆的说教，严厉的谴责。它们的不同，并非只像"绣本较为文人化"那么简单。比如说第二回"俏潘娘帘下勾情，老王婆茶坊说技"（词话本作"西门庆帘下遇金莲，王婆子贪贿说风情"），词话本以一首七律开篇：

月老姻缘配未真，金莲卖俏逞花容。

只因月下星前意，惹起门旁帘外心。

王妈诱财施巧计，郓哥卖果被嫌嗔。

那知后日萧墙祸，血溅屏帏满地红。

　　这里，有道德价值的判断：一个女子逞色卖俏，是和一个男子恃才傲物一样要受到惩罚的，即使她这样做不过是因为"怀才不遇"而已；而"老年之人，戒之在得"，因此王妈的"诱财"也是祸根。作者随即把贪财逞色的血腥后果分明地揭露给我们，以示报应不爽。这首诗安排在潘金莲与西门庆的私情开始之前，相当于给读者打了一支预防针。

　　再看绣像本：

芙蓉面，冰雪肌，

生来娉婷年已笄，嫋嫋倚门余。

梅花半含蕊，似开还闭。

初见帘边，羞涩还留住；

再过楼头，款接多欢喜。

行也宜，立也宜，坐又宜，

偎傍更相宜。

　　这支曲词，是以一张"芙蓉面"的特写开始的。虽然后来出现了一个冰雪肌肤、"生得甚是白净"的李瓶儿，分开了西门庆的注意力，但这首词所描摹的瞬间，只属于金莲一个人（只微微透露出了一丝春梅的消息）：那时的金莲，还穿着寒素的"毛青布大袖衫儿"，然而她在帘子下走过去的"那人"临去七八次回头的凝望中，突然生发出一种异样的、矜持的光芒，完全不像她在屡屡低头的小叔面前那么放肆，亦不像她在委琐的丈夫面前那么悍然。情知自己的不是，她"叉手望他深深拜了一拜"，那人便也深深地还下礼去——每次读到这里，我都忍不住诧异，这对贪欢男女的初次相见直如龙凤对舞，那样的婉转，那样的摇曳生姿。

在小说叙述里，作者不容我们过分地惊艳：王婆，古典戏剧里戴着丑角面具的死神，已经在一旁窥伺着了。但是在专注于刹那印象的诗词里，我们用不着管那么多。此时的潘金莲，还是画在雪白照屏上的一朵新鲜芙蓉，还是第一次，她主动喜欢了一个人也得到那人的回应。就是她和那人的姻缘，也还不曾被黑暗与罪恶的火焰玷染，尽自流露着两个才貌相当的男女相聚在一起时的盈盈喜气。情不自禁地，我们要替她高兴：在张大户之后，在武家兄弟俩之后，在所有那些龌龊烦恼嫉妒繁难把生活割裂得七零八碎之前，这是唯一属于她的一个完整的三月天。因为那人走去了又回头，回了头还是走去了，借用废名的话，是留下未摘一朵的红花之山，"没有一点破绽，若彼岸之美满"。

后来，金莲被逐出西门府，在王婆家待聘。她与西门庆的婚姻，虽说充满了跌宕起伏，吵闹斗气，但总是热情澎湃的，没有冷淡的时候，而且，在花园深处，独门独院住着三间房，"白日间人迹罕到"，吃穿用度，风流奢侈。现在被打发出来，再次落入王婆的掌握之中。在西门庆家的一番荣华，一番恩爱，仿佛做了一场姹紫嫣红的春梦，醒来时，黄粱兀自未熟。金莲如果有一点点的自省力，焉知不会有"明日隔山岳，世事两茫茫"的感慨？倘若是二十世纪初所谓现实主义派的小说，又不知要加上多少心理描写在这里，描摹这个妇人摇曳不安的心思，电闪般恍惚的空虚。然而我们的《金瓶梅》只是如此写道：

> 这潘金莲，次日依旧打扮乔眉乔眼，在帘下看人。

一个"依旧"，一个"帘下看人"，表面上不动声色，然而借用张竹坡的话来说，真是"何等笔力"！因为我们读者必须从这"依旧"二字之中，看出潘金莲这妇人从毛青布大袖衫，到貂鼠皮袄，再到临行前带走的"四套衣服"，这其间经过的全部历程。一样是帘下看人，却已经隔了一部巨书，八十余回，数十万字，已经隔了一生一世。然而这痴心的妇人，竟还是只知看人，不知看己。这倒也好。因为那张出水芙蓉面，正在渐渐地凋谢下来。

倘使没有绣像本那首妩媚的词，这"依旧"二字，便不一定蕴含这样大的悲哀，这样令人震动的力量。换句话说，没有开始时那种一见钟情的、简单纯洁的喜悦，这对情人后来的堕落，尤其是金莲的沉沦，便不过只是丑陋而已，不能激起恐惧，亦不能唤起怜悯，只会让读者轻而易举地产生道德上的优越感，在沾沾自喜中泯灭一切慈悲，人性的光。

我常常想要把《金瓶梅》写成一个剧本。电影前半是彩色，自从西门庆死后，便是黑白。虽然黑白的部分也常常插入浓丽的倒叙：沉香色满地金的妆花补子袄，大红四季花缎子白绫平底绣花鞋；彩色的部分也有黑白，比如武松的面目，就总是黑白分明的。当他首次出场的时候，整个街景应该是一种暗淡的昏黄色，人群攒动，挨挤不开。忽然锣鼓鸣响，次第走过一对对举着缨枪的猎户；落后是一只锦布袋般的老虎，四个汉子还抬它不动。最后出现的，是一匹大白马，上面坐着武松："身穿一领血腥衲袄，披着一方红锦。"这衣服的猩红色，简单、原始，从黄昏中浮凸出来，如同茫茫苦海上开了一朵悲哀的花，就此启动了这部书中的种种悲欢离合。潘金莲、西门庆，都给这猩红笼罩住了。

然而，我心目中的《金瓶梅》，倒还不是西门府里螺钿描金的大理石围屏深深掩映着的金妆彩画的空间。我心目中的《金瓶梅》，是长流水里泊着剥船，堤岸上植着桃杏杨柳的大运河；是马嘶尘哄一街烟的巷子，开坊子吃衣饭的人家儿，穿洗白衫儿、红绿罗裙的土娼；是地下插着棒儿香，堆满镜架、盒罐、锡器家伙的绒线铺伙计家里的明间房；是些个一顿狠七碗蒜汁猪肉小卤水面、嚷着热茶烫得死蒜臭的帮闲食客；是从清河到临清县城之间尘土飞扬的官道，那细细的、令人呛咳下泪的北方的黄土，玷污

277

了素衣的红尘。

为了勾引富孀林太太，西门庆差玳安抓寻说媒的文嫂，玳安不识路，因向西门庆的女婿陈敬济打听：

敬济道："出了东大街，一直往南去，过了同仁桥牌坊转过往东，打王家巷进去，半中腰里有个发放巡捕的厅儿，对门有个石桥儿，转过石桥儿，紧靠著个姑姑庵儿，旁边有个小衚衕儿，进小衚衕往西走第三家，豆腐铺隔壁上坡儿有双扇红对门的，就是他家。你只叫文妈，他就出来答应你。"

玳安听了说道："再没有小炉匠跟著行香的走——琐碎一浪汤。你再说一遍我听，只怕我忘了。"那陈敬济又说了一遍，玳安道："好近路儿！等我骑了马去。"一面牵出大白马来骑上，打了一鞭，那马咆哮跳跃，一直去了。

出了东大街径往南，过同仁桥牌坊，繇王家巷进去，果然中间有个巡捕厅儿，对门亦是座破石桥儿，里首半截红墙是大悲庵儿，往西小衚衕，上坡挑著个豆腐牌儿。门首只见一个妈妈晒马粪。玳安在马上就问："老妈妈，这里有个说媒的文嫂儿？"那妈妈道："这隔壁对门儿就是。"玳安到他家门首，果然是两扇红对门儿，连忙跳下马来，拿鞭儿敲著门叫道："文妈在家不在？"

这段文字，我把它抄下来，左看，右看，只是喜欢：一条路线，被讲述了三遍，每一遍都有所不同。先是出自陈敬济之口，没有感情、没有色彩的描述——就像我们寻常问路时听到的；因为太长，太琐碎，干练如玳安也怕记不得，于是那陈敬济只得又说一遍——这一回却是虚写，空幻，中国山水画上大片淹润的留白；只有最后一次是"实"，作者给我们从玳安的眼睛里看出的路。在经验中，一切都得到印证，然而一切都微微变了样子："石桥儿"成了"破石桥儿"，姑姑庵儿只剩得"半截红墙"；豆腐店，他们的驴子在文嫂家院里吃草，凭空打上坡挑出一个豆腐牌儿来，又有一个妈妈子在门首晒马粪。读到这里，可以分明感到冬日下午一两点钟的太阳，淡淡地斜照在干黄冷硬的马粪上，在隆冬天气里施舍一点点若有若无的暖意，更是令人难堪。

我们也才知道，那姑姑庵儿——是否林太太假托打斋的那一座？——它的名字，原来叫作"大悲"。它是一个路标。不仅是给玳安看的，也是作者特意安排给我们读者看的。读这部书如行山路，时而峰回路转，就有某样标志出现，譬如在那"挑菜烧灯扫雪天"走街串巷卜龟儿卦的婆子，又譬如刘薛二太监在西门庆生子加官兼祝寿的喜宴上预备点的一套"陈琳抱妆盒"或者"普天乐：想人生最苦是离别"。它们好比一阵风，掀开了戏台上沉沉下垂的大红帷幕，给我们看到后面杂乱无章的场地，道具横七竖八地躺在冷硬的地上，原是纸糊的，轻飘飘的，只有一面的。

在西门庆偷上手的女人中，只有林太太是世家贵妇；然而只有和林太太让人最觉得龌龊不堪。一半因为是未见面便起意的，为了女色之外的其他目的；另一半，我想是因为上面引的这段文字的缘故。

谈郁达夫

半把剪刀的锐锋

　　市面上，虽然有不少郁达夫作品选集，但是很少见到全集。读书看选集，固然未尝不可，但选集的缺点，是使读者不仅无法窥得作者全貌，而且，就连一幅片面的肖像，也往往因为选录的作品大同小异，而难免绘得千篇一律。《沉沦》是郁达夫的成名作，因为在此以前，中国文学史上没有过这样的作品。但是，一个作家的成名作不一定是其思想和艺术上最成熟的作品，因此，也就不一定当得起代表作。至若《春风沉醉的晚上》《迟桂花》，虽然都是佳制，但是，倘使没有读过《迷羊》《过去》《逃走》《茫茫夜》《血泪》，或者，他的风格出众的旧体诗词，也就无法了解这位病态的天才的精髓。

　　我读郁达夫的作品虽然很早，但是喜欢上他的作品，才是近两年的事情。以前，不仅不很喜欢，反而颇为反感。记得在美国纽约州科尔盖特大学教书的时候，在一门介绍中国文学的课上，因为那一本用作教材的英译现代中国文学选只收录了《沉沦》，美国学生们所了解到的郁达夫，也就只是《沉沦》的作者。我教得很气闷，因为这样的"祖国呀祖国呀你快富强呀"的呼号，在五四时代的文学里已经是够多的了，而二十世纪初期的文学的面貌，却要比这复杂得多。如果文学作品的选本总是在重复同一种话语，我们的文学史又该如何重写呢？而文学史和文学评论对"名家名篇"的重复认定和评介，又正是造成了作品选本千篇一律的根本原因。我们陷入了一个怪圈。

有一年夏天，翻阅浙江人民出版社一九八二年出版的《郁达夫小说集》，逐渐地，对这位畸病的作家生出了越来越多的好感。首先注意到的，是他的文字：其才气与功底，在中国现当代作家里，属于极少数的上乘。他的句子尽管长，但是不给人勉强与生硬的感觉，因为他是一个有很好的耳朵的诗人，他的句子有一种幽徐婉转的节奏。他描写景致与心情，往往具有旧诗词的境界，可是他用的比喻，又总是非常富于现代性，而且优美得让人吃惊。譬如说，他写私奔的情人眼里看出来的黄昏的灯火，"一点一点的映在空街的水潦里，仿佛是泪人儿神瞳里的灵光"。空字，神字，灵字，使这寻常的街头景象，散发出一种奇妙的气息，几乎好像一幅蕴含了宗教意味的图画。他写青春期的男孩为了逃避初恋的女孩子，努力地爬到山上去，等他立住脚的时候，"太阳光已在几棵老树的枝头，同金粉似的洒了下来"。这里用笔又是何等豪奢！"晨霜白得像黑女脸上的脂粉"：这充满了张力的黑白对照，明明来自南朝诗人何逊的诗句："繁霜白晓岸，苦雾黑晨流。""心情同半空间的雨滴一样，只是沉沉落下。"而落下以后，又有什么呢？不过与尘灰结合，化为任人践踏的烂泥。

《寒宵》是一个精妙的短篇，仿佛一首五言绝句，简洁地呈现一种意境，一种氛围。它描写一个男子如何在醇酒妇人中寻求逃避，至于逃避什么，没有明言，但那种在寒冷的深夜里，对于孤独、苦闷和思想感到的恐惧，是哪个有灵魂有血性的人未曾经过的？"伙计们把灰黄的电灯都灭黑了，火炉里的红煤也已经七零八落"；送走了妓人，在"微滑灰黑"的院子里小解——

> 走回来的时候，脸上又打来了许多冰凉的雪片。仰起头来看看天空，只是混茫黝黑，看不出什么东西来。把头放低了一点，才看见了一排冷淡的、模糊的和出气的啤酒似的屋瓦。

把本来实在的屋瓦，比作液体的啤酒，甚至啤酒冒出的气泡，这和后来坐在黑暗的汽车里，看着车头两条破灯光照出来的雪片，"溟溟蒙蒙，很远很远，像梦里似的看得出来"，直是把那深冬寒夜微醉之人一种空虚而不真实的奇特感觉，表现得好极了。更无论那"举头……低头……"的句式，原是旧诗词中常见的，这里却放入了新颖的、现代性的内容。

把郁达夫描述为"感伤"，是一个很大的错误。这里的关键，是澄清"感伤"一词的含义和使用范围。以郁达夫为感伤作家，是因为我们混淆了作者所描写的小说人物的心态和作者本人，以及作者的描写本身。换句话说，郁达夫笔下人物的心情可以是感伤的，但他描写这些人物的手法和态度，却根本没有感伤。感伤，或者"三底门达尔"（sentimental），意味着作者缺乏克制力，缺乏自我观照，情感洋溢地投入于自己的文字，而且希望把读者也带入同等境地。感伤意味着排除多重视角或者多重视角的可能，只投入于，也只允许，一个视角。举例来说，《背影》是感伤的，《致小读者》也是感伤的。但是，郁达夫最圆熟、最优秀的作品，《迷羊》《过去》，还有虽然不能代表他的总体特色、但是结构巧妙、文字精整的《血泪》，都没有丝毫的感伤意味，因为他和他笔下的世界，保持了一段清醒的距离，而为了这一层克制力的关系，反而能够给读者带来更大的震动，作品的主题，也显得更加深厚，不能以一两句话概括，却禁得起再三再四的回味。至于作者本人的情绪，是否常常地处于感伤之中，一来和作品评论没有太大关系，二来我们也不可得而知。"文学作品都是作家的自叙传"，这话一点没有错；但把文学作品当成自叙传来解读，则是评论者的误区。"读者若以读《五柳先生传》的心情，来读我的小说，那未免太过了。"更何况就连《五柳先生传》，也是它的作者在已经形成的一个文学和文化传统上所作的建构呢。

　　如果每个作家都有一部最能代表其精神特色的作品，那么在郁达夫的情况里，这部作品，也许可以说是《迷羊》。《迷羊》融合了狭邪小说与鬼怪小说两种文体。它描述"我"和女伶谢月英的一场持续了不过二三月的姻缘。在元旦那一天，女子不辞而别，杳无踪迹，而当初引他和谢月英相识的朋友，那位"小白脸"的陈君，也正是在新年元旦"狂吐血而死"。这奇异的巧合，使"我"从游仙梦中乍醒，虽然他的醒，采取了昏迷倒地的形式。这时，小说戛然中断，出现了另一个"我"，声称从一位基督教士那里得到一份忏悔录，也就是前一个"我"的自白了。虽然"得到某人手稿"的说法，原是作家惯技，但用在《迷羊》中，格外适合：小说以自白开场，直到最后才骤然出以第三者的解释，即使连读者，也不免生出梦醒之后的惆怅，也和自白拉开了感情上的距离。

小说最难得处，也是郁达夫最擅长的，在于营造一种迷离惝恍、香艳中含着诡魅与凄凉的气氛。依足了志怪小说的传统，女子一直被隐隐约约地描写为异类。譬如说，作者强调初次见面，就注意到她与Ａ城本地女性的不同；还有就是她的喜穿外国衣服，无论是银红的外国呢长袍、北欧式样的外套，或是法国香粉和女帽，就是他们的初吻，也发生在外国宣教士所建的病院里。在某一个地方，"我"甚至直言他好似受了狐狸精迷的病人。整个过程，都有一种虚幻不真实的异样感觉。

郁达夫对超自然因素情有独钟，《十三夜》和《唯命论者》都是很好的例子。但他笔下的诡异气氛，常在似有若无之间，比起这一点含蓄克制来，同样钟情于超自然因素和刺激性描写的新感觉派作品，未免略显鼓噪和夸张。在《迷羊》里，"我"提到谢月英的师妹小月红，"相貌也并不坏，可是她那矮小的身材，和不大说话，老在笑着的习惯，使我感到了一层畏惧"。寥寥数语，隐隐透出渗人肌肤的冷意。但是奠定了小说基调的，是开篇不久之后的一个经典场面。那小白脸的陈君，初次把"我"引介给谢月英。一番语笑之后，他们准备告辞了：

> 手里拿了一个包袱，站在月英等身旁的那个姥姥，也装着笑脸对陈君说："陈先生！我的白干儿，你别忘记啦。"陈君也呵呵呵呵的笑歪了脸，斜侧着身子，和我走了出来。一出后门，天上的大风，还在乌乌的刮着，尤其是漆黑漆黑的那狭巷里的冷空气，使我打了一个冷痉。那浓艳的柔软的香温的后台的空气，到这里才发生了效力，使我生出了一种后悔的心思，悔不该那么急促地就离开了她们。
>
> 我仰起来看看天，苍紫的寒空里澄练得如冰河一样，有几点很大很大的秋星，似乎在风中摇动。近边有一只野犬，在那里迎着我们鸣叫。又乌乌的劈面来了一阵冷风。我们却摸出了那条高低不平的狭巷，走到了灯火清荧的北门大街上了。

姥姥和陈君的笑，就和小月红的笑一样，无来由地使人感到恐怖。尤其引人注目的，是温暖香艳和寒冷黑暗形成的强烈反差。像这样的从光明热闹转入黑暗冷静的时刻，在郁达夫的作品里，以不同的形式多次出现。即如《小春天气》的末尾，他说："从灯火辉煌的大街忽而转入这样僻静的地方的时候，谁也会发生一种奇怪的感觉出来，我在这初月微明的天盖下面苍茫四顾，也忽而好像是遇见了什么似的，心里的那一种莫名其妙的忧郁，更深起来了。"我们可以说，这一时刻，在郁达夫的作品中非常富于代表性：它不再是一个偶然的细节，而已经转化为一种象征。它似乎是"神意的昭示"（epiphany），是惊醒，解悟，似乎方才的光明热闹皆是幻象，而眼前的黑暗冷静却也并不真实。它是从一种状态过渡到另一种状态的中介和转折点。从室内的、人间的、狭隘的情境，走出来到了外面，站在清冷少人行的街上，仰头看到"苍色圆形的天空里，有无数星辰，在那里微动"（《银灰色的死》），似乎突然对于宇宙的存在，对于除了一己之外他者的存在，发生一种认识，从而在精神上感到空虚而广大的震动：它不仅概括了作家郁达夫的特质，而且也凝聚了他所处的整个时代的精神。

在《迷羊》中，女子对男人的感情退热的时刻，很有意味地，是发生在他们去访问了南京鸡鸣寺之后。男人发现一口枯草丛生的古井，开始对女子讲述胭脂井与陈后主的故事。讲到了韩擒虎引兵杀来，他问："你猜那些妃子们就怎么办啦？"她答："自然是跟韩擒虎了啦！"因为他一直都在把自己代入陈后主的角色，把谢月英比作了皇帝宠爱的妃子，这不经意的回答，对男子是一个不小的震动。他告诉女人道："那些妃子们，却比你高得多，她们都跟了皇帝跳到这一口井里去死了。"这一回，却轮到女人被震动了，她骇得挣脱开了他的手，离开了那个井栏圈向后跑了。

但"我"的话，并不符合史实：陈后主固然曾携爱妃入井躲避，他们却都没有死。若说"我"不知道这段情事呢，这在旧时读书人来说几乎是不可能的。不过，这里重要的不是"我"是否在有意扯谎，而是他心目中的古代女子和面前的现代女性的对比，是历史与现实的强烈反差。他似乎突然意识到，那个想象的过去，那个原本即属虚构的风流享乐的六朝，那个一厢情愿的古代中国，已经不存在了。他的迷梦，就快要醒来了。

人性自古至今，并无太大改变，但是，人们总是把决绝和激情错置到一个过去的时代，而喜欢把自己的时代，怀着轻蔑与骄傲，描述为灰扑扑的，深通世故的，苍凉的。具有反讽意味的是，现在的人，反倒又把郁达夫的时代，当成了浪漫纯粹的巅峰。

选本，就和判决文学经典、给作家排座次一样，是一种控制的手段。如前所言，它控制了文学史的写作，而文学史的写作又反过来决定了选本的内容。同时，它也控制着一个作家的形象的塑造，以及读者对这一作家的接受。在这里，意识形态的因素起着不小的作用。郁达夫作品中的怪异成分，往往被选本，被具有选择性的评论文章，有效地压抑了下去。那也就是说，郁达夫的某些作品，被分析评介的次数远远地多于另外一些作品；而郁达夫作品中的某些主题，被分析评介的程度远远大于其他一些主题。譬如郁达夫笔下的同性恋题材（于质夫和吴迟生，郑秀岳和

290

李文卿），乱伦题材（李文卿和她的父亲，《秋河》中的少年与其"名义上的娘"），就相对而言较少得到评说。除此之外，还有一种压抑的办法，就是对郁达夫的作品采取使之正常化的阐释，强调"时代性的苦闷""爱国主义""对无产阶级的同情"——虽然在《青烟》和《一封信》里，"我"否认其忧郁的根源是国家的状态，或者两性关系，或者自身的不得其所；虽然在《血泪》里，作者曾尖锐地讽刺"为人生""为主义""为第五第六阶级"的文学。人们也喜欢谈论他的"性欲升华"。可是，同写"性欲升华"，《春风沉醉的晚上》和《迟桂花》比起他的杰构《过去》来，则为了显而易见的原因，得到不成比例的注意。总而言之，是试图用一个勾画得比较健康的郁达夫，淹没那一个畸病的、有传染性的郁达夫；即使承认了他的畸病，也还是要加之以一个比较堂皇体面的解释。经过了如此消毒处理之后，作为现代中国文学史上的怪异分子的郁达夫，可以说总算使人消除了一些对他的作品感到的不适与不安。然而，那怪异的成分，终究是在那里的，我们只要稍微凝望得深一些，久一些，就依然会晕眩于它的刺目的锋芒。这失掉了中心点的半把剪刀，尽管只有半把，依然锐不可当。

我读郁达夫的作品，常会想起过世的名导演胡金铨，他与徐克合作的电影《画皮》，一开场就采取了从光明热闹到黑暗冷静的过渡，创造出诡魅森严的气氛。青楼之中饮酒作乐的情景，在布局上分明受了《韩熙载夜宴图》的影响；后来，男主人公中途离开，进入寒冷的冬夜，先是路边卖夜宵的小贩转眼之间消失不见，暗示魔境渐深，随即，他穿行于一条黑暗狭长的巷子，在其中碰到了一位白衣急行的妇人。这部影片的后半，很可惜，没有能够达到它许诺给观众的精彩，但是，影片开场时的声色氛围，委实是精妙而令人难忘的。

后记

今年六月的一天，朋友季进和我说，丁帆和王尧老师正在主编一套"大家读大家"的丛书，你来编一本《田晓菲读经典》的书吧。接到这个任务，我是又高兴又担心。高兴的是，晓菲是哈佛大学东亚语言与文明系的教授，名震海内外。我自和晓菲二〇〇九年春夏之交在苏州相识之后，对她的著作一直比较关注，这次正好借编书的机会，可以系统地重温她的这些文章了。担忧的是，晓菲主要研究中国中古文学，而且她的跨度很大，从中古到现当代文学，都有涉猎。而我对她关注的这些文学领域素无研究，由我来编她的书，恐怕不是合适的人选。但阿季打消了我的顾虑，说有什么问题，你可以直接发邮件问晓菲呀。他让我放手来做这件事情。

于是，我开始系统地研读晓菲在国内出版的所有书籍，包括《秋水堂论金瓶梅》（天津人民出版社二〇〇五年出版）、《尘几录——陶渊明与手抄本文化研究》（中华书局二〇〇七年出版）、《留白——写在〈秋水堂论金瓶梅〉之后》（天津人民出版社二〇〇九年出版)、《烽火与流星——萧梁王朝的文学与文化》(中华书局二〇一〇年出版)、《神游——早期中古时代与十九世纪中国的行旅写作》(生活·读书·新知三联书店二〇一五年出版)等。我初步考虑,这套书面向大众,不宜过于学术化,本书也应该选晓菲的一些通俗易懂、雅俗共赏的篇目。但在编选的过程中,发现有一定的难度,一是晓菲的每本书都是一个独立完整的系统,很难拆分;二是她的很多文章篇幅都很长,很难截取。经过一番斟酌,我选择了晓菲的一些围绕有关热点问题展开探究的文章,大约有十来篇,如从《尘几录——陶渊明与手抄本文化研究》中,选了《杜诗与韦氏妪:手抄本文化中读者与文本的关系》《有人夜半持山去》《不受欢迎的植物》,从《烽火与流星——萧梁王朝的文学与文化》中,选了《文本生产与传播》《文学家族》《采莲:建构"江南"》等篇目。有的文章偏长,我选了其中的一节,有的相对短的,选了其中的一章。

选好后就发给了晓菲。晓菲回信说,既然丛书题为"读大家",似乎还是应该以对具体作者的解读为主。她建议围绕文学史上的经典作家,如陶渊明、萧纲、谢灵运、庾信、汤显祖等人展开编选。如果有七位作家的话,书名可借用汉代辞赋家枚乘的《七发》,枚乘在赋中写了七件事,我们在书中解读七个作家。她还提出了一些具体篇目的建议。晓菲的建议如醍醐灌顶,一下子让我开了窍。文学是人学,研究关注的重点,永远应该是活生生的作家和作品。书名借用《七发》,也可谓是神来之笔。这样很快重新选定了新的篇目，就是现在目录中显示的这个结果。一方面围绕七位作家和作品的研究，兼顾了不同的题材，如诗歌、戏曲和小说；另一方面其跨度从六朝文学至现代文学，涵盖了晓菲研究的各个时期。

因此，本书是在晓菲的悉心帮助下编选出来的。需要说明的是，晓菲的文章精华迭出，由于篇幅所限，选的这些篇目不一定最能代表她的学术成就，读者如果要对晓菲有完整全面的认识，还是应该去读她的原著为好。

钱锡生

二〇一七年九月